〔清〕張惠言 著
黄立新 校點

茗柯文編

附詞

上海古籍出版社

圖書在版編目(CIP)數據

茗柯文編/(清)張惠言著; 黄立新校點. —上海: 上海古籍出版社, 2015.5(2019.12重印)
(中國古典文學叢書)
ISBN 978-7-5325-7587-9

Ⅰ. ①茗… Ⅱ.①張… ②黄… Ⅲ.①中國文學—古典文學—作品綜合集—清代 Ⅳ. ①I214.82

中國版本圖書館CIP數據核字(2015)第066060號

中國古典文學叢書
茗柯文編
[清] 張惠言 著
黄立新 校點
上海世紀出版股份有限公司
上海古籍出版社 出版
(上海瑞金二路272號 郵政編碼200020)
(1)網址:www.guji.com.cn
(2)E-mail:gujil@guji.com.cn
(3)易文網網址:www.ewen.co
上海世紀出版股份有限公司發行中心發行經銷
常州市金壇古籍印刷廠有限公司印刷
開本850×1168 1/32 印張9.25 插頁5 字數170,000
2015年5月第1版 2019年12月第2次印刷
印數:1,601-2,400
ISBN 978-7-5325-7587-9
I·2909 平裝定價:38.00元
如有質量問題,請與承印公司聯繫

前言

張惠言（一七六一——一八〇二），字皋文，江蘇武進（今常州市）人。嘉慶四年進士，曾任庶吉士、翰林院編修。清代著名經學家和文學家。經學論著有周易虞氏義、周易虞氏消息、周易鄭荀義等二十餘種，文學作品有茗柯文編、茗柯詞等，並編有詞選、七十家賦鈔、劉海峯文鈔等。

張惠言的文章和詞，在他生活的那個時代，均享有盛譽。以文章而論，他是「陽湖派」的創始者之一；以詞而論，則是「常州詞派」的代表性作家。這兩者對當時和後世都産生過頗大影響。

張惠言的文章大體可分散文和賦兩大類，散文中又有人物傳記、雜文、政論、史論、文論和遊記諸品種。他是「桐城派」著名古文家劉大櫆的再傳弟子，但是，他的散文，在某種程度上突破了「桐城派」作文「義法」的樊籬，在思想和藝術上表現出自己的特色。從思想内容方面看，雖然作者受「桐城派」影響頗深，文集中不乏闡道翼教、宣揚封建人倫之作，但也時見揭露當時社會窳病之處，這又是他高出「桐城派」一籌的地方。如他多次批判科舉制度，認爲這種制度埋没人材，並造成了社會上「爲士者日以嗜利而無恥」（送左仲甫序）的惡果。對封建官吏的貪酷害民，更是激切地屢加指斥：「方今官吏憒憒，惟私利是騖，民生之計，視若越人之肥瘠。」（與金先生論保甲書）他還揭露各級官吏的醜惡靈魂，指出他們視「利害若毫毛比。可以就其利禄者，罔弗前也；可以損其利禄者，罔弗後也；是故位愈高而業愈卑」（明秀才許君家傳）。作者還揭示出，他們爲了達到追逐私利的目的，把廣大人民當牛馬，横加壓迫，盡情搜括：「吏有求焉，號囂而令之，帖帖若奴隸；錙銖而算之，充充若外府。」（吏難一）從而逼得廣大人民「自以其力養生營死，以自幸脱饑寒死亡之患而未必可得」，淪落到「父債其子，夫鬻其妻，爲臧獲奴婢以自存」（吏難一）的可悲地步。書山東河工事一文，尤可注目，它可算是作者揭露封建官僚害民的代表作。文中維妙維肖地描繪了山東巡撫伊江阿顢頇無能，主持治黄工程時，竟聽信無賴僧人的胡言亂語，用所謂「掃龍」法「鎮龍」，拒絶衆諫，終於造成了連續三次各淹死河工數百人的大慘劇。文集對嘉慶間農民起義的情况也有所反映。如記族弟平甫語呈座主阮侍郎，就較詳細地記述了張漢潮起義事。作者是站在清朝統治者立場上立論的，誣稱起義農民爲「賊」，但文中某些記述頗爲客觀，如寫起義者「其人類不懼死」，「常獲一諜，榜掠之百方，視其色無苦」；「賊敢死而我怯戰，賊整齊而我兵無紀，此所以不支也」。起義農民的勇敢守紀和清兵的怯懦散亂形成鮮明的對比。根據上述内容，可以看出，張惠言對現實黑暗面的揭露和抨擊是頗爲大膽的，也是比較廣泛的、深刻的。當然，他揭露和抨擊的目的，還在於維護封建統治。但是，應該説，這在當時是起過一定積極作用的，今天，我們還可以從中看出清王朝在它的中葉所已呈現的種種腐朽衰敗徵象。其他的散文作品，對了解當時社會的政治、經濟、文化和風俗人情，也有一定的參考價值。在藝術方面，張惠言的散文也不受「桐城派」作文清規戒律的限制，筆力縱恣，語言流暢並富有文采。張惠言的賦在清代亦稱名家。以他和惲敬爲首的「陽湖派」之喜作駢體文，也是他們這一流派區别於「桐城派」的一個特點。他的賦除了一部分頌聖之作無甚可取外，大部分爲寫景、抒情之作，狀物切體，寓情於景，文筆恢閎清麗，有相當的藝術成就。

張惠言反對當時統治詞壇的「浙江詞派」末流那種無病呻吟和單純詠物之作，提出填詞應效法「詩之比興」之義，「意内而言外」和「緣情造端」（詞選序）的主張。這就是説，詞要有一定的社會内容，要抒發自己的真實感情。他的茗柯詞就是他這種獨樹一幟的理論實踐。茗柯詞多抒寫江南鄉思、别緒、戀情和詠吟景色，反映生活面不廣，某些作品也流於晦澀，用他作詞的理論要求相衡量，未免名不副實。然而，他的詞在當時格調畢竟較高，又由於他創作態度嚴肅，並善於選擇適當的形式表現上述内容，從而具有較高的藝術水平，語言清麗，韻律和諧，委婉而含蓄，形成一種沉鬱悽愴、深美閎約的風格，爲一代所宗。

近兩百年來，張惠言的文集和詞集版本頗多。刊行於清道光三年的受經堂彙稿一書，是張惠言弟子楊紹文爲紀念他的老師而刻，分别收録了張惠言和他的弟子金式玉、董士錫、江承之及楊紹文自己的詩文著作。此本刊行較早，刻印頗精，所收録的張惠言文和詞也較完備。本書即以此書中所收録的茗柯文編（初編至四編共五卷）、茗柯詞（一卷）爲底本，並以下列較善或較早的版本加以校勘：

茗柯文初編至四編部分，計有：

（一）嘉慶十四年刊阮元序本茗柯文編；

（二）同治八年刊評點本茗柯文；

（三）上海神州國光社一九一五年刊風雨樓秘笈留真中的茗柯文手稿。

茗柯詞部分，計有：

（一）嘉慶二年刊金應珪序本茗柯立山詞；

（二）嘉慶、道光間刊張皋文箋易詮全集中的茗柯詞。

在校勘中，凡底本可通者，悉從底本；如確係誤漏，則據他本改補。避諱字亦予更正。凡有改動，均在校勘記中表明。底本未改而他本文異者，亦在校勘記中列出，以資查考。

本書茗柯文中的補編、外編部分，則以清道光十四年刊陳善序本茗柯文補編外編爲底本。因並無他本可校，故祇能將其中的一些別字和避諱字加以更正。

最後，談一談關於本書的編目。

張惠言文稿自序説：「然余之知學於道，自爲古文始。故檢次舊所爲文，去其蕪雜，自戊申至甲寅爲一編，丁巳戊午爲一編，存以考他日之進退云。」

受經堂彙稿茗柯文目録部分則有如下記載：

初編　自戊申至甲寅，凡文十八首爲一卷

二編　丁巳、戊午，凡文四十三首爲二卷

右先生庚申歲自編，有自序

三編　自己未改庶常至辛酉散館，凡文三十首爲一卷

右先生辛酉歲自編

四編　自辛酉五月至壬戌五月，凡文十四首爲一卷

嘉慶十四年刊阮元序本茗柯文編和同治八年刊評點本茗柯文的目録，除有相同於上

引受經堂彙稿的記載外，在四編叙録後，尚有以下一段文字：

「右先生既没，士錫於遺稿中編録者。先生自編其文，凡爲他人作及壽言率不録，故據爲例。所删文則别編焉。甥董士錫謹記。」

據上述三種記載可知：第一，初編至三編的目録爲張惠言自編，初編、二編編於庚申歲（嘉慶五年，即一八〇〇年），三編編於辛酉歲（嘉慶六年，即一八〇一年），四編爲董士錫在他舅父張惠言去世後所編。第二，初編至四編目録均按年代編排。

補編和外編部分，刊行較晚，據陳善後序，爲高澍然所編（見本書附録）。其編目體例如何，不得詳知。但據目録可見，補編部分，均爲張惠言初編至四編以外的自作之文，而外編部分，則絶大多數爲代作之文。

受經堂彙稿中的茗柯詞與茗柯立山詞中的茗柯詞目録編次基本相同，與張皐文箋易詮全集中的茗柯詞目録編次全同。以張惠言曾自編其文的情況推想，茗柯立山詞既刊行於作者生前，可能茗柯詞的目録也是他自己編的。

由於茗柯文的目録可以確定一部分是作者自編，且又有便于查攷的編年體的優點，補編和外編有一定的軌跡可尋，茗柯詞的編目也可能經過作者之手，所以，本書的分編、分卷和目録順序基本上保持底本原狀，僅作了個别必要的調整。調整的地方爲：

（一）底本原無補編和外編部分，茗柯詞接於茗柯文初編至四編之後；現將補編和外編插排於初編至四編之後，茗柯詞之前，以使全書前文後詞，眉目清楚。（二）底本三編中，有書山東河工事和記族弟平甫語呈座主阮侍郎二目，但有目無文。嘉慶十四年阮元序本和同治八年評點本亦復如此。這顯然是由於這兩篇文章激烈抨擊清王朝弊政，刊刻者慴於文字獄的迫害，將該二文删去了，但却没有相應删去目録。這兩篇文章，在補編卷上中收録了。三編部分既爲張惠言自編，爲尊重作者的意向，將該二文仍置於三編之中，而從補編卷上中删除。

本書附有各種重要版本序言五種，可資參考。

因水平有限，校點中錯誤在所不免，敬希讀者教正。

黄　立　新

一九八一年六月

目録

前言……一

茗柯文初編

游黄山賦 并序……一
黄山賦 并序……六
寒蟬賦 并序……一〇
秋霖賦……一二
望江南花賦 并序……一三
竹樓賦 并序……一四
賃春賦 并序……一五
鄧石如篆勢賦 并序……一五
長平鏃箴 并序……一七
七十家賦鈔目録序……一八
莊先生遺文後序……二三
書墨子經後……二三
讀荀子……二五
續柳子厚天説……二七
送惲子居序……二八
送張文在分發甘肅序……二九
莊君墓表……三一
崔景偁哀辭……三三

茗柯文二編 卷上

楊隨安漁樵問對圖賦 并序……三五

周易虞氏義序……三七
虞氏易禮序……四〇
虞氏易事序……四一
周易鄭荀義序……四二
易義别録序……四四
易緯略義序……五八
詞選序……六〇
丁小疋鄭氏易注後定序……六一
畢訓咸詠史詩序……六三
南華九老會倡和詩譜序……六四
莊達甫無名人詩序……六六
遷改格序……六七

茗柯文二編　卷下

贈毛洋溟序……七〇
送錢魯斯序……七一
與左仲甫書……七二
答莊卿珊書……七四
鄂不草堂圖記……七六
江氏墓圖記……七八
周維城傳……八一
濟南知府莊君傳……八三
封文林郎惲君墓誌銘……八五
楊君茹征墓誌銘……八七
恭城知縣陸君祠版文……八九
先府君行實……九二
先祖妣事略……九四
先妣事略……九六

茗柯文三編

蕉花賦　并序……九九
館試靈臺偃伯賦……一〇〇

館試蜡賓説禮賦 …… 一〇二
館試匠成翹秀賦 …… 一〇五
館試天以爲正周以爲春賦 …… 一〇七
館試大愷樂賦 …… 一〇九
館試龍見而雩賦 …… 一一一
散館大禮與天地同節賦 …… 一一四
原治 …… 一一六
楊雲珊覽輝閣詩序 …… 一一八
莊達甫攝山采藥圖序 …… 一一九
文稿自序 …… 一二一
安甫遺學序 …… 一二三
虞氏易變表序 …… 一二三
記江安甫所鈔易説 …… 一二四
送左仲甫序 …… 一二五
送趙味辛同知青州序 …… 一二七
書山東河工事 …… 一二八
書左仲甫事 …… 一二九
記族弟平甫語呈座主阮侍郎 …… 一三一
貤贈文林郎袁君家傳 …… 一三四
袁太孺人傳 …… 一三六
江安甫葬銘 …… 一三八
祭江安甫文 …… 一三九
告安甫文 …… 一四〇
公祭董潯州文 …… 一四〇
爲諸生祭歐敦甫文 …… 一四二

茗柯文四編

詩龜賦 并序 …… 一四四
尚友圖銘 并序 …… 一四五
送福子申宰漳平序 …… 一四六
上阮中丞書 …… 一四八
答錢竹初大令書 …… 一五〇

嘉善陳氏祠堂記……一五五
記管貞婦……一五七
明秀才許君家傳……一五八
承拙齋家傳……一五九
陸以寧墓誌銘……一六一
例贈文林郎許君墓誌銘……一六三
祭金先生文……一六五

茗柯文補編　卷上

愛石圖賦　并説……一六八
擬庾子山七夕賦……一六九
文質論……一七〇
吏難一……一七二
吏難二……一七五
吏難三……一七七
答尸問　附與孫淵如書……一七九
客招……一八一
鄭濮州遺像贊……一八二
書劉海峯文集後……一八三
跋鄧石如八分書後……一八三
與金先生論保甲事例書……一八四
答吴仲倫論文質書……一九五
與錢魯斯書……一九七
與陳扶雅書……一九九

茗柯文補編　卷下

青囊天玉通義序……二〇〇
胡柏坡印譜序……二〇一
送王見石令福建序……二〇二
送徐尚之序……二〇四
送計伯英歸吴江序……二〇六
江製川五十壽詩序……二〇七

關東紀程……二〇八
刑部司獄韓君家傳……二一一
陳長生傳……二一三
故儒林郎祝君墓誌銘……二一四

茗柯文外編　卷上

景福宮賦　代……二一六
合聽則聖賦……二一八
周生字説　代……二一九
無倦齋銘　代……二二一
富陽縣修志書告　代……二二二
雁黄殘稿序　代……二二四
吴興施氏家譜序　代……二二五
贈楊子掞序　代……二二七
江寧戴氏祠堂壁記　代……二二九
高氏義冢記　代……二三〇
康母孫太夫人六十壽序……二三一
徐簡齋壽序……二三二

茗柯文外編　卷下

經師誠傳　代……二三五
分宜張氏二節婦傳　代……二三六
封中憲大夫大理寺寺副吴君墓誌銘　代……二三七
富陽縣祭先蠶祝文　代……二三九
富陽縣賽蠶祝文　代……二三九
祭史乙山文　代……二四〇
祭蔣觀察文　代……二四一
祭江均佐文　代……二四二
祭曹大司農文　代……二四四
公祭湯松齋文……二四五
公祭湯太夫人文……二四七

茗柯詞

虞美人　胡蝶……二四九
雙雙燕……二四九
傳言玉女……二四九
粉蝶兒　春雨……二五〇
青門引　上巳……二五〇
南歌子　長河修禊……二五〇
水龍吟　瓶中桃花……二五一
前調　寒食次計伯英韻……二五一
前調　清明次計伯英韻……二五二
木蘭花慢　楊花……二五二
水調歌頭五首　春日賦示楊生子掞……二五三
江城子　填張春溪西湖竹枝詞……二五四
菩薩蠻……二五四
花非花……二五四
水龍吟　荷花爲子掞賦……二五四
摸魚兒　過天香樓，憶同崔格卿舊游，感而賦此……二五五
相見歡四首……二五五
醜奴兒慢二首　見榴花作……二五六
滿庭芳　五月五日泛豐溪……二五六
木蘭花慢　游絲。同舍弟翰風作……二五七
玉樓春……二五七
賀新郎……二五七
六醜　薔薇謝後作……二五八
八六子……二五八
南鄉子……二五九
浣紗溪……二五九
滿庭芳　題方湛厓春堤試馬圖……二五九
青玉案　題蘆溝折柳圖……二六〇
破陣子　擬辛幼安壯詞送同年張子白之官甘肅……二六〇
浣紗溪　永平道中作……二六〇

風流子 出關見桃花……二六一
水龍吟 夜聞海濤聲……二六一
浣紗溪二首……二六一
念奴嬌 贈劉松嵐刺史……二六二
高陽臺二首 庚申五月五日作……二六二
齊天樂 六月聞蛩……二六三

茗柯文編附録

受經堂彙稿序……鮑桂星 二六四
受經堂彙稿序録……楊紹文 二六六
茗柯文編序……阮　元 二六八
茗柯文序……曾國藩 二六九
茗柯文補編外編後序……陳　善 二七一

茗柯文初編

游黄山賦 并序

黄山者，靈圉之閒館，有方之鬱林。夫其奇瓌詭麗，超絶列嶽，蓋象崑崙、閬風、方丈、蓬萊。又其幽扃宫别，杳冥卉旭，凝霜仍雪，閟自太始，舉世罕能登陟。是以容成宅其陽，浮丘棲其顛，軒皇鍊其鼎，玉女流其函，鸞鶴翔其林，芝英挺其阜。予與桐城王灼濱麓客遊兹邦，因往探焉。故復龘覽誕略，未遂冥尋；然于高則窮蓮花之崇，于奇則盡雲海之怪，亦足以極兹山之絶觀。方俟永解纓絡，結廬神隩；故聊託篇翰，以誌勝懷。左思曰：「登高能賦者，頌其所見也。」其所未覩，蓋闕如也。

迫區中之隘陋兮，藐寥廓而神攄。行周覽乎八極兮，騎騂騩以踟躕。崑崙荒忽莫可摇集兮，奄息氾濫舒節乎三天子之都。

朝吾濟夫容溪兮，眺容成之高臺。鬱巖巖之峗嵑兮，拂穹窿而上迴。連岑吁其坱圠兮，徑曼羨以延屬。經崇駊騀以撇天兮，歷陁罷陀以頽谷。霞嬰雲汩般以澮蕩兮，嵸㟅紆滈紛以相逐。時固未轃〔一〕乎黄山也。忽丹嶂之岑嶙兮，頫羣峭以霞起。浮纖削而苓敷兮，勢振飈而不已。心炯炯而上假兮，目眇眇而無倚。何風引而欻去兮，慶不可乎彌揆。夕信宿于招提兮，浴神濫之湯湯。陰火煽薄于巖幽兮，伯僑無忌奔以回皇。疏煩想于游蒙兮，霍然飈除雾然雲揚。乘淩兢而絶太陰兮，與真綷乎相將。

横窈窕以互折兮，俠飛泉以高趨。聞幻景之恍惚兮，有空相之僊廬。旋室窈窕以嫕娟兮，枊桭饜翳而相扶。應真卓錫以遥佇兮，狀頫頸而睢盱。羌尋眴而無見兮，悵天閟之不我舒。厲磊砢而百轉兮，穿尌屴以上征。雲霏霏而襲予兮，石氣黮黕而愈清。岑岊雜遝以差錯兮，衝蓯隱倚追以縱横。堂防絶限崛以屆路兮，愕眙怵臭梁以搶攘。入鬼室之懿濞幽杳兮，出雲窟之窐寥窈冥。搏谽谺之膠盭枝梧兮，尋光景之晻曖鏗瞑。稍定氣而回眺兮，矗天都之巍巍。下嶙峋而刻削兮，上洪紛而錯崔。嶢翹擻烈孤以獨舉兮，屬重陽而下迤。形精濫遠若不知其所柢兮，蕩空青而無依。縝澤絡繹交以騰湊兮，龍鱗霞駁煒以林離。天扉石室儼以高隮兮，亢烏〔二〕騰乎將吾止之。獨撟首而不可即兮，心徊徊而不怡。

仰穿溟滓兮，上出彷徨。傾臺兀兀兮，俛視峥嶸。震慄徙倚兮一升，極目天表兮洋洋。蓮華藪蕚以右起兮，翼天都而雙標。争奇角詭兀不相讓兮，崾嵲嵬崴据以夭撟。紅采翠氣交曳而並飈兮，蒙合欲欻半散以招摇。披桃花而屬夫容兮，前雲門而摡逍遥。往往高松負石以成質兮，壁走樛枝以還會。東西蜿蜒徙〔三〕靡而卻負兮，蛟螭蚴蟉相詭而異態。沐疏仡之霜雪兮，醻禪通之沆瀣。猿狖仰眴而不能搴兮，離朱目眩而不能紀。流視羣崒，靡何纍纍？高低混茫，嶷積參差；鬱撓天地，茫茫霏霏。似驚潮之鴻涌于海門兮，如蟻垤之冢列于庭階也。

于是眽奇選崇，望蓮華之顛而造焉。降巑岏而陟槷刖兮，回兀嵽而踐巀嶭。風磴運裊以穿窔兮，石齒盱駭以碭突。逡巡二分以側足兮，下視嶔巖庨窌〔四〕以罔沕。嶙吟蛭蹉僅乃得度兮，目眩轉而怳忽。詘轄折枝熊經以卻立兮，浸淫啞呀攀以中必。雖荊忌之傈佼疾迅兮，猶廩廩而氣失。爾乃石扇頳硂兮，掩杳玲瓏。曾宇覆寝兮，宛潭交通。參差蔽虧兮，壹陰壹陽。枝撐刻削兮，神樞而鬼工。淹回旋而詰屈兮，邈乾坤其若蒙。欻矆涌而上出，排閶闔之蕩蕩，軼遊氛于鴻濛。淩虛無而獨立兮，貫倒影而高厲。倚瑶光而部衆神兮，捎豐隆而抶〔五〕屏翳。馮蔑蒙而下矚兮，汩修隳于一氣。峍屼鑽列瑣碎而不可詰兮，宕冥冥其容裔。攬九海而撫八紘兮，吾乃今日窺天地之所際。

竭吾下夫崔巍兮，降雲梯之嵂嵂。逶迤糸折以規轉兮，阮隤稽而若顛。得底平而出天壁兮，乃馮冢而極巔。圍羣象于寸眸兮，駢衍振陳宮以巉顏。擥菡萏之卅六兮，竚元君于雲間。卻睨巨壑兮嶔淫，熀漾漾兮奪精，僊之人兮威蕤，紛何爲乎揚靈？總圭笏兮相翔，吹參差兮杳冥。潏湟陸離班以屯塞兮，振耀㫬鑾瀾以煌熒。四顧堨圠〔六〕，莘莘縰縰；怪物神鬼，紛羅交馳。巨鼇決〔七〕吻以釾釾兮，卻贔屭而躞跜。狻猊舑舕以奮亹兮，作首目之彨彨。巨靈高掌于雲外兮，勢爪踢乎華衰。女娥幼眇以流睇兮，被長佩之蕤綏。百怪欺猥以噩對兮，儼瞵矚而睽睢。羣岳岳以嶷嶷兮，隨顧盼以駋駃。卒悚悚以驚魂兮，中怡悵而意迷。

曾嶄窪突，日夜出雲；滃沛茀鬱，烟烟熅熅。紛飈起而屬天兮，汩混會而渾庉。爾乃輕飃乍起，宕拂四表；淫揚驚奔，泮渙騷擾。紛紜邅迴以下降兮，綢繆周盭轇以旁繞。穹窿糾撓皇以回薄兮，紆鬱漫衍敷以綿邈。圓宇廓以清澂兮，柔衹濫其漫漫。叵匝澒洞千里而無極兮，州裨大瀛倒灌而外環。于是紛茇惝怳，漾漾泙泙；隃陁曳巘，闉闠旋宛。濞洶洶其交會兮，滂煩澮而紛屯。嶄巖累嵬怒起而涌出兮，吸濞潚率迫隘而復還。鯨迴鯤擊若光而若滅兮，變化夭撟襂以龍翰。倏蠨蛸像揚光以出入兮，忽若鮫〔八〕人水裴飄麗以眇曼。三山滉瀁欻在水下兮渺不知其所遷。崪中起而突植兮，又象碣石之孤騫。滑眩譎幻儵忽而萬變兮，單不可乎究原。于是目駭意蕩，志懼神疑。忽兮改容：微波不揚，輕塵不飛，直際天極，浩乎瀰瀰，沆沆溶溶，鱗鱗離離。嘻嘻兮旭旭，天閶兮洞開。翠爲縿〔九〕兮朱爲旗，金爲闕兮銀爲臺。仙車九葩兮，紫蓋委麗。鮮扁卉翕兮紛緼，輝光炫耀兮陸離。暢飄然而與神俱兮，廓蕩蕩而高馳。曳寫霧而遵逝兮，猒浥襟之英英。披蘼蕪之幡纚兮，宿隩嶇之松聲。幽人爲我揮琴兮，儀徵江鈺，字麗田，隱居山中。紛吾窮此遐覽兮，與無友而爲期。遏素女于太清。山鳥更唱而赴曲兮，流仙樂之泠泠。揖松僑而儷游兮，載羨門而與之歸。逝散髮以消搖兮，遺氛氣乎獨來。乘日月之精照兮，綴雲虹之采蕤。左格澤之炎精兮，右屬卿雲乎崦嵫。蒼虬顥鸞赳螟以相待兮，丹砂赤醴煜〔一〇〕爛以凝滋。餐六氣以呼吸兮，羞五采之璚枝。庶遠遊之輶舉兮，聊發軔乎自兹。

【校記】

〔一〕「轃」，張皋文手寫茗柯文稿（以下簡稱「稿本」）同，嘉慶十四年阮元序茗柯文編（以下簡稱「嘉慶本」）作「臻」。

〔二〕「烏」，原作「鳥」，據稿本、嘉慶本改。

〔三〕「徙」，原作「從」，據稿本、嘉慶本改。

〔四〕「窌」，原作「穽」，據同治八年評點本茗柯文（以下簡稱「同治本」）改。

〔五〕「抶」，原作「扶」，據稿本、嘉慶本改。

〔六〕「乢」，原作「札」，據稿本、嘉慶本改。
〔七〕「泱」，同治本作「沒」。
〔八〕「鮫」，原本作「蛟」，據稿本、嘉慶本改。
〔九〕「縿」，稿本、嘉慶本並作「隧」。
〔一〇〕「煜」，嘉慶本同，稿本作「燁」。

黄山賦 并序

余既作游黄山賦，或恨其闕略，非昔者居方物、別圖經、沐浴崇陴、羣類庶聚之意也，乃復攗采梗概，以賦之〔一〕。

丹陽之南，蠻障之中，有黟山焉，是曰三天子之都。上絡斗紀，下樓衡巫。外則崒山崔嵬，于近作嶂，陪以大鏞，屬以匡廬。廬江出其西，漸江出其東。千源萬溪，經營淡澮；各走相詭，宛潭黯黮；回錡隘巘，迫觸輡輱；逆阞〔二〕孫理，梢窖出窞；勢若矢激，不可迫覽；雷出雹追，轉石異聲；闉沛汩淚，泙龍鏗訇；漻繆谽谺，礚礚悲鳴；鐘鏞穆羽，將瑲代更；蕩潚湶堨，纖潛不藏；文錦鱗礫〔三〕，瑩瑩煌煌。若此者數百千處。然後溇闢會流，交注羣輸，湓湓潼潼，上合彭蠡，下達曲江。

爾其大勢，則岎崯崆崇，糾纏崛崎，積沓區匝，陰陽蔽虧。夫容菡萏，倚天無茄；形精互〔四〕輝，灼若朝霞。其曾高，則上出閶闔，平睨寒門；頫視一氣，空如下天。其窮陰，則洄沍憀恔，昧不見太陽；乃有因提之雪，循蜚之霜。其石，則踸踔刻削，岊紥增積；撙總別追，重疊並益；將顛復稽，附磽躡蹠；縱橫駭盱，震心讋魄；黝質斑采，炫耀龍鱗；隨物成象，百怪千端；若有鬼神突怒淩厲，單不知其所原。增巖重岫，懿曖窈冥；環橑複笮，脇施瓏玲；陽光灺輝，疑自地爥，不見天形。或乃澒竈金鼎，威蕤玢靈，匡牀方几，羅于其庭。霞文碧篆，守以六丁。

爾乃覽其支絡，周其宮別。于前則雲門豁閉，兀峙高闕。夫容桃花，紫石丹沙，疊障擲鉢，青鸞石人，僬僬莅莅。爰有温泉，是之自出。天都巍巍，巋然特雄。蓮華右起，争隆匹崇。紅杳交錯，洪紛馮戎。羣峯來朝，若環紫宫。其上，則有仙扉石室，醴泉之池。日精月魄，藏華發奇。其左，則天柱崱屴〔五〕，探珠參差；軒轅上昇，仙樂天衣；青鐔白鵝，岑嶙嶢嶷；九龍懸泉，消摇之溪。堪巑溶洗，千態萬狀；澄奠百尺，輝黛沈颺；列如繁星，揮布茫〔六〕望。于中乃有錦鱗揚鬐，石班〔七〕無雄，魶魚兒啼。其右則有飛龍雲際，容成浮丘，石牀布水，聖泉飛來，松林采石，紫雲翠微；霍鮮互別，翺翔相追。其谷則乖龍老蛟，蜜蜷淵處；千瀑亂入，冬夏激雨；鴻扶延延，雲轉雷聚。丹臺中填，是曰天海；轡絡繹臬杌，藹空流光。艴霞欱焱，髦紛前，翠概〔八〕衆皺，棽棽紊紊。冢彯厥嶄，陴貢其隍。

彩濯濩般煸旁。于後則仙都岧嶢，師子亹奮；丹霞石琴，屬以始信。叢石筍植，緣卒而起；篟篸嵮峭，差池未已。

爾乃其木，則有木蓮九照，神州無偕；檀杻蓊柏，海桐辛夷。楓楑桱槨，樅桂黄楊；枒杈交柯，魁瘣紛揚。馮陵藩京，欝欝蕁蕁；上矗重陽，喬羽聶炕；旁卻日月，中稽風聲；欇欇叫囂，無時宴寧；頽根陰幹，出火自照，輝輝熒熒。其下乃有白虎蒼豹，素蜼元熊；山間一角，醜鹿人从；倏來報往，驚嘷羣訌；玃父喜顧，猈子猿公；蒼髯修顏，接幹迴叢；透脱牢落，夭掉無窮。其上乃有雙鵷獨鶴，列仙之乘；碧雞流離，雍雍嬰嬰；頻伽之鳥，引曲赴節，若調乎簧笙。其松則枝梧節族，膚石鬣雲；蛟螭倒投，之而鰭鱗；仰矚撇烈，不見柢根；奇瓌易貌，視之無窮，察之無端。其下乃有琥珀威喜，伏靈石脂；蘊精閟采，仙靈是資。草則鋪于披靡，軋芴蔚蔚；蘼蕪突蘳，菂蒻薜荔。珊瑚翠雲，龍修雲霧；春芳隱隆，秋馥霍濩。蕁花散榮，翕習蔓茗；青碧翠紫，菲菲菁菁；炤燿煌扈，不可紀名。粤有大藥，黄連山精；餘糧大苦，茱芐回芸；赤砂石乳，紫芝九莖；石藍之花，千年一榮；神農未知，俞跗未更。若乃黄柑丹杏，桃栗杜檽；枇杷棠梨，若榴木蘭；彼子楙梅，罅芳裂芬；林禽崖蜜〔九〕，松肪出焉。爾乃其懸磴突駭，揭孽側足；庾蔞犯崒，坌踏确罾；仰冠傾陊，俛跖窈邈。困屼屼，震慄慄〔一〇〕，萬端異類，氣盡汗駭；怳怳魂隊，進不敢征，退不得喙；悠忽怊悵，目不敢睞；蚑息扶服，熊經鳥盱，然後得屆焉。若其淩鴻濛，貫倒景；憩湎泫，息滓溟。浮恍惚，超虛無；爛昭昭，神靈居。沆瀣涌，瓊英充；偓佺斯征，欻扈豐融；聚穀公樂，呼吸亡雙。

于是天雨新霽，蔚薈朝隮；噎豃坱圠，滂洋四施；襄混懷隧，馮窊陵夷。東混扶桑，日之所出；南潰炎風，西淹總極；北沍積冰，漫漫汩汩；風至波起，天地岌嶪；狀若浮海，說于碣石。沄沄積崚，化爲魚黿；徽〔二〕鯨奔鯢，稠嶶繽翻。土囊鬱勃，萬響怒叫；驚禽悲獸，跖魂哀嘯。轔轔隱隱，不知處所；頫聆忽荒，皆在水下。翔陽震蕩，涌波憑興；浮彩下爛，絢耀上升；天紀地緯，萑扈煌熒；九光十彩，轉互代更。蓬萊閬風，昆侖曾城；琪樹建木，珊瑚琳璿；戴勝虎齒，頷揚流形；芒芒無端，隨望而生。絪緼玄黃，憎將會，或憑蒙龍睆天綷。靈之霏霏鎮高邁，橫淩九坑杳天外，于胥樂兮發蒙蓋。

【校記】

〔一〕「以賦之」，稿本、嘉慶本並作「爲之賦云」。

〔二〕「防」，嘉慶本同，稿本作「汸」。

〔三〕「礫」，原作「皪」，據稿本、嘉慶本改。

〔四〕「互」，原作「亘」，據稿本、嘉慶本改。

〔五〕「則屶」，稿本、嘉慶本並作「屼屼」。

〔六〕「茫」，嘉慶本同，稿本作「芒」。

〔七〕「班」，嘉慶本同，稿本作「斑」。

〔八〕「概」，稿本、嘉慶本並作「摡」。

〔九〕「蜜」，原作「密」，據稿本、嘉慶本改。

〔一〇〕「困屼屼、震慄慄」，稿本、嘉慶本並作「震震慄慄」。

〔一一〕「徽」，稿本同，嘉慶本作「黴」。

寒蟬賦　并序

陸士龍〔一〕謂蟬有五德，故爲作賦；亦復僑居之感，貧才之歎也。余唯其蜕濁濊，辭泥滓，清潔莫尚，無聲于物而喧喧不已，豈莊生逍遥、老氏守嘿之旨耶？暇日省陸賦，聊致思焉。

夫何寒蟬之修潔〔二〕，感時運而來翔；辭緇涅于埃濊，翩乘風而逌行；儵既翕于五日，歘畢伏于淹望；何變化之至神，而知幾之孔章也。端廣頜以飾首，抗修緌以儀冠〔三〕；斑文章之照爛，矯流離于輕翰；嘰醴泉以爲飲，接沆瀣而爲餐；棲一枝而有餘，翳片葉而爲安；心抱清而守素，體逍遥以自然。胡嘒嘒以悲號，聲感激而永慕；横滔涸而頻咽，鬱袓厲而縈互；紛旁振以接響，唉逐聲而合趣。款餘芬于勁秋，弔陳芳于假夏；恐雨雪之夙集，淹餘光之易謝。怨王孫兮不歸，紛啾啾而誰訴？豈緘默之不能，將多言而未寤。頌曰：

緊惟寒蟬，稟五德兮；精類外粿，内任白兮。居高揚清，姱而不閉兮；應候守信，亮志以壹兮。含氣飲露，泊其無求兮；逍遥棲遲，孰非大游兮。盍葆厥章，貞〔四〕以長静兮；閉志自藏，保正性兮。乘汙遷爽，任而不守兮；嗟爾至德，永以爲友兮。

【校記】

〔一〕「陸士龍」，嘉慶本同，稿本作「陸雲」。

〔二〕「潔」，底本、嘉慶本作「絜」，據稿本改。

〔三〕「冠」，原作「寇」，據稿本、嘉慶本改。

〔四〕「貞」，原作「卓」，據稿本、嘉慶本改。

秋霖賦

何重雺窅窅之曖曖兮，曀訰訰而無謁；八溟傾以雲霤兮，天地鬱沓以滲離；羲和潛轡于太陰兮，金樞弭節而勿御；屏翳哨霓以扇威兮，豐隆日夜而屯聚。值秋氣之淒淒兮，況茲霖之湁潗；登高城之曠覽兮，潦汩淢以四集；清漳奔揚以潰溢兮，平蕪漾漾以灄灄；川原淼其無津兮，哀行旅之深涉。驚鴟高鷹側翼而孤瞵〔一〕兮，雁嗷嗷而無依；寒蛩溼而不飛兮，稻粱悠而不歸。心抑鬱而無憀兮，暮獨返于〔二〕虛堂；涼風淒淒而入幃兮，霤循檐之浪浪；茅闔苫而不蔽兮，雨足入于空牀；夜沾溼而十起兮，屢顛倒乎余裳。獨專專而不寐兮，百慮頹而侵尋；故鄉杳以日遠兮，又流轉而北南；唯同懷之宋歷兮，共千里之忉心。造分襟于假夏兮，淹清秋之緒風；欲褰裳而就之兮，限浮潦之淫淫。念人生之靡樂兮，恨秋夜之不旦；聊援翰以抽思兮，誶中懷之惓惓。

【校記】

〔一〕「瞵」，稿本同，嘉慶本作「瞬」。

〔二〕「于」，同治本作「乎」。

望江南花賦 并序

庭有小草，宵聶晝炕，莖不盈尺，黄花五出，四柎交蓓，僢而同氏，藥必其偶，縱午相代。開秋發芳，風嚴霜頹，而彼寸柯，方蘛厥章。客有言其名者，是曰望江南之花。既感其道，爰爲賦焉。

何小草之珍瑋，感兹名之見奇。其纖支附柯，簡節薄葉之麓生也，翳弱草，縈蕪垂；根荫諶荏，枝條倚靡；遊塵離焉，頹飈吹焉。於是晚春早夏，百卉茂止；紆丹晲其左，錯紫睥其右，乱費翬散、饒部瀾漫于其側，拂兮其不逮時也。委委猗猗，誠未足以命知其異也。抽兮首兮，擺乎其不爲之友也。爾其覯朝陽而布葉，矯夕儀而斂陰；託秋霜而表榮，倚曾墀而效心；華不飾悦，香不越林；羣不比標，偏不戾参；獨專專兮沈沈，體志安隱，醰醰深深。淒淒兮秋風，飄飖兮吹我襟；初服兮敢化，恐再〔一〕弱兮弗任；諒君子之不佩，悵永望兮江南。

【校記】

〔一〕「再」，同治本作「冉」。

竹樓賦 并序

崔格卿嗜竹，自號曰竹樓。好事者爲畫竹樓圖，煙標既並，雲矚在兹，亦勝情者所寄也。請余賦之，辭曰：

江南之幽篠兮，百尺而不見陽；石結根而成色，雲裁葉而舒光。赤山亙，素流折；紺嵾嵯，縹淚汩：，山雕氣而縟景，水陽朝而陰夕。乃有高樓，起乎其中，修欄層倚，空牖玲瓏；虚瑶席以受碧，倒瓊霞而鏡紅。蒼苔孤侵，人聲四沈；單鶴偶叫，潛虯一吟；雲百態而逕入，風萬響而來尋。于是幽居之士，任達之流；逌爾長嘯，渺焉登樓；結柔條兮三春，發勁幹兮九秋。是時芳杜已歇，桂枝方彫；悟窈窕之既晏，顧防露之未朝；理紛緼之昔悦，屬郢客之長謡。謡曰：

洞庭波兮湘水深，山中人兮青玉衿；橫千里之騁望，報蘭茝之素心。

遂爲頌曰：

猗彼修竹，君子德兮；緑文翠章，儀其有則兮；登高望遠，孰其可識兮；絶世獨立，與爾爲極兮。

賃春賦 并序

海寧張文在，僑居京師，屬畫者作賃春圖以自況。爲擬梁生之賦以叙之。

時恇恇兮不留，淹吾馳兮未央；周皇都兮結覽，悲窈窕兮日長；感梁鴻兮作歌，摻〔一〕妻息兮内傷。信余志兮弗諒，容回徊兮微禄；果搏觚兮異方，世不云兮我穀。總余駕兮將逝，攬九州兮一逵；心昡沄兮故閭，雲蔓蔓兮蔽之；託廡下兮顑頷，聊消摇兮時暨；固靡冀兮尚賢，幸芳馨兮未沬。惟歲暮兮窮陰，風調調兮振林；衆鹺鹺兮余笑，心惻惻兮孰任。

【校記】

〔一〕「摻」，嘉慶本同，稿本作「操」。

鄧石如篆勢賦 并序

倉籀既悠，蟲鳥茫晦；秦斯改文，小篆是紀。大書刻山，封石頌德；擒華絢豔，後埶是則。佐隸趨簡，迺及分勢；六書載淆，八體亦廢。二漢緜延，厥緒弗恢；金刻石薶，莫究莫追。般般石鼓，發于陳倉；疇曰體謁，庶有憲章。在唐李監，載紹厥武；

我聞其書，蟲蝕鳥步。傳刻世貿，厥真亦抎；嫛姿嫶妍，維僞〔一〕斯仞。鍾張之法，代傳代工；曾是曩文，弗軌弗蹤。猗歟鄧生，好古能述；振兹墜風，洪此藻筆。俗學紛緼，辭之廓如；古人不見，誰毀誰譽？聞諸蔡邕，篆勢有賦；旁涉僞作，緣絲凝露。用範用閑，竚思詳觀；敷擢彬粲，永光藻翰。其詞曰：

雺兮風回，欻兮電追；棽兮梢雲之冒松柟，濞兮百川之隘堆屺，潋兮逆折豁閉而東歸。清思下烝，迅神上落；經緯中彌，觚芒周作；突植立以離偶，乃翕趨而佹遻。窈窈〔二〕冥冥，若首若鶩；若應龍將鯢，以須震霆。幡幡幓幓，若陽若陰；似柔柎隕榮，不可見風。或衡運規旋，或孤出介入；或來而忽往，或闢而不翕；或圭組瓛佩，或瓦碎冰漬。縱横絪緼，絡繹繽紛。遠而望之，若異類崪噩並出，鷁首目之縱莘；即而察之，若慈母字子，裴回遷轉，煦嫗而相分。何分銖之足算，豈金鐵之作儗？振藝林之絶塵，追軼軌于秦始。嗟作者之難覯，信知道之實稀；舉〔三〕梗概而略論，願執簡以同歸。

【校記】

〔一〕「僞」，原作「爲」，據嘉慶本、同治本改。

〔二〕「窈窈」，原作「窈窕」，據嘉慶本、同治本改。
〔三〕「舉」，原作「與」，據嘉慶本、同治本改。

長平鏃箴 并序

内閣中書趙君億孫，藏銅鏃一枚，云自其外祖父某副使官山西時得之高平土中，其地是古長平，疑秦趙戰鏃也。脊中而殺以爲刃，以周尺度之，長二寸，兩從迆以博，得寸之半，鋌斷存者半寸；而旁鋌而下，刃枝出夾笴者，寸也。權其重，得今稱七銖二絫，于古蓋半鋝而弱。以是知考工記云：「鍭矢長寸圍寸。」鄭康成氏讀爲長二寸，猶信；而圍亦當爲二寸，而鄭氏略也。又惜其鋌之不完，無以測古三垸爲幾何重也。趙君幼而受之其母夫人，夫人幼而受之副使。往時其廬火，夫人嫁時物悉燬，而此鏃獨存。今夫人歿若干年，趙君出視，未嘗不欷歔也。余既獲觀焉，又讀趙君所自爲銘，感其志，乃作箴曰：

巖巖古鏃，出自長平。昔在嬴趙，戰争所營。礫礫革革，曰維凶德。孰樹傳斯，而是寶是服？既刊既薶，既夷厥銛，既賁厥華，而蒼赤是漸。既拔曾壤，既襲厥珍，孰吉金赤鐨，而此焉不賓？故晦者，飾之大；恒者，道之泰。有衆弗愛，雖材必劇；有文弗揚，雖刓必章。矯性而性，性性者門也；無用而用，尊用者存也。匪童之誨，髦以爲戒〔一〕；匪令之諄，母訓是勤〔二〕。母言不更，敢告侍旁。

【校記】

〔一〕「髦以爲戒」，稿本作「曰耄以爲戒」，嘉慶本、同治本並作「曰薹以爲戒」。

〔二〕「母訓是勤」，稿本、嘉慶本、同治本並作「曰母訓是勤」。

七十家賦鈔目録序

右賦七十家，一百八十篇，通人碩士，先代所傳；奇詞奥旨，備于此矣。其離章斷句，闕佚不屬者，與其文不稱詞者，皆不與是。

論曰：賦烏乎統？曰：統乎志。志烏乎歸？曰：歸乎正。夫民有感于心，有概于事，有達于性，有鬱于情，故有不得已者，而假于言。言，象也。象必有所寓。其在物之變化：天之漻漻，地之嚻嚻；日出月入，一幽一昭；山川之崔蜀杳伏，畏佳林木，振硪谿谷；風雲霧霿，霆震寒暑；雨則爲雪，霜則爲露；生殺之代，新而嬗故；鳥獸與魚，草木之華，蟲走蛍趨；陵變谷易，震動薄蝕；人事老少，生死傾植；禮樂戰鬬，號令之紀；悲愁勞苦，忠臣孝子；羈士寡婦，愉佚愕駭。有動于中，久而不去，然後形而爲言。于是錯綜其詞，回互〔一〕其理，鏗鏘其音，以求理其志。其在六經則爲詩。詩之義六，曰風、曰賦、曰比、曰興、曰雅、曰頌。六者之體，主于一而用其五。故風有雅、頌焉，七月是也。雅有頌焉，有風焉，烝民、崧高是也。周澤衰，禮樂缺，詩終三百，文學之統熄。古聖人之美言、規矩之奧趣，鬱而不發，則有趙人荀卿、楚人屈原，引詞表指，譬物連類，述三王之道，以譏切當世；振塵滓〔二〕之澤，發芳香之鬯；不謀同偁，並名爲賦。故知賦者，詩之體也。其後藻麗之士，祖述憲章，厥製益繁。然其能者之爲之，愉暢輸寫，盡其物，和其志，變而不失其宗。其淫宕佚放者爲之，則流遁忘反，壞亂而不可紀。

譎而不觚，盡而不觳，肆而不衍，比物而不醜；其志潔，其物芳，其道杳冥而無〔三〕常，此屈平之爲也。與風雅爲節，渙乎若翔風之運輕霞，灑乎若元泉之出乎蓬萊而注渤澥。及其徒宋玉、景差爲之，其質也華；然其文也，縱而後反。雖然，其與物椎拍，宛轉泠汰，其義轂轢于物，芴芴乎古之徒也。剛志決理，輐斷以爲紀，內而不汙，表而不著，則荀卿之爲也。其原出于禮經，樸而飾，不斷而節。及孔臧、司馬遷爲之，章約句制，奡不可理。其辭深而旨文，確乎其不頗者也。其趣不兩，其于物無剪，若枝葉之附其根本，則賈誼之爲也。其原出于屈平。斷以正誼，不由其曼。其氣則引費而不可執。循有樞，執有廬，頡滑而不可居。開決窅突而與萬物都，其終也芴莫，而神明爲之橐，則司馬相如之爲也。其原出于宋玉，揚雄恢之。脅入竅出，緣督以及節。其超軼絶塵，而莫之控也；其波駭石咢，而没乎其無垠也。張衡盱盱，塊若有餘；上與造物爲友，而下不遺埃壒。雖然，其神也充，其精也茶。及王延壽張融爲之，傑格拮撥，鉤孑菆牾，而俶佹可覿。其于宗也，無蜕也。平敞通洞，博厚而中；大而無瓠，孫而無弧；指事類情，必偶其徒；則班固之爲也。其原出于相如，而要之使夷，昌之使明。及左思爲之，博而不沈，贍而不華，連犿焉而不可止。言無端厓，傲倪以爲質，以天下爲郛廓，入其中者，眩震而謬悠之，則阮籍之爲也。其原出于莊周。雖然，其辭也悲，其韻也迫，憂患之詞也。塗澤律切，蓊薆紛悦，則曹植之爲也。其端自宋玉，而枘其角，擢其牙，離其本而抑其末。浮華之學者相與尸之，率以變古。曹植則才子矣〔四〕，揖揖乎改繩墨，易規矩，則佞之徒也。不揖〔五〕于同，不獨于異；其來也首首，其往也曳曳；動静與適，而不爲固植，則陸機、潘岳之爲也。其原出于張衡、曹植，矯矯乎振時之儁也。以情爲裏，以物爲襮；鑱雕雲風，琢刻〔六〕支鄂；其懷永而不可忘也。坌乎其氣，煊乎其華，則謝莊、鮑昭之爲也。江淹爲最賢。其原出于屈平九歌。其掩抑沈怨，泠泠輕輕；其縱脱浮宕，而歸大常。鮑昭、江淹，其體則非也，其意則是也。逐物而不反，駘蕩而駁舛；俗者之囿而古是抗；其言滑滑，而不背于塗奧，則庾信之爲也。其規步蒦騣，則揚雄、班固之所引銜而控〔七〕轡，惜乎拘于時而不能騁〔八〕。然而其志達，其思哀，其體之變則窮矣。後之作者，慨〔九〕乎其末之或聞也。

【校記】

〔一〕「互」，稿本作「牿」，嘉慶本作「牾」。

〔二〕「滓」，嘉慶本同，稿本作「淄」。

〔三〕「無」，稿本同，嘉慶本作「有」。

〔四〕「曹植則才子矣」，稿本、嘉慶本並作「曹植則可謂才士矣」，但稿本上引前五字塗改。

〔五〕「搰」，嘉慶本同，稿本作「滑」。

〔六〕「刻」，稿本同，嘉慶本作「削」。

〔七〕「控」，嘉慶本同，稿本作「罄」。

〔八〕「而不能騁」，嘉慶本同，稿本作「而不騁」。

〔九〕「慨」，稿本、嘉慶本並作「概」。

莊先生遺文後序

右莊先生遺文若干卷，其子有可輯録。先生德博而居隘，志昌而遇蹇。更貧困，務自刻苦爲學問。於六經之指，古先聖〔一〕之微言絶學，三代之制作，井田、禮、樂、政、法，卓卓大義，削刻傳注，審白決黑，究之于心，持論不爲師説揺惑。將欲有所著述，未及就，以授有可。先生之殁二十年，而有可學成，周易、春秋、毛詩、周官，具有論説。既乃撰次先生所爲古文辭歌詩〔二〕都爲一編，匄其友王灼叙而藏之。蓋有可既成先生之志，乃敢集先生之文，蓋其重也。余不幸幼而孤。少長，讀先君子所爲詩，識先生名；知先君子于先生，友也。既與有可游，識先生之緒論。有可之窮如先生，其爲人進退無咎悔，其學不求知于世，一如先生。先生雖藴其學，不得施用；有可能述其書以傳于後，能成其身以章先生之德，其父子之際，雍容刻厲，觀于兹編，可以悲而樂之。先君子既與先生交，有可又辱與予善，而予學日以困，無以自樹立，將忝其先人；于有可之集先生文，益愧赧悚惕而不能自已也。

【校記】

〔一〕「古先聖」，嘉慶本同，稿本作「古先聖賢」。

〔二〕「古文辭歌詩」，嘉慶本同，稿本作「歌詩古文辭」。

書墨子經後

右墨子經上下及説，凡四篇。晉書魯勝傳云：「勝注墨辯『引説就經，各附其章』」，即此也。墨子書，多奥言錯字，而此四篇爲甚。勝注既不傳，世莫得其讀；今正其句逗，通其旨要，合爲二篇，略可指説，疑者闕之。

古者楊、墨塞路，孟子辭而闢之。自孟子之後，至今千七百餘年〔一〕，而楊氏遂亡。墨氏書雖存，讀者蓋鮮。大哉聖賢之功，若此盛矣。墨氏之言修身親士，多善言，其義託之堯、禹，自韓愈氏以爲與聖賢〔二〕同指，孔、墨必相爲用。向無孟子，則後之儒者，習其説而好之者，豈少哉？老氏之言，其始也微，不得孟子之辨。而佛氏之出，又絶在孟子後，是以蔓蔓延延，日熾月息，而楊、墨泯焉遂微。吾以悲老、佛之不遭孟子也。當孟子時，百家之説衆矣，而孟子獨拒楊、墨。今觀墨子之書，經説、大小取，盡同異堅白之術，蓋縱横、名、法家惠施、公孫龍、申、韓之屬皆出焉。然則，當時諸子之説，楊、墨爲統宗，孟子以爲楊、墨息，而百家之學將銷歇而不足售也。獨有告子者，與墨〔三〕爲難，而自謂勝爲仁。故孟子之書亦辯〔四〕斥之。嗚呼！豈知其後復有烈于是者哉？

墨子〔五〕之言，誖于理而逆于人心者，莫如非命、非樂、節葬。此三言者，偶識之士可以立折；而〔六〕孟子不及者，非墨之本也。墨之本在兼愛。而兼愛者，墨之所以自固而不可破。兼愛之言曰：「愛人者，人亦愛之；利人者，人亦利之。仁君使天下聰明耳目相爲視聽，股肱畢強相爲動宰。」此其與聖人所以治天下者復何以異？故凡墨氏之所以自託于堯、禹者，兼愛也。尊天、明鬼、尚同、節用者，其支流也；非命、非樂、節葬，激而不得不然者也。天下之人，唯惑其「兼愛」之説，故〔七〕雖他説之誖于理、不安于心者，皆從而則之，不以爲疑。孟子不攻其流而攻其本，不誅其説而誅其心，被之以無父之罪，而其説始無以自立。嗟夫，藉使墨子之書盡亡，至于今，何以見孟子之辨嚴而審，簡而有要如是哉！孟子曰：「我知言。」嗚呼！此其驗矣。後之讀此書者，覽其義，則于孟子之道，猶引弦以知矩乎〔八〕？

【校記】

〔一〕「千七百餘年」，嘉慶本同，稿本作「千數百年」。

〔二〕「賢」，嘉慶本同，稿本作「人」。

〔三〕「與墨」，嘉慶本同，稿本作「與墨氏」。

〔四〕「辯」，嘉慶本同，稿本作「辨」。

〔五〕「墨子」，嘉慶本同，稿本作「墨」，無「子」字。

〔六〕「而」，嘉慶本、稿本「而」字前有「然」字。

〔七〕「故」，原本無，據稿本、嘉慶本增。

〔八〕本篇稿本與底本首尾文字頗異。稿本開頭無自「右墨子」起至「疑者闕之」一段，而從「古者楊、墨塞路」句始。篇尾「此其驗矣」至結束則爲「經上下及説凡四篇，多奥言錯字，世莫得其讀。余爲正其句逗，通其旨要，引説就經，各有次第，其有疑者，闕而不説，學者覽其義，則於孟子之道，猶引弦而知矩乎？」嘉慶本、同治本與底本同。

讀荀子

一言而本末具者，聖人之言也。有所操有所遺，然而不虚言，言以救世者，賢人之言也。操其本者不弊；操其末者，未有不甚弊者也。孔子之言性，曰〔一〕：「性相近習相遠」；「上知與下愚不移」。所謂一言而本末具者也。孟子之言「性善」，所謂操其本也。荀子之言「性惡」，所謂操其末也。其言殊，其所以救世之意一也。孟子曰：「口之于味，目之于色，鼻之于臭，耳之于聲，四肢之于安佚，是性也。」不亦與荀子言「人之性，飢而欲飽，寒而欲暖，勞而欲休」者同乎哉？荀子曰：「無性則僞之無所加，無僞則性不能自美。」又曰：「義與利者，人之所兩有也，雖堯、舜不能去民之欲利，雖桀、紂亦不能去民之好義。」不亦與孟子言「民之秉彝，故好是懿德」者同乎哉？公都子〔二〕問孟子曰：「告子曰性無善無不善，或曰性可以爲善可以爲不善，或曰有性善有性不善，三説皆非歟？」孟子曰：「乃若其情，則可以爲善矣，乃所謂善也。」然則孟子不以三説皆非者，豈不以上知之性善，下愚之性不善，而中人可以爲善、可以爲不善者哉？雖然，由孟子之説，則人得自用其爲善之才，而道甚邇，事甚易。由荀子之説，則道者，聖人〔三〕所以撟揉天下之具，而人將厭苦而去之。故荀子之意與告子異，而其禍仁義與告子同；則操其末者之弊，必至于此也。雖然，孔子言仁而孟子益之以義，荀子則約仁義而歸之禮。夫義者，仁〔四〕之裁制也；禮者，仁義之檢繩也。孟子之教，反身也切；荀子之教，檢身也詳。韓子曰：求觀孔子之道，必自孟子始。後之學者，欲求其途于孟子，自荀子始焉可也。

【校記】

〔一〕「曰」，嘉慶本、稿本作「言」。

〔二〕「公都子」，嘉慶本同，稿本無「子」字。

〔三〕「聖人」，嘉慶本同，稿本無此二字。

〔四〕「仁」，嘉慶本同，稿本作「人」。

續柳子厚天説

或曰：柳子之説天也，比之果蓏、癰痔、草木，天固若是無知乎？曰：蒼蒼者，謂之天；亭亭者，謂之地；歔歔翕翕者，謂之元氣陰陽。其有知也？無知也？吾不得而知也。審無知乎，柳子之説備矣。審有知乎，吾爲柳子竟之。凡有知者，孰過于人？人之身，枵然而虚其中者，天地耶？呼吸而往來者，元氣陰陽耶〔一〕？人之有知也以神〔二〕，其帝之主宰于天、地、陰陽元氣者耶？然則人居天地之中，其猶心、毛、肝葉耶？其脾之榮、膽之精、肺之魂魄耶？必且猶蟯蛕之居且食于藏者耶？其有不善之生也，不猶蠱之與瘕者耶？蟯蛕之在于藏也，未有知之者也，其死而出于後，然後知藏之有蟯蛕也。其奚則生，其奚則死，其亦仰而訴于吾乎？其亦哀而欲吾之仁之乎？人且有恩若罰于蟯蛕者耶？寒溼之宛而蠱生焉，食之蠱而蠱生焉，其生而戕于藏府，痛知于身，而不知其爲蠱也。有扁鵲者，藥而下之。扁鵲者知之，其人不知也。魯之氓，有食生菜而蛭生于腹者，病三年，他日誤食芫華而病愈。故自生以至其斃，而魯之氓不知有蛭也。夫屏榖而導引者去三蟲，蟯蛕未有生焉者也。其次和藏氣、調血脈，瘕蠱未有生焉者也。神之濁而有蟯蛕，神之亂而有瘕蠱。然則，人之生于元氣陰陽之薄也，決也，彼且及知有生其間者耶？知有生其間者，毋亦待彼芫華、扁鵲者耶？而怨之，而哀之，而望其賞與罰焉者，非惑耶？

【校記】

〔一〕「耶」，嘉慶本同，稿本作「也耶」。

〔二〕「人之有知也以神」，稿本、嘉慶本並作「人之以有知者神也」。

送惲子居序

余少時嘗服馬少游言：「求爲鄉里善人以没吾世。」年二十七，來京師，與子居交〔一〕，觀其議論、文章，礱切道德，乃始奮發自壯，知讀書求成身及物之要。八年之間，共躓于舉場，更歷困苦，出頫仰塵俗，入則相對以悲；已，相顧自喜益甚。凡余之友，未有如子居之深相知者。詩曰：「無言不讎。」子居之益余多矣。于其選而爲令，余可以無言？始子居之語余也，曰：「當事事爲第一流。」余愧其言，然未嘗忘也。凡余之學，嘗求其上矣，自以爲不足，則姑就其次，故往往無成焉。夫爲令之道，六經、孔、孟之所述，子居向時之所道者，皆其上者也；以子居爲之，其不可以至耶？曰：「吾不爲彼之所爲者而已。」豈子居向時之所道耶？君子出其言，則思實其行；思其行，則務固其志；固志莫如持情，實行莫如取善。是乃子居之所以益余者也，子居勉之矣。

【校記】

〔一〕「與子居交」，嘉慶本同，稿本作「得交子居」。

送張文在分發甘肅序

古之所謂良有司者，不待其莅政治民也，觀其所以汲汲者，則其於守〔一〕也可知矣。是故有躁進之心，則必有趨勢之術；有患貧之心，則必有冒貨之漸。雖有特達之才，廉恥之念，其入于勢利也，猶靮之在項，羃之在目，而以旋于磨；雖欲自拔其足，其勢固不得已。嗚呼！今之有志于吏道者鮮矣。今各省自州縣自丞尉，謁吏部而出者，歲數百餘人〔二〕，其人皆有司牧之責，其間亦有〔三〕知名義、識廉恥者。然吾觀其所以進爭尺寸之捷，較出入之勢、進退之械，則未有不求熟者。及其選而得官，則譁然曰：「某地善，某地惡。」得之者忻戚色然。問其所以爲善惡者，則非政之險易也，非民之淳澆也，曰「某地官富」，曰「某地官貧」。嗚呼！士未莅官，未治民，而所汲汲者如此；古之良有司，其終不可見乎？

海鹽張文在，強毅慷慨，喜任俠，然敦爲孝弟。少舉于有司，困不遂，走京師，供事國史館，積若干年，以勤能，例得府經歷。又幾年，史館移選人入吏部，文在例得與，而主者抑之，不得選〔四〕。今年秋，以貲入，請試用，分發〔五〕得甘肅。甘肅，地邊塞，民窮官貧，自長吏以下，不能具輿馬，士大夫宦者視爲畏區；而文在以磊落才，抱負奇氣，浮汩爲吏十餘年，更偃蹇摧困，始得一官；而當遠絶西徼，家又甚貧，雖相知者，皆爲文在不樂；而文在處之晏然。且曰：「吾聞甘肅民樸而政簡，長官無奔走，賓客無繇役，此真吾所樂者。」君子于是知文在之賢：其不躁進也，其不患貧也，其有守也。他日莅政治民，其爲良有司也無惑焉。于其行也，序以送之。

【校記】

〔一〕「則其於守」，嘉慶本同，稿本作「則其於所守」。

〔二〕「數百餘人」，嘉慶本同，稿本作「千有餘人」。

〔三〕「有」，嘉慶本同，稿本作「多」。

〔四〕「不得選」，嘉慶本同，稿本作「文在不爲之動，竟不得選」。

〔五〕「分發」，嘉慶本同，稿本「分發」上有「而」字。

莊君墓表

乾隆五十七年正月十三日，故國子監生莊君卒，年七十，以某年〔一〕某月日葬于某原。

自君未卒之二年，故患噎疾者垂三十年矣，憧乃得愈。恒杜門，簡人事。而其宗祠舊有田產，主者弗能理，日以落。羣議代者，難其人。君奮然曰：「吾老矣，幸而不死，請以餘生治此，他日可以見先人乎？」乃取出入籍，日夜鉤校之，必親。仿北渠吴氏義莊約，定爲章規，榜祠中。北渠吴氏者，自明時其祖性置祠產，號爲義莊，子孫守之，至今郡人比之吴范氏。君既與族人約，盡釐宿所弊，經畫之，至忘寒暑飲食。家人固請少息，不聽。如是者十餘月，條理屬具，而君勞苦致疾，竟卒。君生數歲而喪母，事考石門君，朝夕無方，四十餘年，未嘗廢左右。石門君致官家居。君之兄曰綸渭，中進士，知縣武康，嘗迎親就官舍。然石門君尤樂君之養，居數月，輒歸。維綸渭亦樂君之能養其親也。君應舉于鄉，再進再詘。或勸試京闈，君以石門君故，不可〔二〕。其後疾作，遂絶意仕進焉。石門君之卒，會有故，十年不克葬，君常自咎責，執心喪，不御音樂。及畢封樹，顧謂其子宇逵曰：

「吾今卧，背始帖[三]席也。」君性狷潔，無棄言，無責諾，聞人是非，若出在己。又盛氣，與人言，偶及不平事，立發憤，大恚，變色，氣上逆。久之，乃已。喜讀史，至其感慨，往往盛怒，投卷起，左右皆卒愕。其得噎疾以此。及理祠事，事或不能副君意，君盛氣忼慨，益鋭身以爲己責。故其心力尤瘁，竟不支云。

君諱緗衡，字耘石。祖令輿，翰林院編修。考柏承，中明通榜，初爲靈璧縣教諭，選授湖南石門縣知縣，以疾乞休。母董太宜人。莊氏世爲武進顯族，自君祖父時，以進士起家者，同時十餘人，至君而抑困。子宇逵，有儁才，復躓有司。君謂之曰：「自吾祖入翰林，以官籍解于省者六人，昔之易，今之難也。聞之：『再植之木，其根必傷。』汝好培之。」蓋君之用意如此。

君配吴孺人，涇縣教諭振聲之女，所謂北渠吴氏者也。爲婦謹，爲母莊，先君七年卒。子一人，即宇逵，縣學生。女一人，壻董雲錦[四]。

君之葬也，邑之士來會喪，咸以君有質行，墓不可無表。以書走京師，抵宇逵之友張惠言曰：「子宜爲文。」嗚呼！君不幸以疾廢于世，不得有所施設；及其事親成身，可以有立于後矣。乃系之以銘，曰：

生也親之養，死也親之勤，胡德之昌而屯其身？其華不蕃，以豐其根。

【校記】

〔一〕「以某年」，嘉慶本同，稿本作「以其年」。
〔二〕「不可」，嘉慶本同，稿本作「不肯」。
〔三〕「怗」，稿本作「貼」，嘉慶本作「帖」。
〔四〕「董雲錦」，稿本、嘉慶本並作「董某」。

崔景偁哀辭

余始識景偁于京師，與爲友，景偁以兄事余。既數歲，已而北面承贄，請爲弟子。余愧謝，不獲，且曰：「偁之從先生，非發策決科之謂也。先生不爲世俗之文，又不爲世俗之人，某〔一〕則願庶幾焉。」嗚呼！世俗之爲師、爲弟子〔二〕云者，其取之有由矣，其學之有由矣。非所援焉而取，非所銜焉而學，則以爲狂且愚。昔韓退之作師説，毅然爲人師，一世非笑之，唯李翱、張籍、皇甫湜數人以爲然。余之文質靡至，誦聖人之書，而未識〔三〕其道，其于景偁，未有以相過也，而窮困之效已明白。景偁遊公卿間，名聲日起，當世所謂速化之術，固當聞之。乃退然就執友之門而請受業，欣然若有樂者；惜乎不遇韓退之，使與李翱、張籍之徒相頡頏也。景偁之學，拙于進而勇于取，雖小物，務既其實。與之論道理，未嘗不悦。其改過，果以速。嗚呼！使假之年而就其學，豈可量哉！

景偁字格卿，蒲州永濟人，以乾隆五十八年五月十二日卒于京師，年二十五。其爲人長弟完好，生而父兄稱之，歿而所與遊者思之。工八分楷書摹印，世多藏者。余獨悲其有盛志而卒不遂其學，以無聞于後爲可惜也。爲辭以哀之，曰：

嗚呼偁耶，羣黠䵝以爲賢。誰使興耶，既朝軔而夕顛？又誰憎耶，苟嗇其命，而胡以厚其憑耶？將匪獲于天，而獨自以心爲雄耶？才者之小年，延于不肖者之恒耶？泯泯于後世，而落落乎古人。嗚呼！奈何乎偁耶？

【校記】

〔一〕「某」，稿本、嘉慶本並作「偁」。

〔二〕「弟子」，同治本作「子弟」。

〔三〕「識」，嘉慶本同，稿本作「得」。

茗柯文二編 卷上

楊隨安漁樵問對圖賦 并序

楊子圖其貌爲一漁一樵，取邵康節氏之文，題之曰「漁樵問對」。于時歲在己酉，以書命余于京師曰：「其爲我賦之。」余時甫涉易學，自以未知道，不敢以爲。其後余南還，罹母氏之戚，則又不暇以爲。今年之春，乃得就楊子而觀所謂漁樵問對圖者。縱言及于易。余謂曰〔一〕：「康節氏之爲此言也，豈不越哉！曰：『火無體，薪無用。火以用爲本，以體爲末，故動。水以體爲本，以用爲末，故静。天本用，地本體，然故静體而動用也。』余以爲不然。乾恒易，坤恒簡，體也。乾静也專，動也直；坤静也翕，動也闢：皆用也。彼康節者，其道家言乎？先陰而後陽，舍奇而用耦，先天横圖，地居東，天居西，以陰爲體也。二而四，四而八，而十六，而三十二，而六十四，陰之數也。易則不然。始于一，變而七九，二、八、六，麗于一、七、九者也。故易，乾道也，陽道也。畫數三，兩之而六，陰從陽也。易也者，體陽而用陽；先天者，體陰而用陽。

易者，體陰陽而用動静；先天者，體静而用動。然則，康節爲老氏之徒，無惑也。吾子覃思卦爻，規榘天地，時有所得，往往合于鄭、荀。易學廢久矣，庶幾吾子是賴。今乃取康節之説以自表，毋乃逐其末而未究其本，苟隨俗學之軌轍，而未折衷于大道也？」楊子曰：「子之言則誠晰矣；雖然，夫易同歸而殊途，一致而百慮，故曰廣矣大矣，不可爲典要。今夫步日月者右行，及以左行推之而不忒者，進退之數也。吾惡知夫言陰之耦者，非所以言陽之奇乎？吾惡知夫言體之非用，言用之非體乎？且吾聞之：求道于易，猶挹水于河〔二〕，取明于太陽也，各得其所資焉。今吾伏鄉里誦先王之書，上以事父母，下焉友朋是娱，動則不足，而静或有餘；性又善病，庶幾遺物之役役者，以寧吾軀。故凡體其静而待動者，皆〔三〕吾之徒也，又何怪于斯圖也哉！」余曰：「唯唯。」乃爲之賦曰：

魚以膏自烹兮，薪以明自燒。大哉水火之爲貞兮，化萬形而不膠。繄動静之無方兮，固體用之合德。火假薪而後然兮，水寄魚而後食。夫唯火之爲用兮，用其無用也。傳既盡而不滅兮，吾不知其所從也。水之爲體兮，體其無體也。逝日夜而不舍兮，吾不知其所文，以全吾之真兮。用者人兮，體者身兮，身者主而人者賓兮，無滑而魂，無塞而門，而以卑其施而藴其底也。

【校記】

〔一〕「余謂曰」，同治本作「余謂楊子曰」。

〔二〕「河」，嘉慶本、同治本並作「淵」。

〔三〕「皆」，嘉慶本、同治本並作「真」。

周易虞氏義序

虞翻周易注，釋文云十卷，隋書經籍志云九卷。翻字仲翔，會稽餘姚人。少好學，有豪氣，又善矛。太守王朗命爲功曹。朗爲孫策所敗，翻追隨營護，到東部侯官。朗遣翻還，策復以爲功曹，待以交友之禮。多所匡諫，策嘗納之。策攻黄祖，翻從，説華歆，下豫章。還至吴，策曰：「孤有征討事，未得還府，卿復以功曹爲吾蕭何，守會稽。」其見委重如此。出爲富春長。漢徵爲侍御史，不赴。曹操爲司空，辟之，翻曰：「盜跖欲以餘財污良家耶！」策薨，孫權以爲騎都尉，數犯顔諫争，權不能説。又性疏直，數有酒失，權因醉手劍欲擊之，大司農劉基固爭，得免。其後權與張昭論神仙事，翻指昭曰：「彼皆死人而語神仙，世豈有仙人也？」權遂怒，左右多毀翻，乃徙翻交州。十餘年，卒于交州。翻博學洽聞，雖處罪放，而講學不倦，門徒常數百人。爲周易、論語、國語、老子、參同契注解，周易日月變例、周易集林、律曆、太玄、明楊、釋宋，其書皆亡，目録在三國志傳及隋唐書志。

自漢成帝時，劉向校書，考易説，以爲諸易家説皆祖田何、楊叔、丁將軍，大義略同，唯京氏爲異。而孟喜傳易家陰陽，其説易本于氣，而後以人事明之。八卦六十四象，四正七十二候，變通消息，諸儒皆祖述之，莫能具。當漢之季年，扶風馬融作易傳，授鄭康成。康成作易注，而荆州牧劉表、會稽太守王朗、潁川荀爽、南陽宋忠，皆以易〔一〕名家，各有所述。唯翻傳孟氏學。既作易注，奏上之獻帝，曰：「臣聞六經之始，莫大陰陽。是以伏羲仰天縣象，而建八卦，觀變動六爻爲六十四，以通神明，以類萬物。臣高祖父故零陵太守光，少治孟氏易；曾祖父故平輿令成，纘述其業；至臣祖父鳳，最有舊書〔二〕；世傳其業，至臣五世。前人通講，多玩章句；雖有秘説，於經疏闊。臣生遇世亂，長于軍旅，習經于枹鼓之間，講論于戎馬之上。蒙先師之説，依經立注，所覽諸家解，不離流俗，義有不當實，輒悉改定，以就其正。」又奏曰：「經之大者，莫過于易。自漢初以來，海内英才，其讀易者，解之率少。至孝靈之際，潁川荀諝，號爲知易，臣得其注，有愈俗儒。至所説『西南得朋，東北喪朋』，顛倒反逆，了不可知。孔子歎易曰：『知變化之道者，其知神之所爲乎？』以美大衍四象之作，而上爲章首，尤可怪笑。又南郡太守馬融，名有俊才，其所解釋，復不及諝。孔子曰：『可與共學，未可與適道。』豈不其然！若乃北海鄭玄，南陽宋忠，雖各立注，忠小差玄，而皆未得其門，難以示世。」荀諝者，荀爽也。是時少府孔融善其書，與翻書曰：「自商瞿以來，舛錯多矣；去聖彌遠，衆説騁辭。曩聞延陵之理樂，今觀吾子之治易，知東南之美者，非徒會稽之竹箭也。又觀象雲物，察應寒温，原其禍福，與神合契，可謂探索旁通者已。」翻之言易，以陰陽消息六爻，發揮旁通，升降上下，歸于乾元用九，而天下治。依物取類，貫穿比附；始若瑣碎，及其沈深解剥，離根散葉，暢茂條理，遂于大道，後儒罕能通之。

自魏王弼以虚空之言解易，唐立于學官，而漢世諸儒之説微。獨資州李鼎祚作周易集解，頗采古易家言，而翻注爲多。其後古書盡亡，而宋道士陳摶，以意造爲龍圖，其徒劉牧以爲易之河圖、洛書也。河南邵雍，又爲先天、後天之圖，宋之説易者，翕然宗之，以至于今，牢不可破，而易陰陽之大義，蓋盡晦矣。我大〔三〕清之有天下百年，元和徵士惠棟，始考古義孟、京、荀、鄭、虞氏，作易漢學，又自爲解釋曰周易述。然掇拾于亡廢之後，左右採獲，十無二三。其所自述，大抵祖禰虞氏，而未能盡通，則旁徵他説以合之。蓋從唐、五代、宋、元、明，朽壞散亂，千有餘年，區區修補收拾，欲一旦而其道復明，斯固難也。翻之學既世，又具見馬、鄭、荀、宋氏書，考其是否，故其義爲精。又古書亡，而漢魏師説略可見者十餘家，然唯荀、鄭、虞氏三家，略有梗概可指説，而虞又較備。然則求七十子之微言，田何、楊叔、丁將軍之所傳者，舍虞氏之注，何所自焉？故求其條貫，明其統例，釋其疑滯，信其亡闕，爲虞氏義九卷；又表其大恉，爲消息二卷；庶欲探賾索隱，以存一家之學。其所未寤，俟有道正焉耳。

【校記】

〔一〕原無「易」字，據嘉慶本、同治本增。

〔二〕「至臣祖父鳳，最有舊書」，三國志虞翻傳裴注引翻别傳作：「至臣祖父鳳，爲之最密。臣亡考故日南太守歆，受本於鳳，最有舊書。」

〔三〕「大」，嘉慶本、同治本作「皇」。

虞氏易禮序

韓宣子見易象與魯春秋曰：「周禮盡在魯矣。」記曰：「夫禮，必本于太一，轉而爲陰陽，變而爲四時，其降曰命。」故知易者，禮象也。易家言禮者唯鄭氏，惜其殘闕不盡存。又其取象用爻辰；爻辰者，遠而少變，未足以究天地消息。至其原文本質，使周家一代之制，損益具備，後有王者，監儀在時，不可得而廢也。虞氏于禮，蓋已略矣，然以其所及，揆諸鄭氏，源流本末，蓋有同焉。何者？其異者，所用之象也，而所以爲象者不殊。故以虞氏之注，推禮以補鄭氏之闕，其有不當，則闕如，一以消息爲本。

虞氏易事序

孟氏說易，本于氣，而以人事明之。然虞氏之論象備矣，皆氣也。人事雖具說，然略不貫穿。匪獨虞爾，鄭、荀多說人事者，爻象亦往往錯雜。後學不得其通，乃始苦其支窒而不能騁，于是悉舉而廢之，而相辯以浮辭，日以益衆。夫理者無迹，而象者有依；舍象而言理，雖姬、孔靡所據以辯言正辭，而況多岐之說哉！設使漢之師儒比事合象，推爻附卦，明示後之學者有所依逐，至于今，曲學之響，千喙一沸，或不至此。雖然，夫易廣矣，大矣，象無所不具，而事著于一端，則吾未見漢儒之言之略也。述易事云爾。

周易鄭荀義序

漢儒説易，大指可見者三家：鄭氏、荀氏、虞氏。鄭、荀，費氏易也；虞，孟氏易也。鄭氏言禮，荀氏言升降，虞氏言消息。

昔者伏羲作十言之教曰：乾、坤、震、巽、坎、離、艮、兑、消、息。鄭氏贊易實述之。至其説經，則以卦爻無變動謂之彖辭。夫七、八者彖，九、六者變；經稱用九用六，而辭皆七、八，名與實不相應，非伏羲氏之旨也。爻象之區既隘，則乃求之于天，乾坤六爻，上繫二十八宿，依氣而應，謂之「爻辰」。若此，則三百八十四爻，其象十二而止，殆猶滕焉，此又未得消息之用也。然其列貴賤之位，辯大小之序，正不易之倫〔一〕；經論〔二〕創制，吉凶損益，與詩、書、禮、樂相表裏，則諸儒未有及之者也。

荀氏之説消息，以乾升坤降，萬物始乎泰終乎否。夫陰陽之在天地，出入上下，故理有易有簡，位有進有退，道有經有權，歸于正而已。而荀氏言陽常升而不降，陰常降而不升，則姤、遯、否之義，大于既濟也。然其推乾坤之本，合于一元；雲行雨施，陰陽和均，而天地成位，則章章乎可謂得易之大義者也。

虞氏考日月之行以正乾元，原七九之氣以定六位，運始終之紀以叙六十四卦，要變化之居以明吉凶悔吝。六爻發揮旁通，乾元用九，則天下治，以則四德，蓋與荀同原，而閎大遠矣。

王弼之説，多本鄭氏，而棄其精微；後之學者習聞之，則以爲費氏之義，如此而已。其盈虛消長之次，周流變動之用，不詳于繫辭、彖、象者，概以爲不經。若觀鄭、荀所傳，卦、氣、十二辰、八方之風、六位世應、爻互卦變，莫不彰著。劉向有言：「易家〔三〕皆祖田何、楊叔、丁將軍，大義略同。」豈不信哉！治易者，如傳春秋，一條之義，各以其例；時若可比，究則迴殊。李鼎祚、朱震合諸家而爲説，是知日之圓，而不知其不可以爲規也。余既述虞氏之注爲消息以發其義，故爲鄭、荀各通其要，以俟治古文者正焉。

【校記】

〔一〕「倫」，嘉慶本、同治本並作「論」。

〔二〕「論」，嘉慶本同，同治本作「綸」。

〔三〕「家」，原本作「象」，據嘉慶本、同治本改。按此句文意，與前篇周易虞氏義序「劉向校書，考易説，以爲諸易家説皆祖田何、楊叔、丁將軍」略同，可見以「家」爲是。

易義別録序

敘曰：孔子曰：「天下同歸而殊塗，一致而百慮。」水之爲川也，源有大小，流有長短，而皆可以至于海；則斷港絶潢，莫得而儗焉者，其途通也。吴、秦人之生也同聲，及其長而不相通；然累譯而皆得相喻者，其意同也。聖人之道，著之于經，傳之其人，師弟子相與守之。然夫子没而微言絶。二百餘年之間，以至漢興，詩分爲四，春秋分爲五。此皆七十子所親受，世世傳業，口授而筆記，猶尚如此；源遠末分，非秦火之禍也。況乎去聖久遠，經簡廢絶；承學之士，各自爲宗，差若毫釐，謬以千里，可勝道耶！然揆其本原，罔不依經附傳，承師論法，雖汎濫殊等，其歸不同者尟矣。故規矩之所出，非一木之材也，皆成器焉。器不足以盡規矩，則有之矣；求之于規矩之外而得之者，未之有也。

易之傳自商瞿子，以至田生，惟一家。焦氏後出。及費氏爲古文，而漢之易有三。自是之後，田氏之易，楊、施、孟、梁邱、高氏而五，唯孟氏久行。焦氏之易，爲京氏。費氏興而孟、京微焉。夫以傳述之統，田生、丁將軍之授受，則孟氏爲易宗無疑，而其行不及費氏者，以傳受者少，而費氏之經與古文同，馬融、鄭康成爲之傳注故也。王弼注行而古師説廢，孔穎達正義行而古易書亡。其見于釋文敘録者，自晉以前三十有二家，李鼎祚集解所引二十有三焉，皆微文碎義，多不貫串，蓋易學埽地盡矣，可不惜哉！夫不盡見其辭而欲論其是非，猶以偏言決獄也；不盡通各家而欲處其優劣，猶援白而嘲黑也。余于易取虞氏，既已推明其義，以鄭、荀二家注文略備，故條而次之。自餘諸家，雖條理不具，然先士之所述，大義要旨，往往有〔一〕不可得而略也，乃輯釋文、集解及他書所見，各爲別録；義有可通，附著于篇；因以得其源流同異，若夫是非優劣，亦可考焉。凡孟氏四家：孟氏、姚信、翟元、蜀才。京氏三家：京氏、陸績、干寶。費氏七家：馬融、宋衷、劉表、王肅、董遇、王廙、劉瓛。子夏傳非漢師説，別爲一家。

孟氏

孟喜正義作僖，字長卿，東海蘭陵人，從田王孫受易，舉孝廉爲郎，曲臺長，病免，爲丞相掾。漢書藝文志易章句孟氏二篇。隋志云八卷，殘缺。梁十卷。釋文叙録云十卷，無上經。又引七録云：下經無旅、節，無上繫。今集爲一卷。

漢興，言易者自田何。田何之傳王同、周王孫、丁寬、服生，各著易傳。楊何受王同，蔡公受周王孫，亦各爲傳。田王孫受丁寬，授施讎、孟喜、梁邱賀。施、孟、梁邱各爲章句。施氏之後，有彭宣、戴崇作易傳，景鸞作易説。孟氏之後，有洼丹作易通論，袁京作難記。梁邱之後，有五鹿充宗作略説。田何所傳，著書盡是矣。永嘉之亂，諸家盡亡，而孟氏闕佚之書幸存。當漢之季年，馬融、鄭衆、康成、荀爽好費氏學，由是費氏大興，而田氏説微。獨會稽虞翻作注傳孟氏。史稱孟喜好自稱譽，得易家候陰陽災異書，自言師田生，且死時枕喜膝，獨傳喜。梁邱賀以爲妄言。喜竟以改師説，不得爲博士。今觀虞氏所説陰陽消息之序，神明參兩之數，九六變化之用，精變神妙〔二〕，將非田生之傳，果有得其秘奥者哉？然遺文所存，皆零文碎字，其大義絶不得見〔三〕，藉非虞氏，則商瞿所受夫子之微言，其遂歇滅矣。夫學者求田何之傳，則唯孟氏此文；求孟氏之義，則唯虞氏注説，其大較也。然虞氏雖傳孟學，亦斟酌其意，不必盡同。蓋古人之學，傳業世精，非苟爲稱述而已。故據其同異，或發其旨，庶治古文者有考焉。孟氏卦候消息，惠徵士爲易漢學，既發明之，故不具著。儒者皆言鄭康成始以彖、象附經，漢志易經十二篇，施、孟、梁丘三家，則章句宜以十二篇爲次。今推其文，經亡者率無彖、象，蓋後人寫者，依鄭氏附著之邪？抑其本固然也？

姚氏

釋文叙録云：姚信，字德祐，吴興人，吴太常卿。注易十卷。又引七録云十二卷，字元直。隋書志亦十卷。吴興志有姚德祐文集，輯易注爲一卷。明人爲之，甚疏略，今補而正之。余治易始虞氏，以其説見于集解者，視他家爲多，猶可參校而得其義。又商瞿之傳，至漢末而絶，唯虞爲孟氏學，七十子之大義，儻有存者，故樂得而攷之。既已玩其遺文，略得其義例，則益知易道消息，雖馬、鄭大儒，未能見之者，以費氏徒出經文，非有古師説，夫子之微言，有所闕而不發故也。則又竊怪孟氏之傳在吴，虞氏五世，傳業不絶，而漢、魏之間，未有爲其學者。及仲翔之注既上，爲世所推，亦未聞有聞風而起者，又以知時俗所尚，在彼不在此；卒使虚空之儒得逞其説，經學歇絶，良可悲也。其後觀蜀才注卦變之法，與虞氏同，而未得其本；翟子元者，時有所合，而未詳；然皆孟氏之支系也。最晚乃讀姚氏注，其言乾坤致用、卦變旁通、九六上下，則與虞氏之注若應規矩，元直豈仲翔之徒歟？抑孟氏之傳在吴，元直亦得有舊聞歟？惜其所傳者止此，無以證之。自商瞿受易，三百年而至田何，田何之傳四百年而僅得虞翻，虞翻之後三百年而亡，其略可見者，姚信而已耳，翟子元、蜀才而已耳。故吾于三家之書，雖闕文殘字不可比義，猶寶貴愛惜，紬繹而不敢忽者也。

翟氏

陸德明云：荀爽九家集解有翟子元。子元不詳何人，爲易義。釋文雖時引翟文，而叙録不列子元易義，則知德明未見其書，特就九家集解引之。李鼎祚集解有翟元。翟元蓋即子元，李書諱「玄」爲「元」，鄭玄字亦如此。其所集亦自九家可知。二書之外，未見有引子元易者。德明稱九家集解序有荀爽、京房、馬融、鄭玄、宋衷、虞翻、陸績、姚信、翟子元，若以當九家者。然李鼎祚既引九家，又別自引翟元，則九家非此九人。元朗亦云，其注又有張氏、朱氏，則不以九人爲九家，亦可知也。或又謂九家者，淮南之九師，荀爽爲之集解。今以李氏所引九家之文，往往指釋荀注，則九家解荀，非荀解九家又明。要之，九家所以述荀，而旁引他家以證成之。觀子元諸文，皆與荀義相近，則其采自九家又益信。然子元之易，蓋孟氏，非費氏。何以言之？荀氏有卦變，無爻變；今子元於泰則云「五虛无君，二上包五」；於姤則云「九五遇中，處正」；此皆虞氏之義，與荀氏殊，故知子元爲孟氏易也。依九家序所次，子元之生，必在虞後，其與元直、蜀才未知後先。若其書，固已升孟氏之堂，而未入其室，可以差肩于姚，俯接于范矣。漢、魏易家如此者不多得，而亡之最早。可知輔嗣注行，馬、鄭、荀義，猶不甚相遠，世儒尚或傳之；最深怪而屏棄之者，孟氏諸家之說也。

蜀才氏

蜀才者，七録云不詳何人，七志云是王弼後人，謝炅、夏侯〔四〕該云是譙周，顔之推、陸德明以爲范長生也。長生，涪陵丹興人，一名延久，又名重久〔五〕，又名支，字元壽，隱居青城山。李雄即成都王位，長生乘素輿詣雄，即日拜爲丞相，尊之曰范賢，故又名賢。釋文叙録、隋書志皆云蜀才易注十卷。蜀才之易，大約用鄭、虞之義爲多，卦變全取虞氏，其不同者，剥爲師，夬爲同人，此蔡景君「剥，上九爲謙」之義，推其意，蓋以剥爲師，師爲比、爲乾之消息；夬爲同人，同人爲大有、爲坤之消息。于虞氏旁通之義，則未概聞。然剥、夬下降，師、同人上升，窮上反下，其序猶有合者，非李挺之之復姤五變而生剥者所可口實也。

京氏

漢易家兩京房。太中大夫京房者，淄川楊何弟子，梁丘賀所從受易者也，無書。元帝時京房字君明，東郡頓邱人，本姓李，吹律自定爲京氏，受易梁人焦延壽，今所爲京氏易者也。釋文叙録京房章句十二卷。又引七録云十卷，録一卷目。隋書志云十卷。京氏占候書：隋志十種，凡七十三卷。唐志五種，二十三卷。其見于史傳有遺文者曰易傳，曰積算，曰飛候，曰易占，曰易妖，曰易數，曰風雨占候。其存者積算易傳三卷，雜占條例一卷。延壽自言嘗從孟喜問易，房以延壽易即孟氏學，孟氏之徒翟牧、白生不肯，曰：「非也。」及劉向典校書，考易説，以爲諸易家皆祖田何，大誼略同，唯京氏爲異。儻焦延壽獨得隱士之説，託之孟氏，不與相同；然七略猶著之曰「孟氏京房十一篇，災異孟氏京房六十六篇」，自君明長于災異。易家世應飛伏六位六甲五星四氣六親九族福德刑殺，皆出京氏。

然嘗推求漢、唐以來引京氏言災異者，皆舉其易傳，而未嘗及章句。至陸德明、李鼎祚，往往引京氏之文，率與易傳大異，蓋出于章句。將非京氏自以易説災異，而未始以災異説易，後世之言京氏者，失其本耶？余嘗善陸績治易京氏，而其言純粹，與干寶絶不相類。如其言，雖謂之出孟氏可也〔六〕。使京氏章句而在，其不當在陸下，章章明矣。六日七分、卦候消息、風雨寒温，此孟氏所傳，以一行所議京氏法，四時卦用事，上減九卿卦之七十三分，則亦其不與孟氏相應之大者。惜乎章句之文百不存一，京氏之大義亡矣。惠定宇易漢學，發明京氏積算爲詳，余以爲非京氏之所以爲易，故不録占候書，而輯章句爲一卷，其義例則不可得而説云。

陸氏

陸績，字公紀，吴郡吴人，爲孫權奏曹掾，出爲鬱林太守，加偏將軍。釋文叙録陸績周易述十三卷，又引七志云録一卷。隋經籍志云注十五卷，又與虞翻同撰日月變例六卷，亡。明姚士粦採釋文集解，合以京氏易傳之注，爲陸氏易解一卷，今四庫本是也。易傳注世有其書，又不宜入易注，其所採，闕謬甚多，今正而補之，因論其義例，爲一卷。公紀注京氏易傳，則其易京氏也。余嘗以爲京氏既爲易章句，又爲易傳飛候之書，以謂易含萬象，不可執一隅。然則積算之法，殆不用之章句。以易傳飛候求易者，爲京氏者之末失也。今觀公紀所述，凡納甲六親、九族四氣、刑德生剋，未嘗一言及之；至言六爻發揮旁通卦爻之變，有與孟氏相出入者。京氏自言其易即孟氏學，公紀儻得之耶？京氏章句既亡，存于唐人所引者，僅文字之末，不足以見義。由公紀之説，京氏之大指，庶幾見之。公紀以少年與仲翔爲友，觀其書，亦幾欲與荀、虞頡頏矣。

干氏

明姚士粦輯干常侍易解三卷，但取李氏集解之文，而又時有疏謬，丁教授杰補正之，頗詳具。今依而録之，因論其例爲二卷。干寶字令升，新蔡人，晉元帝時爲著作郎，領國史，出爲山陰令，始安太守，王導以爲司徒右長史，遷散騎常侍。其注易十卷，見釋文叙録。隋志又有爻義一卷。又云：梁有周易宗塗四卷，亡。册府元龜又云：有周易元品二卷。史稱寶好陰陽術數，留心京房、夏侯勝之傳，故其注易盡用京氏占候之法以爲象，而援文、武、周公遭遇之期運，一一比附之，易道猥雜，自此始矣。

蓋嘗論之，易者，象也。象也者，象也。易以陰陽往來九六升降上下而象著焉，陰陽以天地日月進退舍次〔七〕而象生焉，故曰「消息」。鄭氏之言爻辰用事，荀氏之言乾升坤降，虞氏之言發揮旁通，莫不參互卦爻，而依説卦以爲象，其用雖殊，其取于消息一也。令升則不然。其所以爲象者，非卦也，爻也；其所取于爻者，非爻也，干支也。由干支而有五行、四氣、六親、九族、福德、刑殺，此皆無與于卦者也。故乾之爲甲也，震之爲庚也，離之爲己也，此見于經者也。干支爲卦象也，以甲壬名乾，以乙癸名坤，見辰戌名艮，見己亥名兑，則卦爲干支〔八〕象也。以甲子爲水而乾象淵，以庚辰窮水而震象姦邪，顛倒乖舛，説卦之義盡謬矣。京氏之義，其本在卦氣消息，其用在爻變，考之其傳及章句遺文可知。令升曾不之察，而獨取其所以占候者以爲象，然則令升之爲京氏易者，非京氏也。

昔韓宣子見易象與魯春秋，曰：「周禮盡在魯矣。」故易者，文王考河洛，應圖書，革制改物，垂萬世憲章，周公監之以制作者也。鄭氏知之故推象應事，周官典則，一一形著于易。故曰：制而用之謂之法，舉而措之天下之民謂之事業。若乃應期受命，革而用師，商、周之所以興廢，固亦見焉。今令升之注僅存者三十卦，而又不完，然其言文、武革紂，周公攝成王者，十有八焉；至于禮樂政典亂治之要，蓋未嘗及；則是以易爲周家紀事之書，文、武所以自旌其伐也。且文王作卦辭，而蒙託成王遭周公，未濟託禄父不終、微子爲客，則是易爲讖數之言，妖災之紀也。故京氏以易陰陽推後世災變，令升以易辭推周家應期，故曰令升之爲京氏者非京氏也。魏晉之代，易學中微，令升知虚空之壞道，而未得其門，欲以叢瑣附會之説勝之，遂使後之學者指漢師爲術數而不敢道，則易之墜，令升實與有責焉耳。雖然，其論法象始于天地，疾虚誕之邪説〔九〕，豈非卓然不回，憂後世之遠者乎？

馬氏

費氏古文易，徒以彖、象、繫辭、文言解説上下經，無章句。七録有費氏章句四卷，蓋僞託不足信。傳之者，前漢王璜，後漢陳元、鄭衆，皆無著書。有書自馬融始。七録云：馬融傳九卷。隋經籍志：梁有漢南郡太守馬融注一卷，亡。一，疑九字之誤。而釋文叙録及唐藝文志皆有馬融傳十卷。孔穎達、陸德明、李鼎祚引馬融説，似俱親見其書，不知隋志何以云亡也。馬融爲易傳，授鄭康成，康成爲易注，于是費氏遂興。然陸德明以爲永嘉之亂，鄭注行世，而費氏之易，人無傳者，豈以僞託之章句爲費氏耶？荀爽亦注費氏易者，其義又特異。或者費氏本無訓説，諸儒斟酌各家以通之，馬、鄭、荀各自名家，非費氏本學也。鄭易之于馬，猶詩之于毛。然注詩稱「箋」而易則否，則本之于馬者，蓋少矣。今馬傳既亡，所見者僅訓詁碎義，就其一隅而反之，大抵以乾、坤十二爻論消息，以人道政治議卦爻，此鄭所本于馬也。馬于象疏，鄭合之以爻辰；馬于人事雜，鄭約之以周禮；此鄭所以精于馬也。故録馬氏之傳，著鄭氏所以同異，爲費氏學者，可以考焉。

宋氏劉氏

三國志注：劉表爲荆州牧，開立學官，博求儒士，使綦毋闓、宋忠等撰五經章句，謂之後定。釋文叙録及隋經籍志皆有劉表易章句五卷。釋文又引中經簿録云注易十卷。七録云九卷，録一卷，疑即所謂後定者也。而宋忠復自有著書。釋文叙録云：宋衷易注九卷，字仲子，南陽章陵人，後漢荆州五等從事。又引七録、七志云十卷。隋志則云梁有荆州五業從事宋忠注周易十卷，亡。「忠」與「衷」，「五業」與「五等」，形聲之殊。蓋釋文成于隋，其時宋注猶在，陸元朗得見之。隋志據唐時見存，則知此書亡于唐初矣。然李鼎祚史徵皆詳引之，則似未嘗亡者，疑不能明也。虞仲翔表云：「北海鄭玄，南陽宋忠，雖各立注，忠小差玄，而皆未得其門。」今以殘文推之，仲子言乾升坤降卦氣動静，大抵出入荀氏，虞君以爲差勝康成者，或以此。景升章句，尤闕略難考；案其義，于鄭爲近。大要兩家皆費氏易也。然費氏易無變動，而仲子注革五云「九者變爻」，則其異于鄭、荀者，不可得而聞云。

王子雍氏

王肅，字子雍，東海郡人，魏司徒蘭陵成侯王朗之子，文帝時爲散騎黄門侍郎，稍遷。廢帝嘉平中，爲中領軍加散騎常侍，卒贈衛將軍，謚景侯。釋文叙録王肅易注十卷。又云作易音，而無卷數。隋經籍志有易注而無易音，或音與注合爲十卷也。肅著書務排鄭氏，其託于賈、馬，以抑鄭而已，故于易義，馬、鄭不同者則從馬，馬與鄭同則並背馬；故鄭言周禮，則肅申馬，「禴爲殷春祭」是也。鄭言卦氣本于馬，則肅附説卦而棄馬；西南陰方、東北陽方用馬注，而改其春秋之文是也。馬、鄭取象，必用説卦，是以有互有爻辰；則肅並棄説卦，剥之以坤象牀，以艮象人是也。然其訓詁大義，則出于馬、鄭者十七。蓋易注本其父朗所爲，肅更撰定。疑其出于馬、鄭者，朗之學也；其掊擊馬、鄭者，肅之學也。自馬、鄭注行而費氏易興，諸家皆廢，荀、宋雖費氏，而宗之者不及馬、鄭，以馬、鄭主于人事，而不及易家變動之説也。王朗父子，竊取馬、鄭，而棄其言禮、言卦氣爻辰之精切者；王弼祖述王肅，而並去其比附爻象者，于是虚空不根，而道士之圖書作矣。嗚呼！魏晉以莊、老亂天下，而易先受其禍，聖道不亂，邪説不興，時數會之，于肅奚咎哉！

董氏

董遇，字季宣，弘農華陰人。建安初，舉孝廉，稍遷黄門侍郎。魏黄初中，出爲郡守。明帝時，入爲侍中、大司農，卒。釋文叙録董遇章句十二卷。又引七志、七録，並云十卷。隋書經籍志則云：梁有魏大司農董遇章句十卷，亡。攷集解不引董遇，則遇書亡于唐初蓋可知。遇著書在王肅前，故無與肅合者；其于鄭、荀則多同，義雖不可考，要之爲費氏易也。

王世將氏、劉子珪氏

王廙，字世將，琅邪臨沂人，晉愍帝時封武陵縣侯，元帝時爲左衛將軍，謚曰康侯。釋文叙録易王廙注十二卷。又引七志、七録云十卷。隋志唯有三卷，殘闕。劉瓛，字子珪，沛國相人，宋大明四年，舉秀才，除奉朝請，不就。博通五經，聚徒教授，常有數十人。嘗爲主簿，行參軍，公事免，遂不復仕。齊太祖踐祚，欲用爲中書郎，不受。後以母老闕養，拜彭城郡丞，又除會稽郡丞。數除官，皆不拜。卒，謚曰貞簡先生。釋文叙録引七録云，劉瓛作繫辭義疏。隋志有劉瓛繫辭義疏二卷，又周易乾坤義一卷。又云，梁有周易四德例一卷，亡。文選注所引或云易注即其義疏之文，非别有注也。而册府元龜有劉瓛義九卷。董真卿周易會通引劉瓛同人之注，皆不足信。東晉以後，言易者大率以王弼爲本，而附之以元言，其用鄭、宋諸家，小有去取而已，非能通其説，如王廙者是也。齊代鄭義甚行，史稱子珪承馬、鄭之後，一時學徒以爲師範，其于易或宜宗鄭黜王殘闕之餘，無聞焉耳。

子夏傳

釋文叙録子夏易傳三卷。七略云：漢興，韓嬰傳。中經簿録云丁寬所作。張潘云或馯臂子弓所作，薛虞記。虞不詳何許人。隋書經籍志周易傳二卷，魏文侯師卜子夏傳，殘闕。梁六卷。案漢書藝文志，易有韓氏二篇，丁氏八篇，而無馯臂子弓，則張璠之言不足信。丁寬受易田何，上及馯臂子弓，受之商瞿，非自子夏，則荀勖言丁寬亦非。劉向父子博學近古，以爲韓嬰，當必有據。儒林傳稱韓生亦以易授人，推易意而爲之傳，不聞其所受，意者出于子夏，與商瞿之傳異耶？

今所傳子夏傳十一卷，崇文總目云十卷，以釋文、集解諸書所引校之，都不相合。晁以道云，是唐張弧所作，惠徵士棟以爲唐時子夏殘書尚存，無容僞爲，爲之必宋人也。然予謂即唐時二卷者，亦非真韓氏書，其文淺近卑弱，不類漢人，殆永嘉以後，羣書既亡，好事者聚斂衆説而爲之也。朱子發云：「孟喜、京房之學，大要皆自子夏傳而出。」此不察之言也。孟京之易，傳之商瞿，豈得出于子夏哉？子發又以「七日來復」傳，證京房六爻之義；以「井谷射鮒」傳，證井爲五月之卦；固有合者。要之，爲傳者取于孟、京，非孟、京取于此傳，觀其爻〔一〇〕意可知也。然晁以道云：「二卷之書不傳，而漢上易傳所引，皆非十一卷之僞書。」則似朱子發見之者，其復出于晁後耶？而又何時亡之，又不可曉也。

【校記】

〔一〕「往往有」，嘉慶本、同治本並作「往往而有」。

〔二〕「妙」，嘉慶本、同治本並作「眇」。

〔三〕「絶不得見」，嘉慶本、同治本作「絶不可得見」。

〔四〕「俟」，原作「候」，據嘉慶本、同治本改。

〔五〕「重久」，嘉慶本、同治本作「九重」。

〔六〕「可也」，嘉慶本、同治本作「也可」。

〔七〕「舍次」，同治本作「次舍」。

〔八〕「干支」，原作「支干」，據嘉慶本、同治本改。

〔九〕「疾虚誕之邪説」，嘉慶本、同治本並作「疾虚誕之言若邪説」。

〔一〇〕「爻」，嘉慶本、同治本作「文」。

易緯略義序

緯者，其原出于七十子之徒，相與傳夫子之微言，因以識陰陽五行之序，災異之本也。蓋夫子五十學易，而知天命。子贛曰：「夫子之言性與天道，不可得而聞。」是以其言者〔一〕，六藝之文，著之；其難言者，游、夏之徒或口受其傳指，益增附推闡以相傳授，秦、漢之間，師儒第而録之，其亦有技術之士，以其所能，推説于篇，參錯間出，故其書雜而不能醇。劉歆之于緯，精矣。當其時，河、洛之文大備，而七略不著録，將以符命之學出于其中，在所禁秘耶？鄭康成氏，漢之大儒，博通古文，甄録而爲之注，則緯之出于聖門，而説經者之不可廢也，審矣。至隋而六經之緯焚滅，唯易獨存。後漢書注載其目，曰：稽覽圖、乾鑿度、坤靈圖、通卦驗、是類謀、辨終備。宋而更有乾元序制記、乾坤鑿度。宋之諸儒，排而擯之；訖于元明，無傳于世，存者獨明永樂大典所編，而緯無完書矣。

竊嘗以爲乾坤鑿度，僞書也，不足論；乾元序制記，宋人鈔撮者爲之；坤靈圖、是類謀、辨終備，亡佚既多，不可指説；其近完存者，稽覽圖、乾鑿度、通卦驗。稽覽圖論六日七分之候；通卦驗言八卦晷氣之應，此孟、京氏陰陽之學；乾鑿度論乾坤消息，始于一，變而七，進而九，一陰一陽，相並而合于十五，統于一元，正于六位，通天意，理人倫，明王度，蓋易之大義條理畢貫，自諸儒莫能外之。其爲夫子之緒論，田、楊以來先師所傳習，較然無疑。至其命圖書，考符應，算世軌，則其傳湮絶，文闕不具，不可得而通，亦非達士之所欲説也。故就三書而求其醇者：通卦驗十三、稽覽圖十五、乾鑿度十八。易學蕪絶，漢人之書皆已亡闕，其僅而存于今，足以考古師説，如此三書者，治易者蓋可忽乎哉？故條而次之，以類相説，通其可知者，闕其不可知者，存其略云爾〔二〕。

【校記】

〔一〕「其言者」，嘉慶本、同治本並作「其可言者」。

〔二〕「存其略云爾」，嘉慶本作「存其義略云爾」，同治本作「存其義略焉爾」。

詞選序

詞者，蓋出于唐之詩人，採樂府之音，以製新律，因係其詞，故曰詞。傳曰：「意內而言外者謂之詞。」其緣情造耑，興于微言，以相感動，極命風謠里巷男女哀樂，以道賢人君子幽約怨誹不能自言之情，低徊要眇以喻其致，蓋詩之比興，變風之義，騷人之歌，則近之矣。然以其文小，其聲哀，放者爲之，或淫蕩靡曼，雜以昌狂俳優；然要其至者，罔不惻隱盱〔一〕愉，感物而發，觸類條鬯，各有所歸，不徒彫琢曼飾而已。

自唐之詞人，李白爲首，其後韋應物、王建、白居易、劉禹錫之徒，各有述造；而温庭筠最高，其言深麗閎美；五代之際，孟氏、李氏，君臣爲謔，競變新調，詞之雜流由是作矣。至其工者，往往絶倫，亦如齊梁五言，依託魏晉，近古然也。宋之詞家，號爲極盛，然張先、蘇軾、秦觀、周邦彥、辛棄疾、姜夔、王沂孫、張炎，淵淵乎文有其質焉；其蕩而不反，傲而不理，枝而不物，柳永、黄庭堅、劉過、吴文英之倫，亦各引一端，以取重于當世；而前數子者，又不免有一時通脱放浪之言出于其間，後進彌以馳逐，不務原其指意，破碎奔析，壞亂而不可紀。故自宋之亡而正聲絶，元之末而規矩隳，五百年來，作者十數，諒其所是，互有繁變，皆可謂安蔽乖方，迷不知門户者也。今第録此篇，都爲二卷，義有幽隱，並爲指發，庶幾塞其下流，導其淵源，無使風雅之士懲乎鄙俗之音，不敢與詩賦之流同類而諷誦之也。

【校記】

〔一〕「盱」，原本作「旴」，據嘉慶本、同治本改。

丁小疋鄭氏易注後定序

自王弼注興而易晦，自孔穎達正義作而易亡。宋之季年，學者争説性命，莫不以王孔爲本，雜以華山道士之言，而王伯厚氏獨盡心鄭注，蒐輯闕佚，彙爲一書，可謂偉矣。自是之後，蓋五百餘年，而得惠定宇氏，始考鄭氏爻辰，增補伯厚集注所未備，然後天下知有鄭易。又數十年，丁君小疋從而定之，正其違錯，補其闕漏，次其篇章，然後鄭氏之易大略具焉。方今士以不習鄭學爲恥，其考〔二〕鄭書者，無慮數十家，而以丁君此書爲最善。蓋其始爲以至于今二十餘年，不苟成書，有爲其學者，必咨焉，從而爲之校者以十數，唯以傳信爲務，而不以臆斷；其爲之也勤，其出之也慎，則其獨善宜也。

且夫學者所以貴古書者，豈唯其文哉？將有取其義也。王伯厚氏之序此書，取朱震之言，曰「多論互體」，曰「以象數爲宗」。夫易之有互，不始鄭氏，自田何、楊叔以來，論互體，不足爲鄭學也。易者，象也。易而無象，是失其所以爲易。數者，所以筮也。聖人倚數以作易，而卦爻之辭，數無與焉。漢師之學，謂之言象可，謂之言數不可。象、數並稱者，末學之陋也。吾以知伯厚之于鄭易，概乎未有聞也。定宇氏説爻辰是矣。雖然，爻辰者，鄭氏之所以求象，而非鄭氏言易之要也。鄭氏之學，盡于爻辰而已乎？記曰：「夫禮，本于太一，分而爲天地，轉而爲陰陽，變而爲四時，其降曰命。」韓宣子見易象曰：「周禮在魯矣。」是故易者，禮象也。是説也，諸儒莫能言，唯鄭氏言之。故鄭氏之易，其要在禮。若乃本天以求其端，原卦畫以求其變，推象附事，以求文王、周公制作之意，文質損益，大小該備，故鄭氏之易，人事也，非天象也。此鄭氏之所以爲大，而定宇氏未之知也。夫以王、惠二家之學如此，則其所輯，往往有牴牾而不知者，非其學不博，識不精，其所涉淺也。丁君于〔二〕此書，余見其稿本，一字之異，必比附羣書以考其合，往往列數十事，是故于義審；于義審，則其分別有序也，無惑爾已。

余往嘗疑鄭君箋詩，以婚期盡仲夏以前，于經無所徵驗。及就歸妹之注考之，六五爻辰在卯，二月中，辭曰「帝乙歸妹，以祉元吉」；九四爻辰在午，五月中，辭曰「歸妹愆期」；

然後知箋義，蓋出于此。又嘗疑雷震百里以象諸侯，周官制則不合。及讀晉康侯之注，諸侯有三捷之功，錫以乘馬而廣之，然後知易有三代之制。其他如此者甚衆。惜乎唐之儒師未有見及此者，遂使禮家微言泯没而不傳也。然就此書而求之，比類儔物，以合鄭氏禮注，則于易之大義，未嘗不有考焉，是則小疋之功，不可廢也夫。

【校記】

〔一〕「考」，嘉慶本、同治本並作「考校」。

〔二〕嘉慶本、同治本此句無「于」字。

畢訓咸詠史詩序

古之爲學，非博其聞〔二〕而已，必有所用之；古之爲文，非華其言而已，必有所行之。必其有所用，則二帝、三王、周孔之道，如工之有矩，不可以意毁也。必其有所行，則發于中而有言，如鼓之有桴，不可以外遏也。

嗚呼！今之學者，其取于古也略矣，其取于己也詳矣。六藝之書，仁義禮樂之迹，習之矣，弗求明也；明之矣，弗求通也；通之矣，弗求得也；故曰，其取于古也略。爲時文，爲辭賦，爲詩，以集名者，比屋可數；下者，以爲名也；上者，以求傳于後也。就其名而傳焉者，不可以論是非，不可以考治亂，而其言也不可止。故曰，其取諸己也則詳。雖然，今之世之所謂達于用者，吾見之矣，必其悍然無忌憚者也。其共笑爲迂者，則必稍嘗學者焉；笑之甚，則必其學愈甚者焉。今之言之所謂周于行者，吾聞之矣，必其惛然無廉恥者也。其共怪爲謾者，必言之稍文者焉；怪之甚，則必其文愈甚者焉。嗚呼！吾不得見古之學矣，吾不得見古之文矣，其有學古之學爲古之文者，將惡乎用之，而惡乎行之？

吾友畢訓咸，于古無所不學，志足以立事，才足以致務，而其狀悛悛如鄙人，雖與之游者莫能測。不苟爲文，唯作詠史詩百餘篇，抒譏成敗，斟酌道理，皆有條驗。嗚呼！以訓咸之文求其所學，其有所用而行之也審矣。世方迂訓咸，則孰知此詩之非謾乎。

【校記】

〔一〕「聞」，同治本作「文」。

南華九老會倡和詩譜序

吾友莊達甫，授余以南華九老會倡和詩譜，余讀之終篇，乃言曰：是九人者，生皆同族，皆仕焉而老，其仕皆有清節，又皆能爲詩，其不及會而屬和者二十一人，又皆耆德，嗚呼，可謂盛矣。蓋吾聞乾隆之初，國家太平之澤久，物力舒給，百姓安樂壽考，其君子惇行上禮，廉恥爲務；苟賤嗜利者，不齒于里黨。而莊氏于吾鄉爲故家，科第仍顯，文章行誼，冠冕士類。觀于斯譜，則諸君子所以沐浴世澤，耄期稱道者，豈獨莊氏之幸歟？

昔者先王致天下之士，與之治百姓，然七十而致政，歸老于鄉里，豈不以教民知恥、勸讓安老者哉？其老者則非佚息而已，必以時坐左右塾，教其里之子弟，大夫謂之「父師」，士謂之「少師」。民志之不壹，孝弟有弗達，惰于農桑而薄于友助，責在父師、少師。于是蜡月農功畢，餘子入塾，黨正以鄉飲酒之禮致民于序而正齒位，杖者爲賓，父師、少師爲僎，皆與獻酢之禮。既成，旅而乞言，相與歌詠古聖之道，歸美于上，故詩曰「朋酒斯饗，曰殺羔羊，躋彼公堂，稱彼兕觥，萬壽無疆」。先王所以正人倫、厚風俗，仁壽一世，恃有此道也。今去九老之會五十年矣，其老者猶及見前輩之盛德，其少若壯者蓋無聞焉。然則，由今以後，鄉人子弟景頌先烈，世遠愈不及，將何所考正而傳道者哉？此達甫之譜，所以不可不作也。

達甫爲九老中南閭翁後人，篤學力行，克世其美，嘉慶元年，詔郡縣舉孝廉方正，邑之人以達甫應，大府上其名，擬召用，達甫固辭。吾以爲鄉之先生皆如九老，鄉之子弟皆如達甫，庶幾哉！吾鄉之人士，膏澤聖世之化，休問盛事，將不絶于來兹矣。遂書而爲之序。

嘉慶三年月日。

莊達甫無名人詩序

往余讀高士傳，以爲古之君子懷貞負和，不得已而與世相接，猶深自匿晦，或名不可得而聞；則夫高巖窮谷之中，終已〔一〕不通于世者，豈少也哉！惜乎其不得盡傳之也。既而思之，古之高世之士，非苟以身儕麋鹿而已。若許由、善卷、披衣、齧缺之倫，親爲帝者師；及三代之衰，沮、溺、丈人、荷蕢之屬，乃有激而逃焉者。然許由洗耳，巢父牽犢，披裘公反裘，負薪、荷蕢之流通言于孔子，彼雖隱其光，藏其形，亦未始不欲自見以傳于後。孔子曰：「君子疾没世而名不稱焉。」然則君子雖遯世，或者無終晦于深巖窮谷，而不得一接其名者耶！孔子作春秋，以「名」爲褒貶，故有求名而不得，有欲蓋而名彰。然如齊之太史氏，秉筆爲道，兄弟赴義若飢渴；絳縣老人，晉之重人，聲動公卿，而史不能道其姓氏；則又以爲古之君子者，雖其有稱于後，蓋亦有幸有不幸，而況其名與事俱泯焉者，又可勝道哉！司馬遷曰：「閭巷之士，砥行立名，非附青雲之士，烏能施于後世？悲夫！」有以也。

吾友莊達甫，次古君子之見于傳而佚其名者，自上世迄周，凡若干人，頌之以詩，爲一卷。達甫，今之砥行立名者，又每有高世之志。昔者揚雄論德名，以鄭子真、楚兩龔、嚴君平爲庶幾；而班固作史，以王吉、貢禹、鮑宣、兩龔與四皓、鄭、嚴同傳，蓋明出處之同科，隱顯之一致也。達甫之爲此，豈曰以慕夫鴻飛冥冥之爲徒者哉！

【校記】

〔一〕「已」，原作「巳」，據嘉慶本、同治本改。

遷改格序

易之象〔一〕曰：「風雷益，君子以見善則遷，有過則改。」解之者曰：「君子謂乾也，益之初，否之上，乾也。其四，否之三，坤也。坤進而居乾，是謂遷善。乾降而正坤，是謂改過。改過之道，不可以不重也，如雷然；赫乎其動之也。遷善之道，不可以不輕也，如風然，泠乎其入之也。故曰：『益動而巽，日進无疆。』此君子所以『終日乾乾，夕惕若厲』者也。」君子之學，始于自知，而訖于自成。始于自知者，能見善與過之謂也。非所善而善，是謂僭；非所過而過，是謂誣。誣且僭，君子雖自反，其能益乎？夫決嫌疑、定猶豫、别是非，舍禮，何以治之？故禮者，道義之繩檢，言行之大防，進德修業之規矩也；君子必學禮，然後善其所善，而過其所過。益之初曰：「利用爲大作。」大作，國之大事，祀與戎也。其二曰：「王用亨于帝。」亨者，祀也。其三曰：「益之用，凶事。」凶事，喪也。其四曰：「中行，告公從。」告公，朝聘之禮也。「利用爲依遷邦」，言大封也。故吉凶軍賓之禮，具于益焉。君子于以考善，于以鑒慝，是〔二〕謂自知。

訖于自成者，無吝于始，無怠于終，變動不居，而常執其貞。無吝于始者，益之初，復也。復小而辨于物，既以辨之，君子不如是，則不樂。故傾否，先否後喜也。無怠于終者，益之成泰也。乾動而下，坤動而上。乾，德也。坤，業也〔三〕。業日進而照之以德光，故曰「自上下下，其道大光」也。變動不居而常執其貞者，益之用，既濟也。不正不益，故曰「或益之十朋之龜，永貞吉」。離，龜也；兑，朋也；貞，正也。言三正離而下益兑也。其在上曰「莫益之，或擊之，立心勿恒，凶」。「莫益之」者，上不來也；「或擊之」者，初將壞也；「立心勿恒」者，巽爲坎，濟未泰也。夫時者有變而禮無不宜，君子務正其道。正其道而勿有，守之以恒，是以大通。易曰：「損益盈虚，與時偕行。」此之謂也。

吾友莊君卿珊，寡言而力行，好學不倦，與其同志陸君紹聞，取明人功過格，正之以禮，明其統例，名之曰遷改，余以爲君子之學，所以異于釋氏者，唯無求其報應福利而已，非昧昧于善惡之輕重，而曰吾明道不計功也。卿珊之爲此，其諸以爲禮之律令與？故爲説易之言遷善改過者，以序其篇。

【校記】

〔一〕「象」，原作「彖」，據嘉慶本、同治本改。十三經注疏本易经亦作「象」。

〔二〕「是」，同治本作「之」。

〔三〕原無「業也」二字，據嘉慶本、同治本補。

茗柯文二編　卷下

贈毛洋溟序

余之友曰毛洋溟，學古之道，爲古之文，吾樂而友之。余之友曰吴仲倫，學古之道，爲古之文，吾樂而友之。洋溟爲人坦易通適，其文跌宕尚奇氣。仲倫行嚴整，進退有法，其爲文亦然。二子者未嘗相過從。余嘗以洋溟之文示仲倫，仲倫弗之許；以仲倫文示洋溟，洋溟亦弗深許也。然余聞仲倫言：「古之君子，尊其道，故其思約；致其學，故其辭文。」惟洋溟之言，固若是。洋溟論爲文，以古人爲規矩，始於法，成於化。仲倫亦嘗云爾。夫二子者，其學於道同，學於古人之文同，而至其爲文，乃若大異，何哉？余嘗疑古之文人，前後數千百年，更相訾訾，以是所見；嘗以爲設使其並生一時，相與上下其議論，未知其所爲是非者，果有是非乎？其無是非乎？抑亦互相爲斷斷者乎？

然唐人爲文，唯韓愈氏爲是；其時若李元賓、樊紹述之流，於古人之文，未爲得規矩也；而韓氏之推之，不啻其自許。易曰：「天下同歸而殊塗，一致而百慮。」則又疑以爲古之學於道而庶幾古人者，雖有不同，其必無互相爲是非者耶？今二子者，並時而生，又同州邑處，余以未嘗一相見上下其論議也，果其開口一論議，則余之所疑於古人者，其可釋耶？抑二子者自有同焉者，而其異者未足爲是非也。余爲古文，在洋溟後，而同學於仲倫。二子者之是非，余無以識之也，故序洋溟之文，以訊仲倫。

送錢魯斯序

魯斯長余二十四歲，以嘗從先君子受經，故余幼而兄事之。魯斯以工作書爲詩名天下，交友徧海内。余年十六七歲，時方治科舉業。間以其暇學魯斯爲書，書不工；又學魯斯爲詩，詩又不工。然魯斯嘗誨之。越十餘年，余學爲古辭賦。乾隆戊申，自歙州歸，過魯斯而示之，魯斯大喜，顧而謂余：「吾嘗受古文法於桐城劉海峯先生，顧未暇以爲，子儻爲之乎？」余愧謝未能。已而余游京師，思魯斯言，乃盡屏置曩時所習詩賦若書不爲，而爲古文，三年乃稍稍得之。而余留京師六年，歸更太孺人之憂，復游浙中，轉入歙，而魯斯客湖南北，久乃歸，參差不得見者十三年。

今年夏，余自歙來杭州，留數月。一日，方與客語，有覞然而來者，則魯斯也。其言曰：「吾見子古文，與劉先生言合。今天下爲文，莫子若者。子方役役於世，未能還鄉里，吾幸多暇，念久不相見，故來與子論古文。」魯斯遂言曰：「吾囊於古人之書，見其法而已。今吾見拓於石者，則如見其未刻時；見其書也，則如見其未書時。夫意在筆先者，非作意而臨筆也。筆之所以入，墨之所以出，魏、晉、唐、宋諸家之所以得失，熟之於中而會之於心。當其執筆也，繇乎其若存，攸攸乎其若行，冥冥乎，成成乎，忽然遇之，而不知所以然，故曰意。意者，非法也，而未始離乎法。其養之也有源，其出之也有物，故法有盡而意無窮。吾於爲詩，亦見其若是焉。豈惟詩與書，夫古文，亦若是則已耳。」嗚呼，魯斯之於古文，豈曰法而已哉？抑余之爲文，何足以與此。雖然，其惓惓於余，不遠千里而來，告之以道，若惟恐其終廢焉者，嗚呼，又可感也！於是留數日。將去，送之於西湖，書其言而誌之，且以爲別。

與左仲甫書

仲甫執事：

前者奉書，適苦頭痛，言辭草猝，懷不能盡。凡今天下之患，在事至而無人任之。無人任之者，非無人爲之也，爲之而不足以勝之也。凡爲其事者，未有不欲人之任之也，非其人而任之事，非以此人爲果足以勝之也，知其不足以勝之，而無勝之者之可以代之，故不得已而聽其事之不勝也。夫用人之道，若良賈之息物然，陸而資舟，水而資車，故時用物而不匱，事之至也。而求勝之焉者，此其所以無人也。識足以察之，權足以致之，是之謂豫事。凡今之有其權者，皆不足以言此者也。或可與之言，則又不足以察此者也。州縣官之于權，可謂微矣；雖然，事之至而所欲求者，其與有其權者，有以異乎？無以異也。仲甫之於此，有其責矣，其亦知之矣，而識又足以察之；然則，有其權者不足與言，可與言者，非仲甫而誰哉？仲甫之官，不足以奔走天下之士；仲甫之財，不足以延攬天下之士；然而，望之於仲甫者，以仲甫之自有可用之權也。

知縣者，民之父母也，未有一家之人曠不相接，而可以爲父母者也；未有子孫之才智、僕隸之技力漫不相悉，而可以爲父母者也。昔者宓子宰單父，有兄事者，有父事者，有師事者。今之縣與古之邑，大小殊矣，民人户口，不啻十倍，而曰無其人者，儻不然歟？今仲甫之於所治，搢紳之士，草野之族，下及吏胥之役，亦嘗得其可任者歟？其有之，則吾於仲甫無以復言也。如其求之而未得也，其未嘗求之也，則仲甫之責。方今之務，未有要於此者也。夫鴻毛雖衆，不若一翮；諾諾盈側，不當一士。仲甫左右，儻有周舍其人者乎？其未有也，其未嘗求也，則仲甫雖盡相識者而汎愛之，人人有得於仲甫，其無〔一〕益於仲甫之事可知也。

方今人才誠不易得，仲甫氣夷而見遠，當有以辨之，大要不汲汲於世俗，而近於迂誕者，乃爲才耳。朋儕中如丁道久者，庶幾可以成就；惜其奔走衣食，恐遂役於塵俗；不然，則亦可任之一人也。

惠言於天下事，無一能曉，不量其愚鄙，輒欲以狂言聞於執事，執事其亦察之，幸甚。不宣。

【校記】

〔一〕「無」，原無，據嘉慶本、同治本增。

答莊卿珊書

卿珊足下：

得四月二十日書，忻悚以愧。僕不肖，幼不知學，長而漫游，行不足以自立，文不足以自通，過辱推許，誠非任受。撝損之義，自恒以上，所不敢承，況惠言之譾譾者耶？然吾子名家子，學有源別，質直不妄，固知非苟爲獎借而已。蓋其有所篤好深嗜，嗛嗛若不及；中誠發於天性，推而達之，而不自知其所施之非人，僕豈惟媿吾子之推許已哉！抑重媿吾子取道之勤勤，爲所不可及也〔一〕。

自僕往京師，鄉里之賢士，聞其名者多矣，嘗恨不及知而友之。其或見之，而無恨於不知者，乃亦多有。三歲以來，略得相識，然困於憂患，心惛然不暇曉，又奔走衣食，汲汲靡底，其慕而友之者，卒歲不過三四見。又嘗自恨友之而不足知之，與向之不得友之也無有異。去歲遊南陵，與道久居三十日，自以爲知之，其聰敏特達，志氣激發，昭昭然在三代之上，庶幾聖人之所爲進取者。僕既得其爲人稠人廣衆之中，率語之以自壯。吾子在諸君子之中，內重而外厚，最可一望而識。又學於道久，議論性術，一宗於師。僕之於知吾子也，自以爲差易，而又堅之以道久，則吾之信於吾子者，其亦有以得之矣。

自古非才之難，成之實難，其於今尤甚。何者？貧窮迫其中，而誹譽敗其外也。然天下之事，無藉爲之則已，爲之有異於古乎哉？幸而不爲其事則已，爲之不必於古之人之爲之乎哉？才之，天也；成之，人也。在天者，道久之與卿綳皆是矣。在人者，道久之與卿綳之志皆是矣。二子者之成，豈不謂難哉？然吾謂二子者有其志，則衆人之所難者不足以難之；而二子者之不負乎其志，抑爲難也。

僕材駑而精茶，終以無所造就，庶幾朋友之中，多見有其人者。而吾之求之，亦未始屢得；抑鄉里之士，僕所未知者猶多，卿綳必知之，其儻爲我言，吾得徧友之足矣。

遷改格序前録去，計已得見，文辭雖不足道，其亦可爲一簣之助耳。舍弟方鋭意爲學，而迫於所難者，憂恐猝猝，未知所成就何如耳。方暑，自愛。不宣。

【校記】

〔一〕「不可及也」，嘉慶本、同治本作「不及也」。

鄂不草堂圖記

巖鎮市之南，舊有園曰先春，地平衍，小不能三晦；臺榭之飾甚儉，池石花樹獨奇；其外平疇長林，帶以崇山，雲物之態，四望交屬〔一〕；巖鎮之爲園者莫及焉。

乾隆乙巳，余客巖鎮，時園荒無人，嘗以歲除之日，與桐城王悔生披籬而入，對語竟日。朔風〔二〕怒號，樹木叫嘯，敗葉荒草，堆積庭下。時有行客闚門而視，相與怪駭，不知吾兩人爲何如人也。壁間有舊題，則金君文舫及其伯〔三〕筠莊、季星巖聯句詩，蓋五六年前游詠之盛，猶可想見。而其時筠莊官京師，文舫、星巖侍觀察公於吾郡，皆不得相見。讀其詩，俯仰今昔，又爲之慷慨。

明年，余與悔生皆去巖鎮。又十年，余復來，則園已爲文舫所有，益治其傾圮，位置其樹石，增以迤廊曲房，高樓修除，山若聳而高，水若瀏而深，花木魚鳥，皆若相得而欣。既乃易其名曰鄂不草堂，誌昔游也。於是筠莊宦河東，文舫則與星巖昕夕歌嘯其中，燕飲屬客，余時時在坐。而是歲十月，王悔生適至，信宿草堂乃去。當君兄弟昔日詠觴之時，豈意十五六年之後，來爲斯園主人？而余與悔生十年之間，南北奔走，適草堂之成，而復得相遇於此，人生盛衰聚散，大都如此，非偶然也。

於是黃君純矣畫草堂圖，乃〔四〕記其後云：

園於程氏，當明之某年；草堂於金氏，爲嘉慶元年。編竹爲籬，方若干步。堂居東偏，西嚮，前有桂樹四。堂之左，曲廊迤以北，水閣在其北。少西南嚮，其下池，怪石環其池，池中爲梁。梁西有梧桐，高三十尺，古藤繚之，盡其末，末下垂復土爲本，相去六尺。樓在池西，方二丈，四達囪，曲池環之，若矩，夫渠盈焉。其岸多老〔五〕梅，石如人立。曲池之西，又樓之，東嚮，道夫渠上，屬於方樓。北降爲曲房，爲齋，爲庖湢。以屬於〔六〕水閣。曲池之南，爲畦，春種芍藥，秋種菊。畦〔七〕東亭，亭北值水閣，牡丹在亭東。其東紅豆樹，高四十尺，三歲一實。北直乎堂。文舫名應璸，內閣中書，不榮其官，退而樂兄弟之樂，君子以爲賢。

【校記】

〔一〕「屬」，嘉慶本、同治本並作「集」。
〔二〕嘉慶本、同治本「朔風」上有「是時」二字。
〔三〕「伯」，嘉慶本、同治本並作「兄」。
〔四〕「乃」，原無，據嘉慶本、同治本增。
〔五〕「老」，原作「者」，據嘉慶本、同治本改。
〔六〕「以屬於」，嘉慶本、同治本並作「以東屬於」。
〔七〕「畦」，原作「菊」，據嘉慶本、同治本改。

江氏墓圖記

相墓之法，由來遠矣。班孟堅曰：「形法者，大舉九州地域以立城郭宮室，審其吉凶，譬律有長短而徵其聲，非有鬼神，其數然也。」然氣與形相爲首尾，有有其氣而無其形，亦有有其形而無其氣，則精微之獨異者焉。以其說不見於六經，傳其學者皆技術之士，言不能雅馴，學士罕道之，是以靡所折中，而迂怪荒亂之言縱矣。自宋以前，地理家書著録者七百餘卷，今其存者不百一。而元、明以來，僞妄之書徧天下，異學之禍，非獨儒術然也。

傳曰：「占水之法，以勢爲難，而形次之，方又次之。勢來形止，謂之全氣。夫氣之行乎地也，無乎不之也。雖然，有散，有聚，有發，有斂，有和，有乖，有淳，有駁，是之謂八成。夫氣者，呴也。呴必有所積，積必有所起，起必有所分，分必有所會，是故欲其來。來也者，會之徵也；來也者，無不往也。有所冓而畜，有所畜而凝；來者畜，則往者亦來，是故欲其止。止也者，凝之徵也。雖然，懼其氣之乖也，故陰陽以沖之，逆順以儷之，死生以物之；猶懼其駁也，故經之以十二，兩之以八，參之以二十四，緯之以四十八，有向，有背，有右，有左，故曰方。方也者，受其來，動其止也。是之謂三乘。」今世之爲〔一〕術者則不然，論勢則蔽於五行，而不窮其分變；論形則眩於四勢，而不察其頓息；論方則舛於星卦，而不原其條理。紛紜回互，百變萬出，而各自以爲神。嗚呼！楊、曾不作，其誰與正之？夫葬者，藏也。藏也者，所以安親之體魄也。以親之體魄邀其利也者，君子謂之逆。雖然，體魄之安於其地也，吾不得而知也；其禍於其子孫者，其體〔二〕不安也〔三〕，吾見之矣。故葬者以禍福爲之徵，君子不欲言，顧有所弗廢也。

吾友江君，少好學，無所不窺，以其先世之有未葬也，乃精求地理之學。古今之書，悉通之考之，以目驗決其是非，若白在黑，爲之十餘年，乃始卜地以葬其祖及曾祖。其族人紹蓮，爲圖其地形而藏於家，欲子孫之世有考也。後十有八年，余來新安，始識君，時時質君于〔四〕地理，以君之論證之於書，皆可信。既觀君之葬，有合於古者三焉：一曰不趨正勢，故審氣特；二曰不貪貴脈，故乘氣親；三曰不逐水向，故用氣純。信乎哉！其有以寧其親也。乃記其圖曰：

乾隆四十三年十一月辛丑，歙江毓英葬其曾祖考朝議大夫霖公府君於所居北郋筲箕塢之原，以其曾祖妣徐恭人及其祖考朝議大夫虞在府君、祖妣方恭人祔山。祖於瑞金，別於雞冠，降於馬墳。於法：龍巨門，穴左輔，水貪狼，來脈艮，入氣甲，葬乘甲，向在申，左加坤。封之，崇四尺，圜十六尺。碑於後，向亦申〔五〕，右加庚，就用水爲癸，局具〔六〕如圖。嘉慶三年十二月八日，武進張惠言書。

【校記】

〔一〕「今世之爲」，同治本作「世之謂」。

〔二〕「其體」，嘉慶本、同治本並作「其體魄」。

〔三〕「也」，嘉慶本、同治本並作「焉」。

〔四〕「于」，嘉慶本、同治本並作「以」。

〔五〕「申」，原本作「中」，據嘉慶本、同治本改。

〔六〕具，原作「其」，據同治本改。

周維城傳

嘉慶元年，余游富陽，知縣惲侯請余修縣志，未及屬稿，而惲侯調任〔一〕。余去富陽。富陽高傳占，君子人也，爲余言周維城事甚具，故爲之傳，以遺後之修志者。

周豐，字維城，其先紹興人，徙杭州，世爲賈。有貲。父曰重章，火災蕩其家，流寓富陽。重章富家子，驟貧，抑鬱無聊，益跅弛不問生産，遂大困，尋以病死〔二〕。豐爲兒時，當天寒，父中夜自外歸，又無所得食，輒引父足懷中以臥。十餘歲，父既卒，學賈。晨有老人過肆，與之語，奇之，立許字以女。女，李氏也。豐事母，起坐行步，嘗先得其所欲；飲食必親視，然後進；事雖劇，必時時至母所視問，輒去；去少頃，即又至，母不覺其煩。李氏女又能順之。母脱有不當意，或端坐不語，豐大懼，皇皇然若無所容，繞膝盤旋，呼阿母不已，聲悲慕如嬰兒。視母顔色怡，乃大喜。又久之，然後退。其子孫逮見者，言其寢，將寐，必呼阿母；將寤，又如之；殆不自覺也。

豐年四十二時，未有子，病幾死；過吴山，有相者睨之良久，引其手，指之曰：「是文如丹砂，公殆有隱德，當有子，富壽康寧，自今始矣。」豐賈致富，有子三人，孫七〔三〕人。子濂、沅，孫凱、恒，皆補學官弟子。豐年八十四卒，如相者言。

豐於鄉里，能行其德，有長者行。嘗有與同賈者歸，豐既資之，已而或檢其裝，有豐肆中物，以告豐，豐急令如故藏，誡勿言；其來，待之如初。高傅占言曰：豐陽人多稱豐能施與好義，然豐嘗曰：「吾愧吴翁、焦翁。」吴翁者，徽州人，賈於富陽，每歲盡，夜懷金走里巷，見貧家，嘿置其户中，不使知也。焦翁者，江寧人，挾三百金之富陽賈，時江水暴發，焦急呼漁者，拯一人者與一金，凡數日，得若干人，留肆中飲食之，俟水息，貲遣之歸，三百金立罄。二人者，今以問富陽人，不能知也。豐又嘗言：「吾生平感婦翁知我。」嗚呼，市井〔四〕中固不乏士哉！

【校記】

〔一〕「調任」，嘉慶本、同治本並作「奉調」。

〔二〕「尋以病死」，嘉慶本、同治本並作「尋死富陽」。

〔三〕「七」，嘉慶本、同治本並作「六」。

〔四〕「市井」，嘉慶本、同治本並作「市巷」。

濟南知府莊君傳

莊君鈞，字振和，自號曰敦坡，先世自鎮江之金壇徙武進。明弘治中，有禪者中進士，官山東參政。其後子孫多顯。武進之言世族者推莊氏，以至君十世矣。

君少育於外王父劉文恪公於義，乾隆初，劉公奉節巡修畿輔河道，君年十九，隨幕府，數爲劉公言水利事，劉公甚奇之。當是時，直隸總督高公某方舉能任河工者，曰：「孰有才如莊某，而不早試之吏者乎？」即上其名，補霸州判〔一〕，卓異，升東安縣知縣，磁州知州，以與按察使有親，例改河南禹州，升直隸汝州，尋升漢中府知府，奏留河南，改補南陽府，又調大名府〔二〕。丁父艱，服除，授濟南府〔三〕，護理濟東道按察使印，卒於官。

君既以高公舉任河工，而以後督方公觀成，卓異薦。其留河南也，以巡撫阿思哈公奏。而直隸總督周公元理請之，故又調直隸。君既明習水利事，又長於治民，所在大府爭欲任君以事，其歷〔四〕州郡皆有殊績，而君性謙謹，未嘗自言。及君之歿，而其子幼，無以知君之詳，獨得其卓卓稱誦於人〔五〕者四事。其一事曰：磁州二漳水合於其西，夏秋之間，水潦至，泱溢四漫，或數百里無陸虛，瀕河之吏，歲賦帑築隄而捍之；潰，又增焉，以爲常。君至州，議曰：水方悍〔六〕而撓之以隄，是摶之也；請穿河引之，勢必殺。總督方公然之，疏於朝，報可，如君所欲穿者，漳患大息。其二事曰：漳之瀕，有棄地數千頃，故民田也。爲水敗，獨其賦存，吏以敲樸責之。君請總督以聞，盡蠲之。民祠君於漳水上。其三事曰：汝州舊有衞，衞有四屯；衞之罷也，並於州，而諸屯距州二三百里，遠徭役，以爲病；君爲州，皆貰免。屯之民立石誦焉。其四事曰：君始爲大名府，歲大旱，君謁守道，請發粟賑。道曰：「太守擅之乎？咎誰執？」君曰：「府去省千里，文移往返，必旬月，饑民旦暮且死，何咎之云乎？知府請任。」立檄大名元城，出穀四萬石，與民，既，總督周公奏之，有旨復與賑穀四萬石，民無餓者。是秋歲大稔。

張惠言曰：君之子軫與予交，軫言君在東安時，河水暴至，君乘小舟渡，及中流，舟覆，僕役皆溺。有躍而呼者，曰：「此吾賢父母也！」遽入水負之出。及其去大名，民號哭而走送者，百里不絕。余以世多言今民之情不如古〔七〕，觀於君，豈其然哉？惜乎，君之未得盡其所設施，而其事又不得而盡傳之也。余嘗游大名，大名之人，至今能道君之賑民粟也。

【校記】

〔一〕「霸州判」，嘉慶本、同治本並作「霸州州判」。

〔二〕從「尋升」至「又調大名府」一段，嘉慶本、同治本與原本文字頗異，作「尋升陝西漢中府知府，留河南，改南陽，仍調直隸大名府」。

〔三〕「授濟南府」，嘉慶本、同治本並作「授山東濟南府」。

〔四〕「其歷」，原本作「任」，據嘉慶本、同治本改。

〔五〕「人」，同治本作「人人」。

〔六〕「悍」，原本作「捍」，據嘉慶本、同治本改。

〔七〕此句嘉慶本、同治本作「余以爲世多言今之民情不如古」。

封文林郎惲君墓誌銘

惲本楊氏。漢平通侯惲，其子違難，以父名爲氏，是曰貞道，爲梁相。後遷於毗陵之黄山而葬焉。子孫世爲毗陵人。君之支祖曰巍，明湖廣按察司副使。卒，亦葬黄山。君祖曰燮臣，父曰士璜。由君至副使幾世，由副使至梁相幾世。武進當吴越之要，屢有兵燹，故其望族不及宋以上，唯惲氏自漢，子孫不他徙，能識其祖之居葬。至於今，不婚楊氏。

君之所居曰石橋，去黄山十里。自祖考皆不仕。君〔一〕以經授鄉里，教其三子。爲人好善而嫉惡，持之甚嚴，辨取予甚力，不取虚美，不逐世法，獨行己志而已。患溼疾，以嘉慶元年月日卒，年六十有三。其明年某月日，葬於其祖考之兆南，在所居之北〔二〕三里。君之子敬，嘗試禮部，不第。君時已病，敬請歸省，輒弗許，其意欲以成其子之名，以信其志也。已而以教習官學生得官，當選爲知縣，固非所欲；請於君，君命就選。其意又欲以所欲爲者屬之子，以施之民也。敬爲吏廉，奉禄不足以豐養。君以病〔三〕困，未能之所治見其政成，而君於是死矣。

余與敬交最久。今年春，卜葬吾母，先時請於敬以銘墓之文，敬許之矣，未及爲而遭君憂。嗚呼！吾母不得敬之銘，而乃使余銘君之葬也，其可感也夫！

君諱輪，字印槐。配鄭氏，考曰縣學生賓石，今舉人環，其兄也。内德盛茂，事君疾，備至而不衰。子三人，長曰敬，江寧鄉試舉人，由浙江富陽縣知縣調江山縣。以覃恩封君文林郎，配孺人；貤贈君之考如君，妣錢如配鄭氏。次斆。次敷，順天鄉試舉人。女一，適鄒氏。孫二。銘曰：

是唯君子之親，翳此幽德兮曜其後人，千秋萬世兮無或湮。

【校記】

〔一〕「君」，原無，據嘉慶本、同治本增。

〔二〕「北」，嘉慶本、同治本作「北西」。

〔三〕「病」，嘉慶本、同治本作「疾」。

楊君茹征墓誌銘

嘉慶三年七月乙丑〔一〕，陽湖楊君茹征卒，其子嵎谷之友王曰旦，以書訃張惠言於杭州，且曰：「以君之好文章，詞人學士之交於嵎谷者，無不愛且禮也；而於吾子及莊宇逵、畢訓咸三人者，殆無日去諸口。今其不幸而卒，子可無以銘其藏？」又曰：「君之行，在門內父子昆弟諄至淳篤，而無奇異可喜之事；君之義，在取予交接矜分循節，而無任氣矯俗之舉；君之風概，在鄉里朋友敬信愛樂，而不得施〔二〕尺寸之用以見於世。懼遂無述於後，使潛德晦昧，則後進者之恥也。」又曰：「方君病且革，夢寐或囈言。數日，忽猛省，誦詩曰：『有倫有脊。』自是神定如平常。及將屬纊，嵎谷泣告曰：『大人行矣，其擇高明遠〔三〕大之路而蹈之。』君已不能言，頷之，遂卒。嗚呼！觀君生死之際所以自持，及父子之所以相勖者，其生平之所養，豈苟焉而已哉！」張惠言曰：古者取士以德行，故士爲善於國，不若爲善於家。後世一以科舉，試無用之文詞，非是者擯不得仕進；士之有以自見者，豈不鮮哉？而世之論人者，必求其奇行高節；繩墨之士，則略弗稱道，爲德者無以勸，而俗以益媮，其不以此歟？如君者，道足以治其行而無其位，學足以淑其德而無其文，惠足以博其施而無其財，若乃矯異絶特之事，以取傳道，非君之所存也。然則予之銘之也，其容已乎？

君諱彙吉，字茹征，卒年七十一，以某年月日葬於某原。祖諱某。考諱某，妣某氏。娶於某，生子二人。長即嵎谷，賢有文，爲士宗師，以廩膳生貢太學〔四〕。次曰某。孫若干人，曰某某，近勇補學官弟子。君爲人長，疏皙有容，音響清越，論議侃侃。晚多病，竟日對客莊坐，猶無倦色。君每以不學爲憾，前年春，惠言將之歙，謁君别，君命嵎谷館之。夜分，與嵎谷論易，君在别室，聽久，更來〔五〕相與譚，名理多獲，以是知君之未嘗不學也。銘曰：

氣剛以嚴，又直以介，何德之方？惠於交友，敬以終始，何道之常？有所不取，靡所不予，何施之光？自厥門内，亦暨宗黨，御乎州鄉。自我罔怍，自彼罔怨，何行之臧？猗乎君歟，而棄於不文，而恧於不文歟！我銘其幽，以誶君子，後其尚有聞歟？

【校記】

〔一〕「乙丑」，嘉慶本、同治本並作「三日」。

〔二〕「施」，原無，據嘉慶本、同治本增。

〔三〕「遠」，嘉慶本、同治本並作「光」。

〔四〕「貢太學」，嘉慶本、同治本作「貢于學」。

〔五〕「來」，原作「求」，據嘉慶本、同治本改。

恭城知縣陸君祠版文

廣西恭城知縣陸君，諱廣霖，字用賓。既卒之十七年，其子繼輅以書請於張惠言曰：「先人之葬也，内閣中書趙君懷玉既銘其墓，然吾子今之有道德能文章者，以繼輅之獲與游，而不能得一言以傳其先人，人且疑先人之有遺行，而吾子弗之許也，敢以爲請。邑有吏如吾先人，而傳之俾有述，抑亦吾子之責。」惠言媿謝非其人，不獲，則條具其行事可論者以爲版文，俾著之廟，將俟表君之墓者刻焉。其辭曰：

君中乾隆三年順天鄉試舉人，四年會試進士。是時，福建知縣缺，大吏以請，天子重其人，特用新進士選補，而君得連城。進士之有即用知縣，自君始。君由連城知縣，歷寧化、彰化、順昌，而彰化再任〔一〕，最後爲恭城縣，署百色同知。君爲知縣，屢以公事失官。凡三失官，輒復以知縣用。嘗保舉知府，終不得遷，卒以知縣爲同官牽連罷職焉。君爲知縣二十餘年，所治閩、粵之間，或在海中。林箐谿峪，夷民獠蠻〔二〕，盜賊厠處，不可施以政；地曠以隔，俗憤悍，睚眦語言，挺刃矢相鬥，結連黨羣，千百爲輩，吏相顧不敢問，則縱弛羈縻，冀且無事。及其不可隱，則嚴治以法，痛芟艾之。君以威惠爲治，善摘伏鉤距，中民之情；偏言單辭，應手立斷；姦民巨豪，先知其主名窟穴所在，張關發機，壞其萌牙，姦不得發。寧化豪劉席玉，其黨數百人，號鐵尺，爲鄉里害。君始至行縣，召之，至。及其黨皆至，遽執之。衆大驚，不知所爲，皆首服。論十四人如法。盜邱氏者，居下泉里，聚黨自衛，積十餘年，吏莫敢捕。君致其族之爲諸生者，喻之曰：「家有巨猾不能擒，罪將及汝。」衆曰：「諾。」旬餘，盜皆得。而盜賊聞君之威，亦不敢匿，名捕之，無不獲者。嘗遣吏有所執取，吏難之。君曰：「不得，吾親往！」至，則已自械而待。蓋其嚴如此。然君實以平恕服之，非以武威〔三〕爲務。連城民有侮〔四〕其族之貧者，出其主於祠；貧者怒，火其祠，遂相劫殺。吏當之死。君至，致其族人於庭，諭以情，涕泣交下，衆皆泣，大感悔，乃出火祠者於獄而反其主，和如初。臺灣多漳、泉兩郡人，素不悦，往往持兵鬥，因肆劫。君之在彰化，以事他出，泉人乘君之不在也，攻漳人於市。衆大駭，君聞馳歸，親諭之，咸解兵叩頭，君予之杖。其自彰化調順昌也，守道以彰化多鴨寮，曩時伺鴨者朱一桂以臺灣畔，懲之，謂君必禁斷乃去。君曰：「此民業，可禁耶？」審其籍，令鄰里保任之。君之寬厚喜全活人，皆此類。故終君所任，無劇盜兵鬥者，舊獄無不決；君所不直，退無怨言謗辭。

君在閩，嘗爲巡撫陳文恭公陳十二事，曰：崇貢院，通水利，整橋梁，裕積貯，廣郵亭，興煤廠，端士習，嚴械鬥，禁囤積，廢闖神，戒溺女，止燒山。陳公以爲善，多見施行。其治縣亦皆用此。蓋君明習吏事，知大體本末，明足以決之，强足以勝之。而屢起屢躓，終不越縣令，又以廢退卒，故人多惜焉。君以善治獄聞，其事見於趙君之誌甚具，故采其大者而論之。

君之卒以乾隆四十五年月日，年七十五。以乾隆五十三年月日，葬於孝仁鄉方基邨。夫人高氏、莊氏祔。子五人，繼輅最小，賢而有文。孫耀遹，亦與余善。系曰：

君之宗，自福始。祖廷煒，父載起。世有緒，以至君；顯其德，施於民。胡起之？胡躓之？胡有才，而已斯？君有子，亦作宰；門未昌，其有待。君之季，維其賢；亦有孫，世作程；澤之羡，於是存。有不信，訊此文。

【校記】

〔一〕上兩句，嘉慶本、同治本作「歷寧化、順昌、彰化，而順昌再任」。

〔二〕「獠蠻」，嘉慶本、同治本作「蠻獠」。

〔三〕「威」，嘉慶本、同治本作「猛」。

〔四〕「侮」，原作「負」，據嘉慶本、同治本改。

先府君行實

先府君諱蟾賓，字步青，號雲墀，姓張氏。其先自宋初由滁遷常州。常州之張，多由滁。譜牒廢，世不可紀。其後曰端，當明弘治中，居南門德安里，是爲大南門張氏。張氏非大南門不共譜。端孫〔一〕欽。欽生洲。洲生宏道，萬曆中舉於鄉，官開封府通判，生典。典生以鼎。以鼎生銘傴。銘傴生采。采生金第，娶於白，生府君。自典至金第，皆補郡縣學生，有文章名世，以教授爲事。而銘傴當明之亡，獨不爲制舉業云。

府君生九歲而孤，有兄曰思楷，弟曰瑞斗，家貧，日不得再食，奉白孺人教，兄弟相厲以儒學。補府學生，試高等廩膳，常教授鄉里間。其後游杭〔二〕州，一歲，得疾歸，遂卒，年三十有八。府君既不得志於世，無所表見，又不獲永其年，充所學以致不朽，所論著皆未就。

其卒時，惠言方四歲，翊遺腹四月而生。凡其言行可紀者弗得聞，聞之於人所傳，又弗敢審。而府君之執友湯先生賓輅、鄭先生夢楊，篤行君子也，知府君深，守道德，不毀譽，故著其言，以爲府君行實焉。

湯先生曰：君好學深思，不事穿鑿，善爲詩及制舉文，操紙筆立就。性沈摯，寡欲少言，尤不喜説人過。與人交，不設城府，久而能敬。鄭先生曰：薛心筠、董仲容、湯賓輅，君兄弟總角交也。賓輅抗希古人，好考核故事，不輕出門户。君兄弟與仲容則常集於薛氏，予亦時時在坐。雍容出論議，率常連日夜，君色温而恭，言簡而中。余心敬賓輅而酷愛君，謂兩人於入道近也。篤于孝友，平生未嘗與人迕，人亦未嘗迕君。或問之，曰：「天壤間何處可使性氣？」其爲人如此。鄭先生又言：府君有異表，中夜目光閃閃，或一二尺許。嘗自言，秋夜偶翫月，見河漢間雲鱗鱗，士女數十人，雲裳霞佩，執諸樂器，飄飄過太虛，膚髮纖悉可辨云。

湯先生名修業，鄭先生名環，皆常州武進人。

【校記】

〔一〕「孫」，原作「生」，據嘉慶本、同治本改。

〔二〕「杭」，嘉慶本、同治本作「沅」。

先祖妣事略

先祖妣白孺人，年二十二，歸我先祖考政誠府君，生子三人，女二人。政誠府君倜儻好學，通六藝、諸子之書、天文術數、劍騎之説。家貧，屢困童子試。父文復府君命北游，占天津商籍。鄉試順天，俄得疾，卒京師，年三十五，是歲雍正十一年也。訃至，孺人慟絶。是時文復府君年〔一〕七十一，呼曰：「天乎！兒與婦偕亡乎？」頃之，孺人蘇。文復府君曰：「我老矣，諸孤幼，新婦死耶？」孺人泣謝曰：「不敢。」明年，文復府君病，及革，顧孺人泣曰：「吾死矣，諸孤與新婦爲命，新婦存一日，諸孤亦存一日也。」良久，唏嘘曰：「貧甚，無可倚者。吾死，新婦存耶？」孺人泣對曰：「新婦生死與諸孤俱。」文復府君遂卒。

是時孺人三子：曰思楷，年十一歲；曰蟾賓，九歲；曰瑞斗，六歲。兩女少長，年十二三歲。孺人率二女紡織以爲食，而課三子讀書，口授四子毛詩，爲之講解，有疑義，取筆記，俟伯叔父至者〔二〕就質焉。或謂孺人家至貧，令兒習他業，可以糊口；今使之讀，讀未成，餓死矣。孺人曰：「自吾翁而上五世爲文儒，吾夫繼之，至吾子而澤斬，吾不可以見吾翁。」卒命之學。文復府君有弟曰衍黄，老矣，教授於家，憐諸孫，恒誨之。嘗語孺人曰：「而子可教，吾欲教〔三〕督之，念其枵腹，不忍也。」孺人謝曰：「翁幸督之，枵腹何病焉？」

及孺人所以教，言行出入，罔間。三子皆以文行有聲。

自文復府君卒，後十數年，日常不得再食，冬衣無袽，夏無帳，食以糠覈爲粥，唯歲時及家忌日，乃具蔬食以祭。孺人曰：「雖不成禮，不敢闕也。」戚族中有周恤之者，一泉一粟，皆簿記之，曰：「他日不可不報。」而政誠府君之卒於都也，内閣中書許公宏聲爲經紀其喪；文復府君之終事，則衍黄辦之；孺人尤感焉，曰：「吾子孫勿忘此大德！」

孺人後政誠府君二十六年，以乾隆二十四年二月二十日卒，年六十有四。考諱琪，武進學生。母吴太〔四〕孺人。政誠府君諱金第，天津府學生。文復府君諱采，武進縣學生。孺人之在室也，母〔五〕太孺人病，孺人刲股肉和藥以進，病輒愈。及文復府君疾革，孺人復刲股以進焉。及其卒也，子瑞斗亦爲之刲股。

孺人喜釋氏書，晚乃蔬食，曰：「此亦安心一法。」至於僧尼寺觀，毋許往來，以爲家教。

孺人子思楷，縣學生；蟾賓，府學廩膳生，惠言之父也。女壻曰趙體元、邵規方。孫三人，曰富言、惠言、翊。孫女三人，壻曰董達章、丁某、許某。曾孫五人。孺人卒之五年，子蟾賓亦卒。其明年，思楷及瑞斗奉孺人之柩，合葬於加冠橋政誠府君之兆。知縣黄公瑞鵬表之曰「純孝苦節」。嘉慶年月日，孫惠言謹述。

【校記】

〔一〕「年」，原無，據嘉慶本、同治本增。

〔二〕「者」，原無，據嘉慶本、同治本增。

〔三〕「教」，嘉慶本、同治本作「嚴」。

〔四〕「太」，原無，據嘉慶本、同治本增。

〔五〕「母」，嘉慶本、同治本作「吴」。

先妣事略

先妣姓姜氏，考諱本維，武進縣學增廣生。其先世居鎮江丹陽之滕邨，遷武進者四世矣。先妣年十九，歸我府君。十年，凡生兩男兩女，殤其二，唯姊觀書及惠言在。而府君卒。卒後四月，遺腹生翊。是時先妣年二十九，姊八歲，惠言四歲矣。

府君少孤，兄弟三人，資教授以養先祖母。先祖母卒，各異財，世父別賃屋居城中。府君既卒，家無一夕儲。世父曰：「吾弟不幸以殁，兩兒未成立，是我責也。」然世父亦貧，省嗇口食，常以歲時減分錢米。而先妣與姊作女工以給焉。惠言年九歲，世父命就城中與兄學。逾月，時乃一歸省。一日，暮歸，無以爲夕飧，各不食而寢。遅明，惠言餓不能時有從起。先妣曰：「兒不慣餓憊耶，吾與而姊而弟，時時如此也！」惠言泣，先妣亦泣。姊乞一錢，買糕啗惠言。比日昳，乃貰貸得米，爲粥而食。

先妣與姊課鍼黹，常數綫爲節，每晨起，盡三十綫，然後作炊。夜則然一燈，先妣與姊相對坐，惠言兄弟持書倚其側，鍼聲與讀聲相和也。漏四下，惠言姊弟各寢，先妣乃就寢。然先妣雖不給於食，惠言等衣履未嘗不完，三黨親戚吉凶遺問之禮未嘗闕，鄰里之窮乏來告者，未嘗不佽卹也。

先是先祖早卒，先祖妣白太孺人，恃紡績以撫府君兄弟至於成人，教之以禮法孝弟甚備，里黨稱之，以爲賢。及先妣之艱難困苦，一如白太孺人時，所以教惠言等者，人以爲與白太孺人無不合也。

先妣逮事白太孺人五年，嘗得白太孺人歡，於先後委宛備至，於人無所忤，又善教誨人，與之居者，皆悅而化。姊適同邑董氏，其姑錢太君，與先妣尤相得，虛其室，假先妣居，先妣由是徙居城中。每歲時過故居，里中諸母爭要請，致殷勤，唯恐速去。及先妣卒，內外長幼無不失聲，及姻親之臧獲，皆爲流涕。

先妣以乾隆五十九年十月十八日卒，年五十有九，以嘉慶二年正月十二日，權葬於小東門橋之祖塋，俟卜地而窆焉。府君姓張氏，諱蟾賓，字步青，常州府學廩膳生，世居城南郊德安里。惠言，乾隆丙午科舉人。翊，武進縣學生，爲叔父後。觀書之壻曰董達章，國子監生。

嗚呼！先妣自府君卒，三十年更困苦慘酷，其可言者止此，什伯於此者，不可得而言也。嘗憶惠言五歲時，先妣日夜哭泣，數十日，忽蒙被晝臥，惠言戲牀下，以爲母倦哭而寢也。須臾，族母至，乃知引帶自經，幸而得蘇。而先妣疾，惠言在京師，聞狀馳歸，已不及五十一日。嗚呼！天降罰於惠言，獨使之無父無母也耶？而於先妣，何其酷也！

【校記】

〔一〕「反」，原作「及」，據嘉慶本、同治本改。

茗柯文三編

蕉花賦 并序

阮司農座主娜嬛〔一〕仙館有蕉花一枝，命惠言賦之。

維江南之名卉，有蕙圃之巴苴。裁縹玉以爲葉，舒青霞以爲萼。揚翹葳蕤，樹萼涵淡。夫容發波，到植菡萏。擢孤榮以四照，苞深房之密掩。馨回緑以風轉，芳滋紅而露湛。于時朱炎曜夏，素晷移秋。芳草欲歇，繁英既收。心百重而獨展，葩千番而遞抽。既榮朝而萎暮，若昔逝而今遒。諒榮萎其迭運，何今昔之相侔！奉君子之盼睞，效弱植於軒墀。豈華豔之敢飾，幸芳臭之在兹。感蘭蕙之早晏，念蘅杜之相違。恐秋風之易落，愍芳洲之未歸。馳清暉而結思，恒百卷以爲期。亂〔二〕曰：

赤巖山前路以遠，扶荔宫中日以晚，願持兮素心，報衆芳兮九畹。

【校記】

〔一〕「娜嬛」，嘉慶本、同治本並作「小娜嬛」。

〔二〕「亂」，原作「辭」，據嘉慶本、同治本改。

館試靈臺偃伯賦 以功成奏凱民悦無疆爲韻

儀昔三五，仁洽道豐。曷聞無誅而治達，不殺而化隆？是以師貞大人，雅美車攻；邦典九伐，軍資五戎；皇奮厥武，帝謂是通。電擊霆震，龍翔鳥〔一〕翥；索之招搖之下，行乎太乙之中；三曾而名大武，七德而奏膚公。迺反齊斧，挂敦弓；倡愷樂以偃武，登靈臺而課功。

瞻彼靈臺之爲制也，丙己奠位，房心曜精；前明堂之赫艴，帶璧水之渟瀯〔二〕；眇傑構而聳出，象漸臺與蓬瀛。保章是書雲物，馮相以測機衡；察五是之來備，考三階之泰平。于時釋奠儀具，獻馘禮成。回戎輅，萃輕苹；仿偟乎靈囿，而升乎高臺之嶢崢；進蓐收使受鉞，屬勾陳而洗兵；維彼師節，曰伯是名；義在止戈，禮先偃旌。

惟夫伯也者，纚縿上陞，華芝下覆；絳素殊表，緇青各副。弧旌枉矢，朱鳥白獸；八方維中，六甲句戊；九八〔三〕四六，前左後右。指揮則波騰，擺亞則飈驟；回皇則天旋，掣曳則山仆；司幄機而爲目，運奇正而相首；聲金鼓之和響，聞笳管之清奏。

當夫鵝鸛朝弦，貔貅夜鎧；陳壓崩雲，鋒驚立海；象弭魚須，厹矛鋈錞；百金之士奮，士氣倍；摧蒙茸，刊嵬崋；翕張而萬騎喬皇，軫轉而三軍錯璀。一麾翩如，再接厲鳫〔四〕麗，十決之雄鵠待；司常分旗，卒閈斯在。北風吹而獵獵〔五〕，流波縈而浼浼。軍威乃；故能蹴秦望于埃墟，埽楚氛以木檑；使卷舌反踵，岐頭植髹；莫不崩角稽首，拱頤樹頞；望荼火而愓息，與蟲沙而腐餒。受降則積甲齊山，振旅則執同聽凱。故其偃之也，解飛旃，脱維糾，褫垂旒之旖旎，祛綢杠之輪囷；收龍章之煥霍，卷虎畫之斕斒。將遂剖提鼓，碎金錞；埋暢轂，破文茵；倒干戈而郤載，耜騏羿于閈畛；朝無冠鶡之將，野無服劍之民；豈徒銅虎銷其符璽，牙璋毁其齟齗。

于是八荒來庭，九有有截；西傾順軌，東鯷案轍；三光宣精，十煇時節；罰質芒寒，欃槍燿滅；北落之陳虛懸，南軍之門空設。考靈燿之休徵，樂符瑞之章徹；聽鐃吹而朋怡，仰天衢而曹悦。爾乃司馬執法，太史陳符；覩天人之協應，覽萬國之有無。僉以爲皇上仁育義正，恩洋澤濡；有不率化，天戈是誅。所以追來孝于陟降，播柔武于寰區；鱷鯢既翦，封狐既除；自我天覆，弗震弗渝；文威赫其廟算，承烈討其顯謨。蓋韃橐命于姬氏，干羽陳于有虞。雖自古而爲昭，殆方今而未俞也。遂作頌曰：

於赫聖武，威謀孰亢？我奮我師，我伯央央。於昭聖文，惠風溥翔；我還我師，我伯洋洋。皇在靈臺，苞符孔彰；我伯既偃，與民共慶。乃流辟雍，遂開明堂；於千萬年，惠我無疆。

【校記】

〔一〕「烏」，同治本作「鳥」。

〔二〕「滐」，嘉慶本同，同治本作「滐」。

〔三〕「八」，嘉慶本、同治本並作「七」。

〔四〕「鴈」，嘉慶本、同治本並作「鴻」。

〔五〕「獵獵」，原作「臘臘」，據嘉慶本、同治本改。

館試蜡賓説禮賦　以出游于觀之上言偃在側爲韻

有講藝公子問於翰林主人曰：「蓋聞德者道之失，禮者德之逸。治化之與氣運，若漸於淖而汩焉，動以遠，則騰而軼矣，何以稽諸？汙尊而抔〔一〕飲者，不以燔炙爲餒也。營窟而橧巢者，不以棟宇爲謐也。帝緒王統，或繼或述；天青地素，一文一質；人藏其心，神閟其吉。是以素王臨兩觀而興歎，悼小康之莫必。意彼六君子者，蓋將終古而不出矣夫？」

主人曰：「吁，豈有是哉！若客所言，則是唐嬀道不卓，而姬姒治不休也。泰山之封，何儀七十有二而未遒哉？往者周綱既解，王澤即幽；簴弛其系，冕棼其旒；十二力政；潰潰浮浮。孔子雖制作，倉黑不代求；興于魯麟，以次春秋；監彼二代，亦曰從周。故乃原百一之澤，明張弛之由；寤象魏之明備，志禮教之優遊。俟後聖有作而道罔不侔也，盍亦覽方今之治與三代儔乎？

我〔二〕大清之有天下也，功邁往紀，德隆古初；四聖重光，以咻以噓。民不識帝力，厥有政有居；作而相胥，息而相於；其覺呿呿，其臥蘧蘧；一百六十年有餘矣，是以禮樂既備，而民用燕譽也。我皇受之，振天紘，斡地幹；握乾符，持〔三〕坤算；有孚在上，中正以觀；赫風雷之岬屬，爛日月之清晏。然後搜薪槱于旱麓，載羣雅于雲罕；懸旌設磬〔四〕，執簡奉翰。皋棄之徒，思日贊贊，倫魁能冠，相與列乎殿陛者，若日輝而雲縵也。陬澨之域，飲食衎衎，領引目盱〔五〕，相與屬乎輪轂者，若掌眎而指按也。夫其顧諟明命，昭假不遲；天地爲本，事則舉之。乂暘肅雨，仁敷義施；孰柄孰端，陰陽四時；考朝究夕，爲畢爲箕。日月從星，事功不私。恩開威閤，生殺互倚；鬼神五行，是復是司；頒憲飭典，陶軒育義；禮義爲器，情田以治；馴梟革獍，纓羈絡縻；比于四靈，胎夭可窺。

于是仲冬日至，中孚信養；萬物權輿于下，赤萌于上；大報本以反始，恭圜丘之煙煬；爰嚴父以蹐配，荅五精之嘉貺。爾乃孤竹諧奏，雲和高張；器用陶匏，齊列秬鬯；六變既畢，百靈時嚮；神明肸蠁，閶闔詄蕩。嘉無斁于對越，駿奔走乎顯相；維皇情之庭紹，瞻陟降而載愴。

夫聖人之德，何以加于孝乎？孝者，禮之門也，治之源也。是以六合祇德，九宇庸恩；外泝八埏，旁暢無垠。鷙蟲迴面而内向，鴂舌革譬而棲樊；楚氛既靖，秦弧載韃；舞虞干〔六〕之奕奕，陁崇墉之言言。足使枳頭交踵之國，結胸儋耳之蕃，户皆封而不閉，壤可游而罔督。

然而聖主猶孜孜勿寧，篤近舉遠；屏符瑞之彪炳，卻雅頌〔七〕之赫烜。成周之橐既建，靈臺之伯斯偃；興舞七德，議禮三本；酌中尊于四衢，刈衆芳于九畹；功不見其所事，俗不知其所返；物生其共，人貢其悃；斯古之所謂大順，道積焉而不苑者已。故曰：聖有前後，道無咎悔；苟符節之能合，實今古而相待。尼父删述，六經載采；漢初萌芽，唐猶傀儡；宋學刓其圭璧，明制遺其鼎鼐；更降迭替，越二千有二十載；而後大道之行，于此乎在也。豈非百世可知，而聖言非紿歟？」

客既飫于至道，飽乎帝則；炯乎若覺，攬乎若得。作而曰：「美哉德也，雖謨典所敕，河、洛所式，方斯恧而。昔嘗恨不逮夫帝世，聞斯論也，其置身大庭之側矣。請終身誦之，剖禮説者惑也。」

【校記】

〔一〕「抔」，原作「杯」，據嘉慶本、同治本改。
〔二〕「我」，原本作「哉」，據嘉慶本、同治本改。
〔三〕「持」，嘉慶本、同治本並作「衍」。
〔四〕「磬」，嘉慶本、同治本並作「罄」。
〔五〕「盱」嘉慶本、同治本並作「肝」。
〔六〕「干」，原本作「千」，據嘉慶本、同治本改。
〔七〕「頌」，原本作「頒」，據嘉慶本、同治本改。

館試匠成翹秀賦 以入學庠序以脩彝倫爲韻

於皇時聖，厥中允執；重光乃宣，神武載戢。紘天綱以遐覆，繘井收而用汲；興三雍之上儀，開二酉之秘笈。雖葑菲而必采，孰椒蘭之弗緝；執經則圜橋俱觀，籲俊則四門並入。維作人之雅化，本因材以登擢；樂有儀于菁莪，謝無成于棫樸。度千章於宋桷，孰百穫于稽穛；稽葛洪之遺論，覈淮南以研摧。譬翹秀之殊材，待匠成于採斲；鈞鴻規于大造，施尺度于末學。

若夫徒洲竹箭之藪，荆衡卉木之場；卑枝雲構，靡幹風攘；猗儺接畛，淖汋連岡；必勁質之能植，斯翹然而獨揚。百圍殊于樗散，七年識于豫章；江漢則爲杞爲梓，終南則有紀有堂。信高標而自賞，羌拔類以爲良；擬官材于造士，最羣倫于膠庠。至于春榮相期，秋實堪佇；英三擢而爲芝，穟下垂而象黍。幽蘭時菊之標，玉的金莖之侶；緊無言而孤秀，洵不暱于野處；揚紛葩于紉佩，美嘉薦于筐筥。流左右于荇菜，鬱條鬯于秠秬；似英華之初發，始譽髦於術序。

於是選公輸，命王爾；量修輪，度丈咫；搜根柢而呈媄，約鉤衡以效伎；運精心以司契，順衆材而程美。規圓象天，準平法水；標直從繩，分弧綴矢；理正雲披，文奇波詭。庀工而任則棟梁，成器而珍維篚篋；胡取裁而必當，諒匠心之有以。至其養芒角，培萌勾；雨深葉茂，風暖花柔；滋九畹而將刈，服三時而待秋；被厚澤之既渥，誦厥壤之可游；掇遠芳於叢薄，攬孤馨於道周。故使薜芷不閟于湘沅，蘋藻見取于公侯；實受成於亭毒，豈資媒於蹇修？

是知維木有翹，皇則匠之；維草有秀，皇則成之。苟甘白之可受，自追琢之必施；問彌綸於上辞，胡帝則之能窺？千林擢枝以争拔，百卉抽穎以效時；松無心而干日，葵有意而傾曦；冀雨露之必及，緬矩矱以爲期。又孰知匠氏何以用其斧削，鬱人何以齊其尊彝。

然而聖風有自，至教易循。五品先于孝弟，六行終於睦婣。因物付物，以人治人；猶衆木殊材而規椝同其曲直，百卉殊氣而芳臭和其甘辛；斯靈均可得而佩，匠石可得而掄。則夫聖天子使天下祓濯摩厲，懷材貢珍，不識不知，而臻大化之淳者，豈非學校之化，陶冶于人倫也哉？

館試天以爲正周以爲春賦　以麇角解蘭根出泉水動爲韻

天道神運，聖人奉時；維三微之漸著，乃三統之初基；雖迭取于紐引，實孕始于荄滋。考日景于南陸，候緹灰于北維；陰初藏于屈蠖，陽未觸于童麇；是爲天正之首，而周月以之。原夫二曜重麗，五星高踔；黄赤殊其躔表，東西互而超趠；粤有星紀，是爲天朔；牽牛之初，其道有倬。起經維而肇緯度，引觜觿而絡辰角；曶晨則斗振于天，紀歲則復生于剥。

星迴杓而再建，日周次而方罷；擬規璧之有合，譬連環之不解。端天心于專直，齊乾則之闔捭；陽周神而無倚，物權輿而弗駭。斯牝馬之所以行于地中，而潛龍之所以信于溟澥也。

是以握光述氣，中孚爲端；甲子初正，九六相摶。滋黃宫以信養，感赤象之生難〔一〕；候乍分于土炭，氣先入乎芸蘭。七十三分而坎效，六日七分而震完；蓋天所以爲宙合之槖，而正夫七始之迴環。

周人取焉，改月紀元；標微陽于歲首，建春序于天根。合貞元於易象，胎罔直於玄門；冰終時而有始，日萌艸而猶屯。既孳生而子應，固蠢動而春原；帝非惢於出震，時適會於終坤。

爾乃表月次王，統正號吉；定朔候於夜半，協陽光於日出。天子居青陽而聽政，太師抱黃鐘以調律；六官〔二〕先至日而和典，五史編首時而載筆。蓋用九以倡八六，體一以匌四七。故正時不以歸歲之餘，而陳風特以稱日之一。

且夫正朔三改，文質再旋；順三才以爲序，實百王所同然。軒轅以尚赤爲統，虞嬀以建子爲年；夏規殷革，商紀周遷；並改時以命月，明稽古以同天。故知春氣雖成于青陸，春陽先動于黃泉；此尚書有伏勝之説，春秋有陳寵之傳。

然而正歲記于周官，汁月聞之虞史；雖成正於天統，實不易于人紀。美夏數之得天，驗盛德之在水；候五日之結蚓，佇三朝之瑞雉。所以順造物之生長，一百姓之聽視；蓋尼父所以禪周正、考三王而合揆者也。

我皇上熙績欽堯，道經演孔；正乾坤之叙，執天地〔三〕之總。授時則卦取大來，推策則爻先反動。八能之氣既調，三素之雲常滃。雖復寒温測于孟京，占步推于焦董；不啻指春工于條末，窺天象於筦空；何足以識三十六宫之往來，百七萬里之帡幪也哉？

【校記】

〔一〕「難」，原作「蟠」，據嘉慶本、同治本改。又原「蟠」下有「雖」字，「蟠雖」二字當是「難」字刻寫之誤，嘉慶本、同治本並無，據删。

〔二〕「官」，原作「宫」，據嘉慶本、同治本改。

〔三〕「地」，嘉慶本、同治本作「人」。

館試大愷樂賦 以欽至云畢告捷在兹爲韻

皇帝嗣位之六年，文德既盈，武節斯稔；振兵釋旅，作大愷之樂，以功薦於太寢，禮也。八荒四埏，萬類千品；枉繩邪匡，道履度稟。回回焉，淰淰焉；聆奏者神繹，撫節者志懍。若諧箾韶之成，化可遊而和可飲也。

粤我大清之有天下，照之以日月，容之以天地；恢之以久大，成之以簡易。芸生之屬，蠢蠢咸〔一〕遂；譬繁林之翳而鸞鴞並棲，膏土之沃而薰蕕共植。遂乃有苗弗率，防風後至；義干斧鉞之誅，罪甚市朝之肆。聖王閔焉，乃詔太尉，進司勳；厲勁卒，勒雄軍；静若山岳，動成風雲；簡不率教者而誅之，若薙氏之艾耘。然猶解亳津之罟，戒崐岡之焚；兵以撫戢爲治，令以寬大爲文。優柔夷愉，使其回面而内向，是以歷五載之久，而曾不急摧枯朽以斧斤；蓋崇墉有臨衝之肆，虞階有干羽之勤，曾未足以云也。

是故豚魚孚，駭豕謐；墉隼殲，穴禽出；秦壘刊，楚氛失；天戈回，武功畢。振軍容以入國，執世俘而數實；歌杕杜以勞勩，賦出車以勤恤。念七德之武志，本十全之善述；懷天保與采薇，始憂勤而終逸。將偃伯于靈臺，必告成于太室；命太師以執同，聽軍聲而爲律。

于是岐伯、后夔、制氏之倫，僉爾而進曰：昔者黄帝揚德達〔二〕武，軍樂造焉；越周武王得意示喜，愷歌告焉。鎛師以晉鼓節奏，眂瞭以編鐘合操；司馬秉鉞而先獻，樂師播詩而倡導。漢歌有短簫之曲，晉制沿鼓吹之號；艾張雅麗而不典，巴渝粗奮而近虓。

惟我皇上，緝熙重光，道洽義浹；懷繩者被其濡煦，背矩者懾其震疊；故禮教以爲綱陸，兵刑以爲調燮。所以化其不臧而弭其不協，非以嘉戰功而多克捷也。宜開徵角之宫，啓英莖之笈；詩天保之單厚，進人舞之蹀躞；頌皇武之耆定，昭聖文於奕葉。遂拜手稽首而進樂章曰：

於鑠皇武，載民之采。九州攸同，外薄四海。昔我出師，梟獍是醢。今我振旅，頑獷是改。彼頑者梟，歌舞斯在。豈惟戰士，實樂以愷。惟皇之功，以永千載。於昭聖文，奉天之時。五載不違，恩潭澤滋。昔我出師，謂民顛危。今我振旅，由庚有夷。彼危而夷，孰扶孰持？下謀之風，不其在兹。惟皇之成，以永無期。

【校記】

〔一〕「咸」，原作「威」，據嘉慶本、同治本改。

〔二〕「達」，嘉慶本、同治本並作「建」。

館試龍見而雩賦 以爲民祈祀大雩帝用盛樂爲韻

於維聖王，徵用驗事；八風告期，五是來備；曰暘暘敷，曰雨雨施。雖休和之時效，猶艱閔之余毖；匪民曷勤，匪穡曷爲；稽春秋之盛典，觀昊穹之昭示。粵以孟夏丙辰，舉常雩之祀于郊壇〔一〕，禮也。

于時恢台肇候，景風協辰；赤德方曜，蒼精謝竣。天田輝輝而照耤，牽牛煜煜而臨畛；維龍火之初見，告農期于萬民。乾爻純而天飛，震氣究而淵申；實風雨之所奉，識膏澤之將新。

爾乃太史候于天部，宗伯詔于王闈；命稻人以供斂，詔眡祲而觀輝。童冠釁浴而興舞，肆師表器而揚徽；音官涖縣而畢具，冢宰誓戒而莫違。令先庚而先甲，義有報而有祈；各展采以錯事，用昭虔而受機。

天子乃以陽黿，備大駕，揚瓊縈，鳴和鸞，軾玉几，以即於齋宫。淳濯食玉，儲精垂祉；駕斗車之威麗，建招搖之颯纚。左靈星而右辰角，驂農丈而服天耜；超房駟而逾邁，排閶闔而直指；儼對越于蒼綷，表敬恭于禋祀。

圜靈肸蠁，五位晻藹；邸陳四圭，樂變六會；金版告臅，玉鬯芬馥。皋搖太一，猋爓華蓋；豐隆蹕跜以屬衡，屏翳儼翼以承旆。廓蕩蕩而合莫，信巍巍而兩大。

且夫聖王〔二〕之勤民也，撫時爲柄，與神合符。先東作而省歲，後西成而慮無；張昏中而黍種，農晨正而土渝；伊詢箕與課畢，若望杏而瞻蒲。故其事天也，南郊用北陸而爲候，明堂驗辰角而非誣；始耕既重啓蟄之禘，而祈祀復尊龍見之雩。

是以農舞于疇，時報之歲。辰二十八而不忒，雨三十六而可計；驗三階之泰平，察五緯之高麗；占太陰而常稔，測玄枵而虛繫。韙錫福于我后，實奉若于古帝。

遂乃欃槍靖氛，旬始埽雺。白虎敦圉而成罰，鶉鳥戢翼而弗縱；我澤無私，民樂與共；鑄劍戟而爲耜，翦榛荆而播種。占壤則十二次而無隔隩區〔三〕，通蜡則七千里而均諧豳頌。斯聖人所以奉三辰，大一統，泯聲臭于合載，兼覆幬以爲用者也。遂作頌曰：

惟聖若天，惟天佑聖；懸星表時，實檦效敬；維雨之膏，維祀之慶；人若其疇，物正其性。時乘六龍，曰德之盛。皇來祀雩，有殷其樂；黃鐘、大吕，升霄降邈。皇既雩止，有滰其渥；祁祁斯甘，穰我稰穛；屢維豐年，皇武攸晫。

【校記】

〔一〕「壇」，嘉慶本、同治本並作「社」。

〔二〕「王」，嘉慶本、同治本並作「皇」。

〔三〕「區」，嘉慶本、同治本並作「塸」。

散館大禮與天地同節賦　以四海之内合敬同愛爲韻

懿惟聖王，立功立事；既耆定于武德，爰醇鬯于文治。表烈承而謨顯，體乾大而坤至。紹宗伯以典禮，敷時夏而攸肆。昭物則于上下，法易簡于天地；成位則才乃參三，居體則支宜暢四。

原夫天地之精，是曰真宰；經星辰而運日月，奠維纏而橐山海。行以錯而不棼，氣以殊而不改；陰陽以消息而不窮，剛柔以成形而不倍。政莫詭乎璣衡，步難窮于豎亥；自非有節于一元，曷以爲昭于億載。

惟夫禮也者，因人情而作制，統物度以爲規；一視聽于耳目，固腱會于膚肌。既繩準于一世，乃品節夫二儀；識裁〔一〕成于后，以兼天地而官之。

故其尊卑殊施，高下作對；譬氣形之升降，均事功于覆載。威儀興俛，冕弁藻繢；比文理之質象，垂賁飾于草昧。吉凶相權，生殺互代；似嚴温之迭乘，道並行而不悖。紀綱周詳，品庶咸乂；擬圜方之範圍，籠萬彙于形内。

至其内心外心，體物周帀；天端地倪，爲訢爲合。從隆從汙，時物相雜；天盈地虚，一闢一闔。順摭經等，規重矩沓；天施地生，昭晰並納。升中降禪，春歗秋欱；天蟠地際，煦嫗相合〔二〕。

蓋嘉會者，天地所以賦性；行異者，人君所以興盛。必制節而不過，乃保合而各正；樂以順禮而教和，禮以防樂而居敬；既反此而爲刑，亦布兹而爲政。是以八荒一制〔三〕，萬國齊風；並傾心于帝則，咸歸極于大中。彼觀型于象魏，若履度于厚穹；貞之日用飲食以爲質，鈞之道德風俗而皆同；又何怪奔駭無驚於罝鹿，潛游不化于沙蟲。

則惟我皇上察地監儀，則天與配；本身度之昭彰，範羣倫之晻曖；中和並致，位育咸在；耕鑿何知，道寶不愛；雖復搜逸禮于河間，綴遺經于小戴，豈足以文盛治之斕編，喻情田之沾溉也哉！

【校記】

〔一〕「裁」，嘉慶本、同治本並作「財」。

〔二〕「合」，嘉慶本、同治本並作「答」。

〔三〕「制」，嘉慶本、同治本並作「志」。

原治

古之治天下者，上不急乎其下，而下無所拂乎其上。政不令而成，獄不省而措，其逸也如此。其政之施于民者，不過歲時讀法而已，是亦今有司之所奉行者也。其刑罰之條，止於二[一]千五百，而以待獄訟常有餘，豈今之有司常愚，而古之有司常智歟？其民與上相接者，飲酒習射、吹笙擊鼓以爲樂，而知仁聖義中和之德，孝友睦婣任卹之行，禮樂射御書數之事；皆後之學士大夫所習焉而難成，成焉而可貴者。鄉黨州閭之子弟常出于其間，其化之淳而俗之懋也又如此。

蓋先王之制禮也，原情而爲之節，因事而爲之防。民之生固有喜怒哀樂之情，即有飲食男女聲色安逸之欲，而亦有惻隱羞惡辭讓是非之心，故爲之婚姻冠笄喪服祭祀賓鄉相見之禮，而[二]因以制上下之分，親疏之等，貴賤長幼之序，進退揖讓升降之數；使之情有以自達，欲有以自遂，而仁義禮智之心油然以生，而邪氣不得接焉。民自日用飲食，知能所及，思慮所造，皆有以範之，而不知其所以然。故其入之也深，而服之也易。夫蠻粵之人，生而侏離，聞中國之音，則駭而視；被髮文身之俗，資章甫而無所售。彼其習于鄙陋者猶如此，而況習于禮教者，其有奇邪放恣之民生其間，有不怪且駭屏之而無所容者乎？故先王所以能一道德、同風俗，至于數十百年而不遷者，非其民獨厚，其理自然也。

是故先王之制禮也甚繁，而其行之也甚易，其操之也甚簡，而施之也甚博。政也者，正此者也。刑也者，型此者也。樂也者，樂此者也。是故君者，制禮以爲天下法，因身率而先之者也。百官有司者，奉禮以章其教，而布之民者也。度禮之所宜而申之以民所常習，故政不煩也。權禮之所禁，而輕重之，以繩不合者，故刑不擾也。民習于禮，故知有是非；有是非，然後有羞惡，是故賞罰可得而用也。民習于禮，故知有父子君臣長幼上下；知父子君臣長幼上下，然後有孝弟忠信，是故軍旅田役之事，可得而使也。民習于禮，故有孝友睦姻任卹；有孝友睦姻任卹，然後有智仁聖義中和，是故其人材成者，可得而用也。故曰：禮止亂之所由生，猶防止水之所自來也。壞國破家亡人，必先去其禮；禮不去，而風俗隳，國家敗者，未之有也。

後之君子則不然。不治其情，而罪其欲也；不制其心，而惡其事也；令之以政，而不知其所由然也；施之以禁，而不知其所以失也。民行而無所循習，動而無所法守；不勝其欲，而各以知求之；知上之有以禁我也，則各以詐相遁。有司見其然，於是多爲刑辟以束縛之，條律之煩，至不可勝數，以治其不幸而不能逃者；其幸而能逃，不抵于法，則又莫之問也。雖其不能逃而抵於法，吏當之死而不敢怨，而其所以然者，豈非其人之大不幸歟？此三代以下，所以小治不數見，而大亂不止者也。

【校記】

〔一〕「二」，嘉慶本、同治本作「三」。

〔二〕同治本無「而」字。

楊雲珊覽輝閣詩序

余年十八九時，始求友，最先得雲珊。時余姊之壻董超然，與雲珊鋭意爲詩。三人者，居相邇，朝夕相過，過即論詩。余心好兩人詩，未暇學也。其後三四年，各以衣食奔走南北，率數年乃一得見，見輒出新詩各盈卷。而余學詩，久之無所得，遂絶意不復爲。每見超然、雲珊讀其詩，恧然以媿。

超然之詩，始學杜甫，務爲巉刻沈壯；晚乃歸于宋人，以瀏亮湊泊爲工。雲珊則一宗仰李白，益以恢張雄奇，踸踔天地，揮霍日月，以寓其不可一世之概。嘗游大梁，與客登吹臺，酒酣，集王勃滕王閣序字爲七言律四章，振筆書紙，雲湧飆發；坐客瞠視，謂高適、杜甫後，一千五十餘年無是會也。

然超然、雲珊抱其奇游天下，天下交口稱其詩，而兩人窮愈甚。超然喑嗚叱咤、悲憤雄厲之氣，時見于詩；而雲珊益豪邁尚奇，磊落不可遏抑。乾隆乙卯，余依惲子居富春，雲珊適至，留數日，將别，子居餞之鸛山之顛，把酒瞰江，風雨驟至，山水汩没，魚龍叫嘯。雲珊慷慨長歌，意氣甚盛。然余微觀其詩酒間，往時少年跌宕之概，殆有不同。人生憂患，卒卒年歲，一去不可復得，回憶身世，又足嘅也。嗣後不相見者又四年。

今年雲珊以書來，言東鹿令李君鈔其詩三卷，刻以行世，屬余爲之序。往時嘗戲謂超然、雲珊：「僕不作詩，諸君詩集成，要當僕序之。」今雲珊索余言，其可已耶？然余不工詩，豈足以論雲珊之詩？雲珊方治經，爲漢儒之學，所著書益多，詩又豈足以盡雲珊？獨吾三人二十年來遊好之迹，雲留風逝，不可把玩。讀雲珊詩，怦怦有動于中，書之以訊超然于江南，新詩近如何也。

莊達甫攝山采藥圖序

始余見達甫圖其貌，取杜甫詩題之曰「看劍引杯」。時達甫方壯年，鋭意天下事，議論慷慨，豪氣見於眉目間。迄今十八九年，屢困場屋，益衰且病，以孝廉方正舉，有司欲以應召用，固辭不赴，遂不復應進士舉，而更爲圖曰「攝山采藥」。

或以告余曰：「達甫殆無意于世也夫？」余聞而疑之。古之君子，汲汲憂樂于天下者，誠以道存也。道苟存，不以遇不遇異其志，又不當以吾身之衰而有自安之心。達甫年未五十，道之行不行未可知；縱不行〔一〕于今，亦當有以見于後，而區區攝生之謀哉？與向所聞于達甫者頗大異。

然余竊嘗論國家之用人也，如臾柎、扁鵲之蓄百藥焉，取之必擇其地，聚之必當其時，儲之必備其物，一旦有用，出之籠中而不匱焉者，其求預也。事方其急，而號之山澤之間，其捆載而來者，必柴胡、桔梗也。人葠、紫芝、丹砂、石乳，未有能致者焉。人葠、紫芝、丹砂、石乳之用，而投以柴胡、桔梗，其不足以愈病而速之死也明甚。見柴胡、桔梗之不足以愈病，而以爲天下之藥皆若是；與夫偶得柴胡、桔梗之效，而以爲天下之藥莫良於是，曾不人葠、紫芝、丹砂、石乳之求者，其惑豈細耶？若是者曾不足以當庸醫，而儼然任國家，進退天下士，自謂〔二〕得之，世有臾柎、扁鵲，寧不爲大憂耶？余又疑以爲達甫之意，或出于此。然吾聞古之有道之士，蓋有重治其精神而易天下者，吾未嘗學之也。達甫儻聞之歟？序其事，姑以問之。

【校記】

〔一〕「行」，同治本作「得」。

〔二〕「謂」，嘉慶本、同治本作「以爲」。

文稿自序

余少學爲時文，窮日夜力，屏他務，爲之十餘年，迺往往知其利病。其後好文選辭賦，爲之又如爲時文者三四年。余友王悔生，見余黄山賦而善之，勸余爲古文，語余以所受〔一〕其師劉海峯者。爲之一二年，稍稍得規矩。已而思古之以文傳者，雖于聖人有合有否；要就其所得，莫不足以立身行義，施天下致一切之治。荀卿，賈誼，董仲舒，揚雄，以儒；老聃，莊周，管夷吾，以術；司馬遷，班固，以事；韓愈，李翺，歐陽修，曾鞏，以學；柳宗元，蘇洵、軾、轍，王安石，雖不逮，猶各有所執持，操其一以應于世而不窮，故其言必曰「道」。道成而所得之淺深醇雜見乎其文，無其道而有其文者，則未有也。故迺退而考之于經，求天地陰陽消息于易虞氏，求古先聖王禮樂制度于禮鄭氏，庶窺微言奥義，以究本原。已而更先太孺人憂，學中廢。嘉慶之初，問鄭學於歙金先生。三年，圖儀禮十八〔二〕卷，而〔三〕易義三十九卷亦成，粗以述其迹象，闢其户牖，若乃微顯闡幽，開物成務；昭古今之統，合天人之紀；若涉淵海，其無涯涘。貧不能自克，復役役于時，自來京師，殆又廢棄。嗚呼！余生四十年矣，計自知學在三十以後，中間奔走憂患，得肆力於學者，纔六七年。以六七年之力，而求所謂道者，敢望其有得耶？使余以爲時文辭賦之時畢爲之，可得二十五年，其與六七年者相去當幾何？惜乎其棄之而不知也。後此者尚有二十五年耶？其庶幾有聞，其訖無聞乎？他日復當悔今日之所爲如曩時，未可知也。然余之知學于道，自爲古文始。故檢次舊所爲文，去其蕪雜，自戊申至甲寅爲一編，丁巳戊午爲一編，存以考他日之進退云。

【校記】

〔一〕同治本「受」下有一「于」字。

〔二〕「十八」，嘉慶本、同治本作「十」。

〔三〕「而」，原無，據嘉慶本、同治本增。

安甫遺學序

右凡三卷，歙童子江承之安甫撰。安甫生十四年而學，學四年，年十有八，正月一日殁于京師。其學好鄭氏禮、虞氏易，非一家之説，猶泥芥也。其志以爲易亡于唐，禮晦于宋，傳且數百年；本朝儒者，乃始有從而發明之；然數十年之間，天下爭爲漢學，而異説往往而倡；學者以小辨相高，不務守大義，或求之章句文字之末，人人自以爲許、鄭，不可勝數也。故其治鄭氏，則依于婺源江徵君及歙金先生；其治虞氏，則依余之易義。然皆貫串經文，以求其合。其有不合，雖余口授不敢信，爭之每斷斷，盡悟乃已。其自期，賈、孔以下蔑如也。嗚呼！學者患志不篤；志篤矣，患擇術不正。術正而志篤，如理颿楫而沿于通川，其至海也必矣。然而不至者，豈非命哉？嗚呼！觀其零文碎義之偶存者如此，亦足以悲其志矣。

虞氏易變表序

虞氏易變表，亡生江承之安甫所作也。安甫受易三年，從余至京師，乃作此表。其義例，屢變益審，故爲完善。自鼎以下十五卦未成。安甫死之七月，余役陪京，館舍無事，乃取其稿校録而補之，定爲二篇，附于消息之後。嗚呼！吾書苟傳也，安甫爲不死矣。

記江安甫所鈔易説

凡余所著易説，安甫手寫者，虞氏義九卷，消息二卷，禮二卷，事二卷，候一卷，鄭荀義三卷，緯略義三卷，共裝爲八本。唯别録十七卷未及寫，而安甫死矣。

余以嘉慶丙辰至歙，居江邨江氏。明年，余書稍稍成。時余之甥董士錫從余，與安甫年相及，相善，並請受易，各寫讀之。所居橙陽山，門前有小池，夫渠盈焉。時五六月間，每日將入，兩生手一册，坐池上解説。風從林際來，花葉之氣，掩冉振發，余於此時心最樂。其冬，士錫歸常州，學以不能竟；而安甫明年從余至浙。又明年，遂從余北來。兩年之間，非疾病，未嘗一日廢此書；非舟車逆旅，未嘗一日不寫此書。蓋能通者十五卷矣。嗚呼！余爲此書，好之者安甫耳，士錫耳。士錫敏于安甫，而精專不如，又不竟以去。安甫爲之，幾成而竟死。後之人，其況有傳吾書者耶？雖有之，其于吾也奚所樂于其心？故裒安甫所寫爲一帙，時時覽觀，以寄余之悲焉。

安甫幼時，不喜學作字，故其爲書速而拙。比來京師，乃自恨，學顔魯公大字，筆力勁整可愛。

安甫死之十日，夢于余曰：「請讀書——禮乎？易乎？」余呼之如平生曰：

「二？——汝乃今爲鬼，安所事禮？順陰陽，時消息，幾以奠汝游魂。」安甫諾而去，自是未嘗與吾夢接也。嗚呼！安甫其尚不忘于兹耶？嗚呼！可哀也已。

送左仲甫序

陽湖左仲甫，爲縣令之六年，以催科罣吏議，將謁部。是時天子始親政事，赫然誅元惡，召安徽巡撫朱公入爲冢宰。瀕行，仲甫謁公于途次。公賜之食，從容問政要。仲甫以爲：方今大患，在天下之才，不足以任天下之事。夫上之所取，下之所習，無事之所養，有事之所用。今國家求政事之選，而于時文詩賦取之，其不足以得士也明矣。夫時文詩賦，非一日之功也。士蓋有數十年爲之，而幸一日之得焉，自非有過人之資，未有能通世務知治亂者也。其有能通世務知治亂者，其見棄于時文詩賦而不獲選者，則亦多矣。方今科舉即不能改，宜令天下薦舉有文武智術之士，朝廷試而用之，庶幾于事有屬。方今郡縣駐防之兵，所得額餉，少者日才白金四分，而上官供億，公使往來之資，又出其中。兵以所得餘金養父母、畜妻子，其爲農賈伎業以給焉者，良兵也；桀黠者，無賴於鄉曲矣。夫不給其家而求其服練，雖孫吴不能，而況用其死乎？則以爲宜優其給而捐其擾，然後乃可責其用。朱公難其説。仲甫至京師，以告其友張惠言。

惠言曰：國家養文武士，一百五十年矣，其爲澤至深厚。而爲士者，日以嗜利而無恥；爲兵者，日以怯弱而畏死。是豈無故哉？今朝廷求言如不及，朱公以道輔治，仲甫之言，行不行，未可知也。抑仲甫之道大用之于天下，小用之于一邑，其可乎？古者郡縣掾吏，皆官長辟除，孝廉、茂才則於是乎選，故守令常恃以爲治。今者悉更之以書吏，官待之以僕隸之體，而吏自待以商賈之心。夫責僕隸以禮，而冀商賈以廉，無是理也。書吏不可廢已〔一〕，若仿古三老孝弟之制，鄉舉其賢能，以賓禮禮之，使爲教化之倡，而任以保甲之事，則催租捕盜之吏，可以不至鄉里，而縣無事。且夫一縣之役，無慮數百人，其得食于官者，數十人而已；以無所資給之人，入而辦公事，趨之若騖者，誠有所利也。其皆不得已而用之乎？抑猶有可汰者乎？縣令貧，非可以財優之也，少其人，則其用易給，而可繩以法矣。方今用人者曰「公」而已。夫進賢退不肖之謂「公」，賞善罰惡之謂「公」。今者唯成例是視，其所謂「公」，吾所謂私也。故公賞不足勸，而公罰無所懲，公之爲蔽如此，而賢者不之喻，愚竊以爲大過。非仲甫，吾誰與語之？于其行，遂書之以爲别。嘉慶四年五月十五日。

【校記】

〔一〕「已」，嘉慶本、同治本並作「矣」。

送趙味辛同知青州序

古之仕者，在州郡則澤及一方，在京朝則澤及天下。故賢者自京官出于外，則爲不得其志，而朋友亦相與咨嗟歎息之。今之世則不然。京官之號爲清要者，非有議論事權有裨〔一〕上下者也。朝廷歲命宰相卿長察任治事者，簡以爲外官，大者郡守，小者司馬、別駕、州牧。天子重其親民之官，引而見之〔二〕，然後可其奏，其鄭重如此。夫古之君子，患其道之不行也，不患其官之不榮也；患其德之不稱位也，不患其位之不副德也。而京官之出于外，以爲不得其志，相與咨嗟，以惜其去；是徒欲榮其身、顯其位，而不顧其道之行，澤之及于下也。

趙君味辛，居中書二十年，出同知青州。趙君賢者，內閣要地二十年而方佐郡，謂之得志可乎？雖然，宰相以趙君爲才而舉之，天子以宰相所舉爲是而用之，趙君獨得自簡其官乎？同知之職，于一郡事無所不參，而又有專責督捕水利之事，郡之治否，于是乎在。而趙君之德，固足以及〔三〕于民，是其志之得行也；而以其身之不榮、位之不顯，惜其去者，是朋友之私也。故吾序此以解之。趙君方歸壽其尊甫緘齋先生，其以吾此說爲先生誦之，必且忻然樂也。

【校記】

〔一〕「有禪」，同治本作「有禪于」。

〔二〕以上兩句，嘉慶本、同治本作「天子重其親于民，親引而見之」。

〔三〕「及」，嘉慶本、同治本作「澤」。

書山東河工事

嘉慶二年，河決曹州，山東巡撫伊江阿臨塞之。伊江阿好佛，其客王先生者，故僧也，曰明心，聚徒京師之廣慧寺，詿誤士大夫，有司杖而逐之，蓄髮養妻子。伊江阿師事之謹。王先生入則以佛家言聳惑巡撫，出則招納權賄，傾動州縣，官吏之奔走巡撫者，争事王先生；河工調發薪芻夫役之官，非王先生言不用也。不稱意，張目曰：「奴敢爾，吾撤汝矣！」其横如此。

内閣侍讀學士蔣予蒲，王先生廣慧寺之徒也，以母憂去官，遊於山東，伊江阿延之幕中，相得甚，奏請留視河工，有旨許之。巡撫擇良日築壇於公館之左，僧道士遶壇誦經者數十人，巡撫日再至，蔣學士、王先生從。及壇，蔣學士北面拜，巡撫亦北面拜。王先生冠毘盧冠，加沙偏袒，升壇坐。學士、巡撫立壇下，誦經畢，乃去。如是者數月。河屢塞，輒復決。其明年正月，王先生曰：「隄所以不固，是其下有孽龍，吾以法鎮之，某日，當合龍，速具埽。」巡撫曰：「諾。」先期一日，埽具，役夫數百人，維埽以須。巡撫至，王先生佛衣冠，手鐵長數寸，臨決處，唄音誦經咒。良久，投鐵於河，又誦又投。三投，舉手賀曰：「龍鎮矣！」巡撫合掌曰：「如先生言。」明日，水大甚。巡撫命下埽，衆皆諫，不許，埽下，數百人皆死。居數日，王先生又至，投鐵者又三，埽又下，死者又數百人，隄卒不合。

張惠言曰：余居江南，輒聞山東河工事，未審。及來京師，雜詢之，多目擊者。嗚呼！佛氏之中人，至此極哉！書其事，使來者有所儆焉。

王先生既蓄髮，名樹勳，以資入待選通判。本揚州人，或曰常州之宜興人。當其爲僧時，故有妻子也。僧號嘿然。嘿然者，亦其未爲僧時號。伊江阿謫戍伊犂，王先生送之戍所。聞其將歸謁選云。

書左仲甫事

霍邱知縣陽湖左君，治霍邱既一載，其冬，有年父老數十人，來自下鄉，盛米于筐，有稻有秔，豚蹄鴨雞，傴僂提攜，造于縣門。君呼之入，曰：「父老良苦，曷爲來哉？」頓首曰：「邊界之鄉，尤擾益偷。自耶之至，吾民無事，得耕種吾田。吾田幸熟，有此新穀，皆耶之賜，以爲耶嘗。」君曰：「天降吾民豐年，樂與父老食之；且彼家畜，胡以來？」則又頓首曰：「往耶未來，吾民之豬、雞、鵝、鴨，率用供吏，餘者盜又取之。今視吾圈柵，數吾所育，終〔一〕歲不失一〔二〕，是耶爲吾民畜也；是耶物，非民物也。」君笑而受之，勞〔三〕以酒食，皆歡舞而去，曰：「本以奉耶，反爲耶費焉。」士民相與謀曰：「吾耶無所取于民，而禄不足以自給，其謂百姓何？請分鄉爲四，四又爲三，各以月入米若薪。」衆曰：「善。」則請于君，君笑曰：「百姓所以厚我，以我不妄取也。我資米若薪于百姓，後之人必爾乎索之，是我之妄取無窮期也。」不可。亳州之民，有訴于府者曰：「亳舊寡盜，今乃〔四〕多，其來自霍邱。霍邱左耶不容盜，以禍亳，願左耶兼治之。」嘉慶四年十二月，霍邱有吴生在京師，爲余說如此。

余同年友仁和湯吉士金釗告余曰：「往歲北來，道鳳潁間，往往詢其民人縣〔五〕俗。有刑獄不當，賦役無節者，民曰：『非霍邱左耶來，誰與辨之？』有風俗乖忤，水旱冤抑者，又曰：『非霍邱左耶來，吾屬不安樂矣。』曰霍邱左耶能爲河南省治獄，吾不識左君何如人也。」余曰：「吾友左君二十餘年，其爲人守規矩，質重不可徙；非有超絶不可及之才，特以其忠誠悱愉之心，推所學于古者而施之，治效遂如此。今之爲治者，輒曰『儒者迂闊』，患才不任事。以吾觀左君，迂闊人也，如其才！如其才！」

左君名輔，字仲甫，以進士分發安徽爲知縣。初爲南陵，調霍邱。嘉慶三年，坐徵南陵錢糧不如期，落職。入見，仍用知縣。未補，又坐徵霍邱錢糧不如期，落職。巡撫爲請，天子知其名，特許補合肥〔六〕云。吴生名書常，亦篤實君子人也。

【校記】

〔一〕「終」，原無，據嘉慶本、同治本增。

〔二〕「歲不失一」，同治本作「歲不一失」。

〔三〕「勞」，嘉慶本、同治本作「賞」。

〔四〕「乃」，嘉慶本、同治本作「而」。

〔五〕「縣」，嘉慶本、同治本作「繇」。

〔六〕嘉慶本、同治本「合肥」下有「縣」字。

記族弟平甫語呈座主阮侍郎

嘉慶四年八月二十日，惠言同姓弟浩至自陝西。浩以去年冬省其母舅陝西鳳翔府寶雞縣丞陳瑺，適瑺奉委商州鎮安縣知縣，浩隨之官，於十二月十三日到鎮安，至今年六月二十二日告疾回省，浩亦來京。鎮安最爲軍興往來之衝，官兵與賊狎至城下，浩皆於城上觀之。浩云：賊首張漢潮及其二子鎮龍、鎮虎一女壻所領賊合，止五千餘人，時合時分，出没興安、漢中、商州界。漢潮之弟張應祥別爲一股，有萬餘人，竄入甘肅。賊有馬步，其步賊皆毆掠之衆，易於就擒；馬賊號爲隊子馬，每十數人爲一隊，各用長矛，陝西人類能用矛，不必賊也。行步整齊，衝突甚鋭。賊中亦有火器，置不用。鎮安舊縣關，隘關也，遊擊周健勇以五百人守之，架五炮以待賊，賊至，炮一發，賊中伏而左右進，死者三而一；炮聲絶而賊登，遊擊傷矣。其人類不懼死。常獲一諜，搒掠之百方，視其色無苦。有教以供神香爇其後竅，乃呼痛焉。蓋賊之邪術，能使不苦所刺，故死不避也。明將軍屢過城下，部伍錯亂，或止營城外，軍士輒紛紛，城中莫敢呵問。索倫兵日有病者，所過州縣，養病兵常二三十人，留輒數十日。明將軍常乘大轎止正營，常在賊後百餘里。自浩到陝西半年之間，官兵與賊戰者三，其外未嘗接刃也。明將軍與賊戰於寶雞，幾爲賊擒，折傷甚衆。五月，又與賊戰於鎮安之石甕子，殺賊三百餘人，我兵死傷者七百餘人，賊退去。石甕子去鎮安城數里，其戰，浩所親睹也。永撫軍初到時，厲氣奮發，誚讓明將軍以避賊之咎，引兵四千追賊，及之於漢中府界，爲賊所鈔，亡其後軍，死者一千七百餘人，文武二十七員，自是不敢復言殺賊矣。鎮安城中有兵三百人，鄉勇五百餘人，有警時，知縣巡守者，守者臥，撻之起，一人起，一人又臥矣。鄉勇應募者，不能知其何許人，其來也，問：「守乎？」曰：「諾。」曰「戰」，則鬨然散。其居民亦有團結村落自爲守者，往往能拒賊，或以無救破滅。聞去年盩厔縣有石峯鋪者，鋪名或非，浩偶忘之。其民三千餘家，防守甚嚴，屢殺賊，賊怒甚，以全力攻之。前巡撫秦承恩營相去三十里，乞救不許，遂爲賊焚，三千家無少長皆死，聞者咸爲流涕。甘肅蘭州府知府龔景翰爲堅壁清野議，上之前總督宜緜，欲爲民築堡寨使自爲守以捍賊，而官以游兵策應。宜緜稍稍用之，興安府屬有已築堡者，賊皆不敢犯。浩又云：去歲四五月間，賊犯盩厔城外，人聞賊至，皆走入城，從城上望。須臾，賊六人先至，操矛下馬，偏索空室中，得一老婦，將殺之。民有兄弟四人，奮然怒，請於知縣，人假一矛，縋城下，殺其五人，生獲一人，入城斬之。俄而前提督王文雄以兵三千至城中大噪，賊遁去。文雄迅追，日暮及之，賊已駐營矣，我兵撲入，賊大潰。文雄令勿追，立營爲食，嚴儆以待。夜半，賊大至，爲圜陳向我軍，我軍急擊，賊開其中而外裹之，我軍不得出，文雄力戰。比曉，賊圍潰，凡折傷七百餘人，殺賊二千餘人，盩厔以全。

右張浩所説，近者目見，遠者民間相傳，人人共知，雖一人耳目不能周，而情狀大略可見。賊敢死而我怯戰，賊整齊而我兵無紀，此所以不支也。然賊雖四出蹂躪，而終不敢遠其巢穴，見城不敢攻，見堡不敢過，是其心未嘗無畏，特易我無備耳。竊觀龔景翰之議，深合事宜，誠使朝廷采其言，擇良督撫而責成之，使選用良守，令專以安民爲務，而禦賊即在其中，不過數月，邪黨壞敗，此與調兵追賊爲功遠矣。謹録一通，以呈省覽，倘可上聞行之，天下之福實在於此。且夫善用兵者制人而不制於人，今以有限之兵，逐無定之賊，鑿道而行，仰山而功，賊逸我勞，賊主我客，其勝者幸耳；至於招募無賴，守不足以益固，而奸民或出其中，爲患甚大，當事者尤不可不慮。謹狀上。

貤贈文林郎袁君家傳

君姓袁氏，名思齊，字景賢，武進夏雷邨人也。袁氏始居夏雷邨者，曰太學生崟〔一〕，六世而至君之祖家珍。家珍生廷遴，廷遴娶于蔣，生君。自崟以後，世爲農家。

君幼習農，力田作苦，家以漸裕。有田百畝，宅二區，然心獨好儒。子孫皆使爲儒，擇名師教之，敬禮備至，惟恐不順適其意。所交游，有文士至，即喜，接禮之不倦。如是二十年。君之子清憲，始補博士弟子員，後以副榜貢于鄉，而袁氏相繼入學官者不絶。清憲之子筠，以舉人令雲南，覃恩貤贈君爲文林郎、新平縣知縣，至今稱爲文學家。君有女弟適殷氏，母夫人所鍾愛也，間日輒餽遺，君必自負戴往。殷所居曰黄巷邨，去夏雷邨二里所。每薄暮，自田歸食已，往省女弟，返告母無恙，然後治家事也。其後，女弟之夫死，子幼，春，當〔二〕耕，君持酒食，驅牛，率徒役，往爲殷氏耕。畢耕，乃返。秋，當穫，君又持酒食，率徒役，往爲之穫。畢致之，然後返。其耘耨亦如之。君教家以爲善，曰：「日發一善心，終歲便有三百六十善。」聞古人胎教之法，常以訓子教婦〔三〕曰：「欲子賢，當如此。」故袁氏世孝友，恂恂謹厚，君之教也。君既訓子以學，迺建宗祠，置祭器，草家譜，規模草創，蓋略備焉。

君年六十五卒。元配王氏，繼徐氏，並貤贈太孺人。子六，清憲爲長。君卒之夕，徐孺人以婚嫁未畢爲憂，君指清憲曰：「汝有此讀書明理之子，何憂爲？」孺人泣，君笑曰：「弗悲。死，歸也。」其識量如此。君之孫祖望，爲邑老師，惠言少以父行禮之。筠爲吏良，友惠言，故傳君于譜。

丹陽匡鼎來，篤行士也，嘗論君曰：「觀君臨卒兩言，有味乎其言之也！讀書則明理，故可無後憂。然則君之令子孫讀書，豈區區富貴利達云爾。然君未嘗讀書，而考其言行，世之讀書者或反不逮。此豈非孔子所謂善人者耶？」君子以鼎來爲知言。

【校記】

〔一〕「崟」，嘉慶本、同治本作「峑」。

〔二〕「當」，嘉慶本、同治本無。

〔三〕「訓子教婦」，嘉慶本、同治本作「訓子婦」。

袁太孺人傳

武進夏雷邨袁氏有賢母，曰蔣太孺人，副榜貢生贈文林郎清憲之妻。子曰祖期、祖望、祖修、祖訓、筠，皆以文行稱于庠序，而祖望爲最，學者字之曰念方先生；筠以舉人爲雲南知縣，有循政。覃恩得贈爲太孺人。

袁氏世力田。至清憲，始治舉子業。其考貤贈文林郎思齊，教子孫有法度。太孺人妊身，即戒以古胎教之法。及舉子，訓之曰：「勉樹德，勿姑息，以勖而子成。」太孺人謹而行之，其教子，自其齠齔，令長者慈，少者恭，翼如也。學有閒，怒之；嬉戲，責之；有不悌遜，痛懲之，無得貰者。故祖期兄弟，幼皆恂恂，無疾言遽色，無子弟之過，長而皆守其教，以克有成。

太孺人爲人恭敬仁愛，儉於己而周于人；御一食，有不得食者在其側，不甘也；服一衣，有不得衣者在其側，不燠也。袁氏之族十二支，同邨而居者及異姓僅百餘家，長者無弗長也，如其長；幼者無弗幼也，如其幼；有〔一〕乏，無弗賙也；有急，無弗急也；有疾病，必問之，必餽遺之，憂之也，若在己。十二支之姻親宗女，至，無弗禮也。於其親者，館之，加隆焉。下逮戚屬之臧獲，必易服乃見，予之食，然後聽去。雖丐者，必食之飽。年老癃病，或留之宿，給以米，然後遺之。丐婦有老而謹者，時時至，或輟食食之，徹茵薦寢之。推其心，惟願接于我者，靡不得所，不知有貴賤之分，人我之異也。然太孺人家僅中人産，所賜予人，皆出節儉及紡織，衣服無得留篋笥者，率爲人乞去質錢；冬寒，常以所薦茵與無被者；其子婦知之，更以進，則〔二〕卻之曰：「吾弗寒也！」固請，薦之；閲旬日，則或又以與人矣。太孺人年八十八卒以乾隆壬子之十月。卒前數日，猶扶病出爲人計畫薪米，蓋其天性然。病革，鈞侍，語之曰：「今而知萬事莫如爲善也。」又曰：「子孫務勤讀，勿與人争利，利與人同，則有福而無禍。」始，太孺人祖姑蔣，以勤儉好施稱賢，於諸孫婦中，獨善太孺人，曰：「吾與若同氏，惟若能嗣吾。」及太孺人老而訓子孫，必曰：「吾聞之祖姑如此。」

論曰：夫子有言：「婦人學于舅姑。」觀贈公之戒太孺人自胎教始，而太孺人言必稱祖姑，袁氏之世德，有以哉！有以哉！婦人之慈仁者，類能好施予。然如太孺人之同視一體，何其發於至誠，而施行之不倦也！及其秉禮審義，動識大體，此豈婦人之仁哉？嗚呼，可謂賢矣！

【校記】

〔一〕「有」，原無，據嘉慶本、同治本增。

〔二〕「則」，原作「即」，據嘉慶本、同治本改。

江安甫葬銘

江承之，字安甫。年十四，從余學時文；十五讀江永鄉黨圖攷，奮然請治經，受鄭氏禮記，日夜誦習，旁及他鄭氏書、先漢諸儒説，攷校推究，往往通大義。時余方次虞氏易，又請受之。每一卷就，輒手寫講解。比余書成，而安甫悉能指説，益爲余校其不合者數十事。十七，從余來京師，更受儀禮，讀未竟，以嘉慶五年正月一日病死，年十八。安甫於世事無所嗜，獨好治經。於世之人無所悦，獨好余，唯余言是從，飲食寢處必余依；暫去余，皇皇若無所税。其從余而來也，余不忍沮，其父母憐之，亦不忍拂也。其治經，唯好鄭氏，疾非鄭者如讎。嘗寫後漢書鄭康成傳，而次其年譜，繫之以文，悠然有千載之思。往往欲著書，余每戒之。今檢其録，有曰周易爻義，曰儀禮名物，皆無書。鄭氏詩譜、虞氏易變表，略已具，未就。余取其易表附于吾書，而録其條于各書者，次爲一卷，庶以存其大凡。安甫，徽州之歙人。父曰毓英。有兄弟。聘妻吴氏，先二年死，年十有七；歙俗嫁殤，以其喪歸江氏。安甫死之三日，余殯之京師。某月日，毓英以書來歸其柩。某月日，至歙。以某月日，與吴氏合葬於某原。余既傷安甫之死，而重悲其志，故爲之銘，以遺其父，使刻之。銘曰：

爾以吾爲歸，爾之死，吾尤誰？天乎？人乎？後其尚有聞乎？嗚呼！

祭江〔一〕安甫文

嗚呼！爾有父母，爾有弟兄，棄愛割慈，從吾北征。爾之從吾，如影依形；爾之聽吾，如響答聲。嗚呼！夫孰使爾志之卓而忘其道之艱，夫孰使我愛之篤而忘其體之孱，是豈有冥冥者爲之，而吾與爾皆會其適然？嗚呼！出之幃房之内，而置之風雪之區，又不能時其寒燠，而使隕其軀，是得謂之命乎？時余之辜？斯已矣。嗚呼！死者有知，當求康成、仲翔氏於地下而師之，爾奚羡乎永生。而吾之愧憾以悔，悲不見爾學之成者，其將終古而無窮也耶？尚饗。

【校記】

〔一〕同治本無「江」字。

告安甫文

告安甫：汝命止此，復何言耶？吾疾困，不能憑汝以訣，豈亦命耶？汝魂有知，其能南歸，依爾父母耶？其未能耶？朝夕依吾，勿悲怨〔一〕也。嗚呼！告斂

告安甫：此屋不可居，今將殯汝于橫街白衣菴西偏之室，是亦汝幽宮也。汝安之，吾未有定居，魂氣無不之，視吾之所在，汝來依我。告殯

告安甫：此凶宅也，汝知之，吾弗知以戕汝，吾忍復居此耶？今日之酉，陰陽家言，汝反宅中；汝之魂，其不眷於此室也。其即爾幽宮，無怨無恫。幽明雖隔，魂魄何其遼邈哉？吾靡所定居，凡所舍止，即爲吾宅。汝來夢中，與我共語，門神户靈，勿呵勿阻。告反宅

【校記】

〔一〕「悲怨」，嘉慶本、同治本作「他往」。

公祭董潯州文

古稱文人，少達多窮；或困名位，坎壈以終。亦有起之，莫或擠之；孰執其樞，終然

不施。

噫君之生，早鞠荼苦；九齡孤兒，母氏是怙。匪母是怙，亦母是師，臨機授經，琅琅厥辭。兒飢無食，兒寒無衣；母氏謂兒：「莫疚以悲。兒通經術，當爲國毗；他日飽暖，勿忘此時：寒人之寒，飢人之飢〔一〕。」兒拜受教，雪涕充頤。

吾鄉之文，唐、薛已遠；陶、蔣之後，波蕩靡反。孰云振之？僉曰微管。蠅呻蛙吟，澡若濯澣。君受其業，厥聲喤喤；昌黎之傳，得皇甫張。春葩怒抽，秋濤驚滂；巨刃施手，摩天而揚；精心四周，植于中央。

驅騁壇坫，三十餘年；名高數奇，往蹇來連。以昌其詩，開流灑川；寶棄誰怨，和氏斯愆。荀卿遊學，四十乃通；既第春官，民曹是庸。維時管君，亦在郎官；君來頡頏，若靳附鞶；同執玉敦，共掌珠盤。遠近歸向〔二〕，黻佩冕冠；古有二妙，曾何足歎！

既最五司，洊崇左省；陳殷師卿，計歲貳棅。帝曰嘉兹，克咸爾勳；命于南州，以作爾勤。世言儒生，用不邇世；君才槃槃，通達政治。庶隆大猷，副彼利器；一麾霜肅，五馬星馳。篠驂纔訝，薤露遄晞；奇抱長閟，修懷竟摧。嗚呼文星，天絶其系；管君先隕，君復後逝。半載匪久，喪我二士；如何昊天，景命勿遂。家多哭寢，士競爲位。

疇昔之日，飲餞之辰；言笑晏晏，高談載申。君言朋友，是維大倫；六行有四，任卹睦姻。富乃行德，貧斯弗親；如決西江，詎甦涸鱗。我欲制用，三科是分：一曰公貲，二充家縉，三爲客儲，親疏以均。嗚呼此志，曾是莫伸。大廈廣覆，今誰與鄰？遺此一言，寒畯歸仁。

萊蕪麈魚，西華葛帔；維清維貧，詒厥孫子；英英宗介，亦紹丕祉。學君之文，述君之事。君所未竟，尚克有嗣。潯江悠悠，既阻且長；君去幾時，君赴在堂。銘旐弗瞻，生芻曷將？陳牲在俎，釃酒盈觴；君其鑒誠，翩然以饗。

【校記】

〔一〕「寒人之寒，飢人之飢」，嘉慶本、同治本作「寒人知寒，飢人知飢」。

〔二〕「向」，嘉慶本、同治本作「高」。

爲諸生祭歐敦甫文

嗚呼敦甫！以子之聰穎特達，而學不底於成耶？以子之孝恭温良，而行不獲其亨耶？天之生材，曷弗艱耶？既已生之，而摧折夭閼，使中道顛耶？將榮者自華，落者自苓，而舉無關於天耶?

嗚呼敦甫!毀不滅性,子未聞耶?胡一哀之不勝,而遽隕其身耶?將菁魄之竭已久,而不復振耶?抑飲食匪宜,藥物匪良,而遘此屯耶?君子觀過,斯知仁耶?孰云死孝而弗珍耶?

嗚呼敦甫!吾不見子,旬有餘日耳,豈謂朋友之分,盡於斯耶?其不隔於吾目者,伉朗精敏,其子之英爽,渝而不澌耶?其不絶于吾心者,纏綿肫篤,其子之相與氣誼,沬而不衰耶?胡爲乎朝之言怡怡,夕之言嘻嘻,而易以同志之閔涕,師長之嗟咨耶?嗚呼!是亦悲矣,而況垂白之老,扶杖而慟,下顧繼嗣而斬焉隳耶?

嗚呼敦甫!其有知耶?其無知耶?子而無知,吾爲誰悲耶?子而有知,吾悲有時殺,而子之悲于地下者,其無窮期耶?

嗚呼敦甫!命耶非耶?命非吾與子所能制,而又奚悲耶?絮酒一樽,尚歆兹耶?嗚呼哀哉!

茗柯文四編

詩龕賦 并序

梧門先生貯古今人詩于一室，題之曰「詩龕」。或曰：詩之有梧門，猶禪之有上乘正覺也，故龕之。余以爲不然。禪之有語言文字，下也，梧門奚取焉。嘗謂六義失而詩道變，變窮于禪。「詩龕」云者，窮其變而存之也。夫存其變者，可與正矣。乃賦之曰：

夫惟二雅之多材兮，古之號曰九能。商洎姬而三百兮，推〔一〕至聖之所裁。屈摛賦以贛憤兮，宋儀之以哀曲。睠河梁之執手兮，放五言之高躅。班分馳而並進兮，遂世嬗而家貿。驟煩聲與詭律兮，豈輶史之所受？吾聞詩之爲教兮，政用達而使專。何古人之爾雅兮，今惟繡乎帨鞶？豈緣情之或非兮，固同川而改瀾！亮余志之不芳兮，雖薜苣其孰玩。曲有變而殊奏兮，言有畸而異方。羌山水之云滋兮，曾告退乎老莊。既俶之以曠放兮，遂逃虛于禪寂。識多岐之必究兮，世孰通其蔽惑。五金躍而待治兮，八材區而候〔二〕工。覽焦墟之一派兮，知衆流之必東。啓兹龕而畢受兮，攬斯文之變態。會秦越而儳言兮，錯朱素而儷色。將編仁義以爲藩兮，結道德而葺之。峙六義以爲壁兮，楹四始以相持。介奚斯而擯吉甫兮，延考父于東序。陶潛揖于庭堂兮，甫、白儼而翼宁。庶僞體之有裁兮，範九軌而同途。起往賢而質中兮，俟來哲以通符。必□白而稱覺兮，又胡爲此蘧廬。

【校記】

〔一〕「推」，嘉慶本、同治本作「昳」。

〔二〕「俟」，嘉慶本、同治本作「俟」。

尚友圖銘 并序

孟子曰：「以友天下之善士爲未足，是以尚論古之人而友之。」夫以天下之善士，友天下之善士，必無見爲未足者也。以天下之善士爲未足，其人必不止天下之善士也。雖然，頌其詩，讀其書，猶以爲未也。又論其世，則雖古之人友之，豈易足乎？孟子所論于古者，伯夷、伊尹、柳下惠，而猶以爲不同道。然則，孟子之所尚友者，孔子一人而已。故君子〔二〕觀人也，視其所友：於世無所不屑者，未能高於世者也；于古無所不屑者，未能高於古者也。

海寧陳君〔二〕仲魚畫尚友圖，武進張惠言銘之，曰：

余以今之友爲寡兮，求于古而豈多？余惟古之爲歸兮，古之人其謂余何？去之五百歲，其援余手乎？余孰且無友乎？

【校記】

〔一〕同治本「君子」下有一「之」字。

〔二〕「君」，同治本作「子」。

送福子申宰漳平序

吾嘗讀孟子「降大任」之説，而竊怪世之貧賤者，何其顛頓困踣而不克自振者之多也？豈孟子之説，亦有時而不驗耶？將天之苦勞餓乏拂亂夫大任之人者，非猶夫苦勞餓乏拂亂夫人人者耶？蓋古之君子，其志固皆有天下自任之重，其學問固皆有非義非道不受高爵厚禄之心，夫如是，而嘗之以苦勞餓乏拂亂之遇，使之歷人世之情僞，而迭試其德慧術知於經權變故之交，故其得于中者益堅，而用于事者益密，此其所以動心忍性曾益其所不能也。

今之君子則不然，其志之所願，不過身家衣食功利之務；其學問之所及，僅僅知惡之不可爲，而未必識其所以。幸而遂其生，優遊其心，而養其廉恥，猶可日黽月勉而不喪其素，亦庸有進焉。不幸而苦之、勞之、餓之、空乏之、拂亂之，彼其心如以未成之舟，無檣楫之具，驟而放乎江海，衝洪波，觸高浪，目駭神眩，手足顛倒，尚何心之能動，性之能忍，而不能之能曾益哉？故曰：天之霜雪，一也，凡卉得之以殺，而松柏得之以堅。士之處貧賤，烏可一概而道哉！

吾友福君子申，自乾隆癸丑成進士，失朝貴人意，擠而蹶之，至今十年，始得選爲令。蓋吾始見子申時，年甚少，氣甚高，才鋭而識擴，以之辦天下事，若不難也。雖朋友亦許爲然。已而擯不用，家貧甚，服勞事親，艱瘁備至，十年之間，其氣充然以夷，其才黯然以深，其識淵然以長。蓋吾所交多貧賤之士，其能自振拔不隨流〔一〕俗者，固不少，而得力于勞苦餓乏拂亂以成爲有用之才者，未有如子申者也。夫以子申之才，僅僅爲一令，天固非以此任子申，而所以動之、忍之、曾益之者，自此益大。雖然，今之縣令，古百里之國也，管夷吾、百里奚、孫叔敖，其治未有越於此。子申行矣，其亦曰天以苦我、勞我、餓我、空乏我、拂亂我也，夫安往而不濟乎？

【校記】

〔一〕「流」，原無，據嘉慶本、同治本增。

上阮中丞書

伏承政化協和，動履吉豫；錫祚踐慶，習于嘉祥。「樂只君子，保艾爾後」，南山之詩所爲詠也。曩者，不敏以風聽不實之言瀆陳左右，夫子不以其愚妄，手辱誨諭，使袪其影響之疑，而進以大公之道；又惟恐不盡其狂瞽之説，勤勤焉誘而導之，乃知鄙儒拘方，不足閎域外之度。而大君子因物付物，無一毫適莫于其胸中，而分寸節度，權銖衡黍，纖芥之翳，不得容于其間；所謂先覺者不逆詐，不億不信，於夫子見之。夫取善節，則人有其善；與善廣，則人勸于爲善；好直言，則人孰不樂告之以善？此三美者，古之君子治天下，未有不由此者，而夫子實允迪之，則夫知人安民，致吾君于堯舜，光德業于三代，豈獨及門之士所稱誦而願望者哉？

惠言嘗竊以爲在上者之用人也，如良醫之聚蓄百藥焉，自紫芝、人蓡、丹砂、石乳，以至柴胡、桔梗、烏頭、鉤吻，莫不備具。故一旦有所用，取之籠中而不匱焉者，其求豫也。求之不豫，而用之匱，其不至雜投也者幾矣。雖然，其取之也，則有間矣。命之于野，捆載而來者，柴胡、桔梗也。烏頭、鉤吻，其得之也不難，然制而用之，達其性而殺其毒，迨其熟也，非一朝夕矣。紫芝、人蓡、丹砂、石乳，則必求之深巖之下，幽谷之中，蓋有曠年而得之，或亦有不得者焉。雖然，其用之也，則又有分矣。柴胡、桔梗，爲用也廣，而不足以起痼疾。烏頭、鉤吻，投之當，其力十倍，然而懼其元氣之傷也。紫芝、人蓡、丹砂、石乳，可以起沈痼，奏殊效，常服而無後患。用人者亦然。跅弛之士，貪詐之才，任之以濟事，殆有所不得已也。今夫子既能制烏頭、鉤吻而用之矣，則其無所遺于紫芝、人蓡、丹砂、石乳決也。浙東西之廣，士大夫之都，夫子不亦得其人乎？毋亦有伏匿深巖幽谷而不得接于籠中者乎？如得其人，其與烏頭、鉤吻之用，當什伯也。如未得其人，則世道之憂。愚竊以爲方今之務，未有先焉者也。

易曰「羸豕孚蹢躅」，言豕之孚，以其羸而未嘗忘蹢躅也。昔寇萊公薦丁謂于李文靖，文靖曰：「才則才矣，如斯人者，可使之在人上乎？」萊公曰：「相公終能抑之，使在人下乎？」文靖曰「他日思吾言也」。司馬温公欲罷免役，刻期五日，當時范忠宣、蘇文忠，皆以爲難，而蔡京獨如約，開封畿縣無違者。温公喜曰：「奉法當如此。」然卒亂宋者，京也。夫使謂與京長爲文靖、温公用，雖終其身爲君子可也。然用之者，不能皆文靖、温公，而謂與京之才，又自不可遏抑，此如以柴胡、桔梗制烏頭、鉤吻，欲其毒之不發也難矣。故良醫務蓄珍藥，而君子務樹善人。紫芝、人葠、丹砂、石乳，苟得其用，則烏頭、鉤吻之利可廢；即藉之，而決不爲後患矣。此惠言爲育才者言之，非斤斤不忘于此一人也。蓋君子之行也，爲可終也，爲可繼也，不自吾身而已矣。關榷之事，儻亦有然，想遠慮深思，當有以處此。

惠言竊惟無隱之義，不勝大願，欲夫子爲斯世宏人材之路，爲百穫之計，故不改其「野哉」，而敢以聞于函丈，伏惟有以誨之。

答錢竹初大令書

春間辱手書，伏承憂患之餘，有假年寡過之想，以惠言稍知易理，命決之于筮占。惠言之于易，蓋所謂臆説，而不知是且非者。然竊不自敢〔一〕蓋覆，有辱問者，往往發其卮言；矧以先生之命，而敢固匿？然而承命以來，百有餘日，未知所以報者，何也？他人之所惑者，富貴貧賤窮通得喪之交戰，是其吉凶之故，皆有數以制之。而推而言之，以合于人倫天道所當盡者，皆爻象之所宜告。今先生既已脱人世之羈羇，又息心遠覽，浮游塵滓之外，則所爲富貴貧賤窮通得喪者，他日子孫之事，無與于先生；而先生亦必且視之如太虚浮雲，而不足動其靈臺。推先生之意，直以爲神仙之術、呼吸吐納，以求長生之日久，未知道家所謂福緣者何如，儻其得悟大道，而與天地同久耶？其敝精勞神，而無益壽命之數耶？此先生所以疑而欲一決也。子曰：「道不同不相爲謀。」惠言所習者，伏羲、文王、孔子之易，非魏伯陽、陳摶之易。子曰：「攻乎異端，斯害也已。」假而孔子所謂害者，進而叩其説于孔子，其不肯相告決也，此惠言所以不敢報命也。雖然，來命欲究損益之義，窮性命之理，此則惠言所誦習者，敢不爲左右陳之。

孔子曰：「原始反終。」故知死生之説。人以陽生。復，人之始也。坤，人之終也。自復而臨而泰，謂之息，人之少而壯也。自否而觀而剥而入於坤，謂之消，人之老而死也。獨陽不生，獨陰不生。陽爲主則陰成之，復臨之時有遘遯，不足以消復臨也。陰爲主則陽伏藏而不勝，觀剥之時有大壯、乾，不足以息觀剥也。往來者惟泰否焉。故泰否者，盛衰之樞也。君子泰則不使爲否，否則能使爲泰，其用在損益。故曰：損益，衰盛之始也。乾道變化，各正性命，保合太和，乃利貞。言陰變陽化，六位各正，如既濟也。故損之變爲既濟，則不反〔二〕否；益之變爲既濟，則反泰，所謂各正性命也。性者，人之成也，于卦爲震。命者，天之令也，于卦爲巽。益之爲象也，復乎性而盡命，損象反之，反性命者不可以久。故可貞，正其性命也。故人之盛也而忽衰，忿欲害之也。「懲忿窒欲」，損之道也，雖常泰可也。人之既衰也，是忿與欲之過也。遷善改過，益之道也，雖反泰可也。君子窮理盡性，以至於命，如此而已。雖然，君子豈以爲常盛而不衰哉？性也者，人之成也；命也者，天之令也。成于性者，吾勿暴之而已；命于天者〔三〕，吾何知焉？苟求知，是乃欲也。一陰一陽之謂道，既濟之象是也。君子之正性命也，爲明道也，爲行道也。故曰：「朝聞道，夕死可矣。」無益於天地萬物而私其身以長存，君子以木石之生，猶之乎腐草之萎爾已。且夫泰，損其初則損，損其二而益，損其三而否矣。夫否，損其上則益，損其五而損，損其四而泰矣。故益有損焉，益之大者也，非損也。損有益焉，損之大者也，非益也。君子勞精神，苦思慮，汲汲然不敢寧也，皇皇然不敢暇也，內以益其心，而外以益於人，是損而益也。君子謂之泰。若夫屏聖智、絶禮義；嗇其精，恐其易竭也；保其神，恐其易耗也；內以愚其心，而外以亂天下，是益而損也，君子謂之否也。今聞先生于橫逆之至，未能平其心，而鶩焉長生之是求，毋乃忿之未懲，而欲之未窒乎？彼魏伯陽、陳摶之所謂性命者，如此焉，則惠言不能知也。若伏羲、文王、孔子之所謂性命者，則惠言知其不如此也。

然則，君子之所汲汲皇皇而有事者，何哉？其在損曰「利有攸往」，言懲忿窒欲之當有事也。「曷之用，二簋可用享」。二簋者，祭禮也；可用者，誠也。天子祭八簋，降損至士而用二敦，同姓則二簋，謂禮之別尊卑、定親疏也。夫忿之來也，愛人而不親也，禮人而不答也，則分不正、倫不序、而誠不至也。「二簋可用享」，而橫逆如故，則妄人而已矣，君子不忿也。夫欲，生于不知足；不知足，生于不知禮。二簋用享，禮如是，不敢過也。不敢過，而欲不窒者，寡矣。使損其疾，使遄有喜，明忿之無自來也。「或益之十朋之龜」，明不待欲而足也，是損之義也。其在益曰「利有攸往，利涉大川」，言遷善改過之當有事也。夫不明于善之爲善，過之爲過，而遷之改之者，必不益矣。何以明之？曰：禮也。夫禮有文焉，有數焉，非可以意造也。故得過其過而善其善，益之二曰「亨帝」，吉禮之大者也。三「用圭」，凶禮之大者也。四「遷邦」，軍禮之大者也。「中行告公」〔四〕，賓禮之大者也。故吉凶軍賓之禮具，而後可以遷，可以改，是益之義也。先生將修魏伯陽、陳摶之所謂性命者，則惠言不能知也。若將求伏羲、文王、孔子之所謂損益〔五〕者，則惠言之説，其是乎？其非乎？將就先生正之也。

抑又聞之，財者，生人之大命。泰之象曰：「后以財成天地之道，輔相天地之宜，以左右民。」君子所以成天地，佐百姓，舍財無以也。説易者，謂聚財則損，散財則益，是不然。聚財者，小人之事也。散財者，豪俠之事也。君子之財，有損益而無聚散。要在用之以禮而已。二簋，非少也；十朋，非多也；君子之用財也，使親者加親，而疏者不遠也；尊者加尊，而卑者不陵也。二簋，用享之謂也。既辨其親疏尊卑矣，又辨其賢不肖，「或益之十朋之龜」之謂也。夫然，故百姓戴之于下，「有孚惠我德」之謂也。賢士奉之于上，「得臣无家」之謂也。夫苟賢士奉之，百姓戴之，又何横逆之足患哉？

方今吾鄉風俗益偷，禮教益薄，此世道之憂，搢紳先生之恥也。先生學問行誼，爲鄉人典型，惠言自勝衣，則知企仰，于今三十年矣，奔走南北，望見清光之日少，未得竭志意于前。誠願少迴莊、列之志，就周、孔之軌，推「酌損」之義，孚「惠德」之心，修「二簋」之誠，廣「十朋」之用，就「大作」之利，遠「或擊」之害，則身名泰而性命長，鄉里皆有所矜式。小子狂簡不知所裁，先生不罪其慢迂而教之，幸甚。

【校記】

〔一〕「敢」，嘉慶本、同治本無。
〔二〕「反否」及下句「反泰」之「反」，原并作「及」，據嘉慶本、同治本改。
〔三〕「者」，原無，據嘉慶本、同治本增。
〔四〕「告公」，原作「公告」，據同治本改。
〔五〕「益」，原無，據嘉慶本、同治本增。

嘉善陳氏祠堂記

宗祠，非古也。古者，大夫、士立廟各有數，皆于大門之內。其自別子若始遷爲大夫，而其子孫繼世者，得立爲太祖。然昭穆之世，惟及祖考。有大事省于其君，乃祫其高祖。非如後世宗祠，自始祖以下皆立主而祀之也。其繼世爲大夫者或失位，則廟亦毁，非如後世宗祠一成而弗廢也。

三代而下，宗法不立，民無統紀，而輕去其鄉，則背祖忘宗之患作。宋之大儒憂之，乃始講論，使士庶人之祭，皆及高祖，而又以義起先祖初祖之祭，宗祠之作，蓋由此其仿也。夫聚百世之主于一堂，而合子孫之屬以事之，使俱生其水原木本之思，而因進之以敬宗收族之教，于以惇化善俗，莫近于此。然則，宗祠非古禮而得禮意，後之君子，恒兢兢焉務之。

余嘗遊新安，其大家世族，必聚處，所處必爲宗祠，春秋祭饗，盥獻拜饋，往往猶有古禮，故其民纖儉勤力而孤貧不收者鮮，豈非先儒程子、朱子之流澤長，而其鄉先生世能振之哉？蓋大江之南，風俗近古者，余于新安見之。

休寧藤溪陳氏，新安望也。元時定宇先生倡明朱子之學，爲世儒宗。藤溪爲郡要衝，余嘗過而拜其祠下。及來京師，嘉善陳孝廉治鴻與余同門，知其爲藤溪之别，定宇先生後也。一日，以其祖館陶君之命命余曰：「吾陳氏之定居嘉善，當前明之季。贈中憲大夫崇祀鄉賢府君諱華育，及其弟華允、華美，爲三宗，藤溪第二十九世也。傳百餘年，至乾隆戊午，始建宗祠，越三年而成。迄今又六十年，而祠未有記，懼後世之無徵也，當求能爲古文辭者而託焉，以屬吾子。」余曰：「子之家，有鄉賢府君之貽謀，有定宇先生之世教，有新安程子、朱子之風澤，其汲汲于敦本懋俗[一]也固宜。然而自中憲以來，經營者三世，遲至百年而後成，信乎創垂之難也。夫創之難，守之詎易耶？書之以告後人。又館陶君所以垂裕也，余敢以不文辭！」乃爲之記，曰：

乾隆五年，嘉善楓涇陳氏宗祠成，凡爲屋若干楹，門二重，前堂後寢，牲殺有所，尊盥有序，滌濯有廡，庖湢有宇，名其堂曰「承志」，紹祖也。榜其門曰「藤溪毓秀」，明宗也。董其役者，中憲君之孫某官廷玉，增廣生起鳳。求余文以記之者，廷玉之子、前館陶知縣某。楓涇本曰清風涇，俗傳「風」爲「楓」[二]云；在縣西鄉四中區。

【校記】

[一]「俗」，嘉慶本、同治本作「族」。

〔二〕「楓」、「風」二字原誤乙，據同治本改。

記管貞婦

管貞婦徐氏，武進人。父鼎亨，以進士官四川知縣，有儒行吏蹟，鄉人稱之曰南湖先生。南湖先生以季女字同邑管繼楨子錫齡，貞婦也。

嘉慶三年，貞婦年〔一〕十四，錫齡死，家人秘其訃。貞婦陰知之，言笑如平常。明年，南湖先生卒。又明年，兄某將以貞婦字他氏，貞婦請歸管。余翁者，徐姻戚也，夢南湖曰：「吾女欲歸管。歸管，非禮也。爲我諭之。」余翁晨扣徐氏門，則貞婦方爲母兄誓死，翁大駭，述其夢。貞婦曰：「兒之爲管氏，父命也；父命兒之婦管也。」卒固請，而歸于管。

論曰：女，從父者也。父未命適人而夭夫，是謂婦而不女。貞女之辭以父命，何其順也！嗚呼，自其聞錫齡之死，豈一日忘管氏哉！彼知父之以爲非禮也，請之而不得；必要之，是戚父之命以從己志也，夫是故忍而弗形，曰孝也歟？曰智也歟？

【校記】

〔一〕「年」，原無，據同治本補。

明秀才許君家傳〔一〕

海寧許嘉猷，嘗與余同教習官學生，相友善。嘉慶辛酉，謁選知縣，至京師，時過省余，爲言其六世祖省初君事，曰：許氏先塋在邑之洞孔山，塋外有田，勢家欲奪之，以重利啗其族人，或許之，則犁其塋表。族父兄莫敢言，君年才十餘，奮然以狀白布政使，布政使下其事，有司百計撓君，君詞強，弗能折。久之，卒以田歸許氏。海寧西路鹽場，課重一邑，黄口腹孕皆有征，竈户大病。君白當事，歲免金八百有奇，丁減課一錢五分，存場之徵三之一。是時倭寇略海上，都指揮周應禎禦之海寧，君以便宜干之，事多效。嘉靖甲寅，應禎逐寇至黄山嶺，君集義勇爲左右翼，倭懼，遁去。應禎治軍嚴，海寧人德之。會其歿，君上其事巡撫，請立廟於黄山，名其嶺曰都司嶺。君少補學官弟子，一試於鄉，不得志，即棄去，讀書靈泉山中。及卒，縣人祀之西倉報功祠。余曰：古之人所以汲汲於仕進者，豈爲一身之禄利哉？懼其没没以死，而澤不及于人也。後之仕進者不然，利害若毫毛比，可以就其利禄〔二〕者，罔弗前也；可以損其利禄者，罔弗後也；是故位愈高而業愈卑。及其死也，没没與匹夫等，不亦哀歟？君不屑與舉子伍，而其所立者，及于家，及于邑，歿數百年而俎豆弗衰，其與當時之取科第爲顯官者，得失何如也？嘉猷請書其事于譜，遂次而傳之。

君名敦胄，字仍甫，省初其號，爲海寧靈泉里人。其先自唐睢陽太守遠。宋提督潞州軍事某，始居海寧。明初有國器者，應特徵，同知海州，有政蹟，祠名宦。七世至君，實睢陽之二十七世孫云。

【校記】

〔一〕同治本題作「許省初家傳」。

〔二〕本句及再下句「利禄」，嘉慶本、同治本并作「禄利」。

承拙齋家傳

承君名任，字是常，自號拙齋先生。其先祖漢侍中祭酒宮。宋南渡時，有振者，及其弟採，僑居毘陵，子孫世爲武進太平鄉篠塢里人。拙齋，採後也。父兑，以孝聞，事在郡志。拙齋學於宜興杭生，通五經四子書，泛覽百家，爲詩古時文，然以躬行爲務。補學生員，九試於鄉，不得舉。以所學授生徒，終其身。作愛吾廬記以自述，其辭曰：「愛吾廬者，拙齋先生讀書處也。破屋數椽，不蔽風日。方庭蹋武，無佳葩奇卉可以娱目。有書數千卷，先生晝夜講習其中。有四子一孫，各授一經，日與辨析疑義，使爲歌詩文辭，點筆以爲樂。役使無童僕，客有至者，則延入，蔬食相對，與之論古聖賢，若接〔一〕之几席也。先生以致知格物爲基阯，以身體力行爲堂奧，以懲忿窒欲爲牆垣，以推己及人爲門户，以書策吟詠爲園囿；保吾天，全吾真，處而安焉，入而自得焉，蓋不足爲外人道也。」其指趣如此。常語學者曰：「文詞小伎，于身心何所益？讀聖賢書，如此爾耶？」子志，試禮部。瀕行，命之曰：「行己有恥，立身之大端也，得失之際，慎之。」志兄弟皆恂謹力學，父之教也。著四書質疑録、拙齋集若干卷，時文若干篇，年六十有六，嘉慶三年三月十五日卒。子曰志、曰惠、曰懋、曰憲、曰寧。懋早卒，寧爲叔父後，而志中式乾隆甲寅科舉人。拙齋年十三而喪母，即知守〔二〕禮。父卒，教育異母少弟，有恩禮。居鄉，長者行甚衆，要其大者論之，故不著。杭生者，名樂，篤行君子也，從學者稱留閑先生。目盲廢矣，拙齋事之八年。及卒，邀其同門具其行呈于學官，旌其門。拙齋所授徒陽湖張淳、宜興陸典疇，皆以力行稱于鄉里。

論曰：自時文之學興，而六經、四子之書，爲科舉羔雁而已。父以是教其子，師以是傳之徒，周公孔子之説，日舉于口而筆于書，而終身不知其爲何物者，衆也。拙齋教人求之身心，而勖其子以有恥，古之學者，何以異是？志爲余言，君終身服一言曰「恕」，然晚年乃曰：「吾嘗謂恕以接物，善矣；今而知未也。當思孟子三自反。」然則，拙齋得力之淺深；與其勤于學，至老而不倦，皆可以知之矣。

【校記】

〔一〕「接」，嘉慶本、同治本并作「晤」。

〔二〕「守」，原本無，據嘉慶本、同治本增。

陸以寧墓誌銘

乾隆辛亥，余始識陸以寧于京師，時以寧五十餘矣，鬚鬢宣白，而容貌充然，望之類有道者；與之語，諄懇沖粹，雖老不遇，未嘗有憤懟之意。其篤學力行，又不以年之衰而懈朝夕也。余禮之，不敢與齒，而以寧以朋友待余。居相遠，不時得見。見則必論六經聖賢之道，致治之源，及古今文章升降利害，欣然不覺坐之久也。甲寅，余聞先孺人疾，馳出都，不及與以寧別。明年乙卯，余方居憂，則聞以寧死矣。越六年，嘉慶己未，余復來京師。以寧之子念祖來請曰：「將葬，願有銘。」余曰：「嗚呼！非余孰當銘以寧者耶？」則受其狀。已而葬中輟。又二年，念祖來速銘，乃叙之曰：

君諱致遠，字以寧，又字秀石，號緘齋，姓陸氏。曾祖韜，祖世爵，考祇德，世居常州宜興。宜興分荆溪，爲荆溪縣人。以寧少聰敏，喜爲詩，從詩人儲長源遊。長源亟稱之，曰：「吾詩授陸生矣。」年十九，補縣學生員，屢困鄉舉。四十遊京師，程編修晉芳善其詩，由是知名于時。又五年，乃以國子監生舉順天鄉試，六試禮部，不第。乾隆六十年，大挑天下貢士，以寧得教官，將歸俟選，而病發。病間，遂行。八月十一日，至静海縣之唐官屯，卒于舟次，厝其柩道旁玄女廟中。其明年，念祖奉以歸，八月十八日，至荆溪，厝之舍旁廣興寺。嘉慶年月日，卜地葬于某鄉某原。以寧卒年五十有七，娶高氏，生子二人，長念祖，次貽孫。女子子一人，適某氏。孫一人。

以寧早失怙恃，家貧，以教授自給。恒客遊，南至百粤，北窮恒、代。所至，周覽山川人物草木之變態，悲憂懽欣，感觸世事，一寓于詩。所刻采山堂詩一卷，其少作也。生平作甚多，益工。余性不好詩，以是未嘗求以寧全詩；嗚呼，孰知其死之遽而其詩遂散失，不可復次，存者蓋少也，悲夫！

以寧晚年喜論經世之學，好黄梨洲、顧亭林之書；又通醫，善傷寒論，治有奇效。常曰：「六經重漢學，醫又甚焉。唐宋以後，榛棘多矣。明其傳者成無已，最後方有執、喻昌〔一〕。」而尤善柯琴，自云受之同邑張雲衢，雲衢受之靖江鄭汝楫。銘曰：

少迪領聞老弗頹，連蹇其身心益夷。德之不施昌其詩，詩且弗存知者誰？嗚呼以寧命若茲，歸復故土魂不羈，是固是安後嗣丕。我銘其藏言罔諆，千秋萬世徵此辭。嗚呼以寧！其又何悲？

【校記】

〔一〕「方有執、喻昌」，原作「方有喻執昌」，據同治本改。

例贈文林郎許君墓誌銘

君諱穆宗，字剛中，號履亭，姓許氏，世爲海寧人。余作傳所謂秀才省初君者，君五世祖〔一〕也。祖諱某。考諱某，娶于姚，生四子，而君爲仲。君早失父，家貧，懼無以爲養，乃輟儒業習賈。當是時，無一椽之居，賃屋于吏部橋南，奉其母，而身往來吴越間。嘗雪夜步行百里，并日而餐。母〔二〕供養備。已而家日裕，作室龍山之龐橋，名其堂曰經德，樓曰尃樓，塾曰汲脩。以孝友忠信教其子，延名師誨之學，皆克有成。

君貧時，嘗夜得遺金於途，伺其人而還之。爲人賈，有誤畀以五十金者，數百里反之。其營宅也，里人有將搆釁者，潛以骨一罌寘其下；君見之，惻然，命改〔三〕地瘞之，加蓋薦焉；其人大感媿，一夕，推〔四〕移之去，且詣君謝，君終身不言其人。又嘗讓其兄之遺貲千金，撫弱弟及兄之孤女，皆有恩意。養舅氏之老而無歸者，葬之、祀之。其于鄉，賑粟社粟，修學宫、志書，君必董其事，所輸過于其力。故知與不知，皆曰：「許君長者也。」嘗就相人相，曰：「公瘦形鵠立，音聲越然，身有二十餘子如丹砂，法當立其家，然有大厄，今且至矣〔五〕。」熟視，指之曰：「此所謂陰隲文，免矣。」未幾，鄰家火，火延三十餘家，比至經德堂，風返火息。有於火中視〔六〕神人五，導火行，至君之屋而没。羣以爲陰德之致云。

君先娶沈氏，早卒，無子。又娶朱氏，有賢行，孝於姑，勤於家，約不困，豐不泰。生子三：闓，國子監生；良模，縣學廪膳生；嘉猷，乾隆己酉舉人，官學教習，候選知縣〔七〕。女一人，適嘉興學附生王尚繩。孫三人補州學附生〔八〕。君以乾隆四十八年十一月十二日卒，年六十有三。後十四年，嘉慶二年五月十四日，夫人朱氏卒，年七十有九。又幾年，闓等奉其柩，以某年月日，合葬于某鄉某原。於是嘉猷來請曰：「願有銘。」余辱史氏，不敢辭，銘曰：

行之寅，以寧其親；德之宥，以穀其後。其取于己〔九〕也詳，而天其昌之。行之介，其殖乃大；德之施，其裕乃垂；其取于世也廉，而天其咸之。有澤不竭，有銘不泐，是維古君子之室，而後其式之。

【校記】

〔一〕「五世祖」，原作「六世祖」，據嘉慶本、同治本改。按：明秀才許君家傳稱許省初爲許嘉猷之六世祖，本文所記許穆宗爲嘉猷之父，故當以「五世祖」爲是。

〔二〕「母」，原無，據嘉慶本、同治本增。

〔三〕「改」，嘉慶本、同治本作「郤」。

〔四〕「推」，嘉慶本、同治本無。

〔五〕「矣」，嘉慶本、同治本作「已」。

〔六〕「視」，嘉慶本、同治本作「見」。

〔七〕以上兩句嘉慶本、同治本作「教習官學生，以知縣用」。

〔八〕此句嘉慶本作「孫八人，三人補州學附生」，同治本作「孫八人，三人補州學生」。

〔九〕「己」，原作「已」，據嘉慶本、同治本改。

祭金先生文

嗚呼！六經同歸，其指在禮；誰歟明之？北海鄭氏。經唐涉宋，大論日蕪；天鑒聖〔一〕清，篤生巨儒。乾隆之初，婺源江公；刊榛兑途，灑流就東。厥有繼者，休寧之戴；先生起歙，並轂聯佩。戴君閎通，衆流並泳；志脩年短，厥緒未竟。先生精研，思約理積；掉頭庌廡，壼奥獨闢。既啓其室，遂周其藩；桴宲榕柟，既固既完。箋禮九篇，以鄭正鄭；惟其匡捄，是謂篤信。一義之發，邇于睫眸；先生不言，千載其幽。較其所成，於戴蓋多；婺源之傳，岱、華比峨。古人著書，感發不遇；先生不然，頤志養素。早年獻賦，入贊機衡；對策鑾坡，聲震殿廷。帝嘉其文，冠之上第；再命持衡，慎簡俊乂。翩然高蹈，有遯若飛；不事之功，其成則巍。杜門養疴，二十一年；既定禮堂，其人未傳。景行實行，高山惟仰；昊天弗遺，後學誰放？

伊蒙寡昧，一言獲褒；春風所噓，不遺薪蕘。三年在門，莫窺美富；既困馳驅，乃始自咎。獨持緒論，以當衆岐；端策恐騾，瞻途識夷。丙辰之春，再謁几席；先生欣然，曰「子可益」。則理其穢，則淪其清；拔之拓之，以崇以閎。閔其飢寒，恤其生事；割宅以居，推食以食。歲在己未，孟春北征；先生餞之，肴核既盈。酒酣執手，曰：「學實難；曹不知道，繡其帨鞶。前賢後生，氣求聲應；弗章弗傳，孰美孰盛？挹河知源，測景知光；今我老矣，非子曷望？疇昔之歲，殷勤與書；問子所學，今則何如？勉子舊聞，告成新德〔二〕；使我暮年，快覩奇特！」惶恐再拜，負慙此言；匪敢怠荒，乃爲俗牽。逝將歸來，返我矩矱；庶〔三〕幾籍湜，果不畔去。恭聞易簀，命簡作槭；寫不成章，筆絶意慊。嗚呼微言，遂絶于兹；哭寢此日，傷心曩時。具存者書，莫繼者事；命我以意，曷敢以二。尚羈塵鞅，罔遂駿奔；輇紼不親，奠斝弗存。南望一慟，告兹哀衷；言有弗宣，哀其可窮？先生之靈，其曷不鑒？未知後死，斯言勿玷。哀哉〔四〕！

【校記】

〔一〕「聖」，嘉慶本、同治本作「大」。
〔二〕「告成新德」，嘉慶本、同治本并作「告我新得」。
〔三〕「庶」，原作「幾」，據嘉慶本、同治本改。
〔四〕「哀哉」，嘉慶本、同治本并作「嗚呼哀哉」。

茗柯文補編　卷上

愛石圖賦 并説

性者，五行之精也，故常寓於物。物苟寓性，則情應之。愛者，情之動而近性者也。故愛之於物也，喜新之，怒申之，欲始之，哀樂終之。得之，終身；不得，終身杳默不即，而與之兩行。愛之之於物也，飾之不以爲采，質之不以爲樸，瑰之不以爲異。愛之於物也，纖之豪不見其少，合之宙不見其大，滲乎天不見其廓，紛乎百育不見其侈。旁礴而獨行也，與身爲儀，羿之見無非矢也，扁之見無非輪也，伯倫之見無非酒也，性也。王君某愛石。余嘗過其居，無石也，獨一圖，畫其貌偶石而居。王君之於石也，殆見以性乎？性者，德也，王君其德於石乎？夫山之爲物也，雲而上，澤而下，宣湮鬱發，滋澍施天下而不德焉。山，石之積也。玉之爲物也，六氣遂，九德備，特達以爲寶。玉，發於石者也。王君將種其積華，其發而山乎？而玉乎？抑磐如介如，而將确确，而將確確乎？王君其可以勉矣。乃爲之説以遺之，又從而賦之。賦曰：

有物於此，生於山阜，遍於大宇。莫知其成，莫測其度。圓不中規，方不中矩。縝密以理，䚡乎何其君子也。寧謐而不徙，莊莊乎何其士也。洸洸乎不屈以確，何其志也。偏用於諸生而無爲焉，優優乎何其道也。峨峨以上人而卑之，何其德也。崇嶽得之是謂氣均，列宿得之是謂燿辰，赤松得之是葆列僊，宏成得之是長儒宗。王子再拜，服爾不渝，請誦德音，載之畫圖。曰：此夫土之格而氣之核者與？一輝一光，而不以文章者與？致堅而貞，而形不一成者與？致静而一，而居不爲跡者與？磨之不加瑩，而雕之不加飾者與？人皆瓊瓊，我獨落落；人皆嶢嶢，我獨礐礐；人取其華，我取其樸；發之以爲珍，予因以爲佩也；捐之以爲芳，予因以爲塊也；夫是之謂石之介。

擬庾子山七夕賦

昭陽殿裏不知秋，袛言涼入卷衣樓。舊拭蛾眉嫌月闊，新添綺縠學雲浮。定是天河西北注，不隔雙星來去游。

於是窗開直漢，簾挂通霄。九龍遲下，三鳥先要。出蘭宫而名燕，入金屋而稱嬌。香雖薰而不坐，妝到晚而新撩。一笑初來，雙攜共迴。月窺影過，風礙衣回。凝裾齊拜，移袂初開。鍼是同心之金縷，綫乃雙蘇之玉蕤。刺鴛鴦而纔罷，繡夫容而未裁。就暗雙拈，臨風微背。鼻細難真，絲長易帶。因忍笑而釵摇，乍低頭而鬟礙。

夜久添衣明鏡前，還將巧笑得人憐。直道年年待烏鵲，懸勝夜夜倚瓊筵。明河月落夜闌干，長門長夜秋草寒。獨倚銀屏曲，脈脈鎮相看。

文質論

質之不得不變而文也，勢也；文之不得不變而質也，亦勢也。勢之所成，因而通之天下，於是不倦。勢之所極，矯而張之天下，於是不窮。傳曰：「帝王一質一文。」法天地之道也。文質再而易，正朔三而改。又曰：「先王立三教。」忠、敬、文是也。夏教忠，殷教敬，周教文。由是言之，虞質而夏文，殷質而周文。夏、周之文同而所以教異，周繼亂而夏繼治也。夫民情者不能常平，聖王之制，必自其所不平而入。一代之興，必更制度，作禮樂，移風易俗。非有所明著其教，則上下不可以相喻，而化不興，俗不成。故主文主質者，非道之中也，所由適於禮樂之路也。

天下之勢，盛則流，流則窮，窮則思反。當其盛也，天下知其適不知其敝也，聖人從而通其變，潛移默率，而使之不流，故可以長久，夏之繼虞是也。五帝之治，皆此道也。及其既窮也，天下卒卒焉苦之，而不知所歸；聖人挈其勢而振之，故一旦盡反而從我，殷、周是也。後有作者，百世可知也。故聖人近生，則文質百年而一易，遠則數百年千年，必得聖人而後能易；然其相代之勢，則未嘗改也。

衣之於裘葛，食之於和味，舟車宮室器械之用，世更世變，要於其便而止，此所以生人者，非所以爲文質也。文質者，又非奢儉之謂也。文質者，其要在父子君臣之序，六親上下之施，其事正於坐立、拜跪、裼襲、差殺、升降之際，而出入於性情之間。質之敝也，民之喜怒好惡肆然而自遂，雖置之琴瑟羽籥之側，習之俛仰揖讓，其自遂者自若也。文之敝也，天下務飾其具，機巧詐僞相冒，散然而無以相屬，雖去其所以自飾者，而猶不得所屬也。故文者，作其不容已之情而已；質者，反其不容僞之誠而已。情不容已，故手足耳目皆有所曲，而致誠不容僞，故周旋進反皆有所麗而存。是故文質之爲禮，猶麴糵之爲酒也。聖人合文質於禮，而輕重之，以爲教，猶酒人之輕重其麴糵以爲齊也。

五帝三代以來，聖人之所以爲文爲質者，後世不察也。學者徒見周之後無聖人以反之質，因以爲質之趨文，如江河之下而不可挽。嗚呼，惑矣！夫自周以來，天下之勢未嘗一日不欲反於質，特無聖人爲之道爾。今夫蔬菜之味，常不足以勝粱肉也，然至飫珍腴之饌，飽羶香之膳，未嘗不思蔬菜也。周之衰，天下相瀆以文，而先王所以治天下者，皆足以亂天下；故其強者不勝其憒，而決然破壞之，齊之以一切之術，申、商是也。其禍起於民之敝於文也。當此之時，聖人不作，憂世之士，目見其敝之至此，而無以善之。故莊周、列禦寇之徒，造爲虛無清静之道，盡去其委曲繁重之法，而歸於自然。至於佛氏之教出，遂并其父子君臣而皆去之，而天下翕然樂其説。夫老、佛之説，其荒遠詭怪豈遂足以愚天下？而天下樂之者，足以見民之病於文而思反也。蓋逃空虚者，見其似人者而喜矣。民思反質而不得其道，則見其矯於文者而樂之，其勢然也。歷觀漢唐以後得天下者，莫不崇簡易，尚惇樸，而無以成其教，則民俗不變，治亦不長。蓋民之欲反質之勢千有餘歲而未嘗改，而迄不得聖人爲之，遂壞亂而不救，使異端得以乘其隙，可慨也。後世之民，日益苟簡，起立、拜跪、周旋、裼襲之數，僅有存者，質既盡喪，而復相與自去其文，治天下者，得不早爲之所哉？

吏難一

古之吏難乎？今之吏難乎？古者民食君之食而衣君之衣，服君之教而事君之事，生齒以往至於老死，皆有以給之，人民車輦馬牛六畜皆得以數計，故其民有貧富而無凍餒。而其爲州黨之吏者，其始皆與其民輩作輩學，其德行道藝，爲衆所興也，而還以長其鄉里，故衆服以聽。其所治，上者五百家，降是乃百家，以下至五家而止。其人習，故不察而悉；其事簡，故不勞而詳。當其時，吏奉法守條教而天下治。後世之吏則不然，出五百里乃聽仕宦，南人使之治北，山人使之治澤，其土俗固非素悉也。州縣大者數百里，小者乃百里，户口以萬計，簿書案牘，出入之擾，强者弗能勝也；送迎之煩，供億之禮，舟車廚傳之費，廉者弗能節也。民富者、貧者、安居者、轉徙而流亡者，吏不肖，不知其何以然也；賢者知之矣，然而不可如何。何則？耕無以爲之田，賈無以爲之貲，居無以爲之宅，稟而粟之則無以食之，迫而抑之則亂，故不得不聽其貧，而轉徙以至於流亡。不幸而有賊盜水旱之患，雖貰其租、寬其賦、日賑而月貸之，民之死生固不可知也。幸而水旱不告，盜賊不發，租税以時入，徭役以期辦，上下相慶，以爲太平，而顛窮之民，父債其子，夫鬻其妻，爲臧獲奴婢以自存者，吏不得而知也。失業無告，槁項以死，填委於溝洫者，吏不得而知也。饑寒之不忍，起而爲竊盜，矯虔無行以入於刑僇枕首死者，吏不得而知也。然則，吏無虐、無墨、無失法，而民之死者，已不可勝數矣。嗚呼，今之吏而欲古之治，其亦難矣。

夫民賴上之力以生其生，以長其子孫，自食其力之所出，而以其餘奉上以相養，故尊其君而親其長，無事則長安，有事則可用。今也，民自以其力養生營死，以自幸脱饑寒死亡之患而未必可得，而又損其所以自養者以給君長。奉期約，吏有求焉，號囂而令之，帖帖若奴隸；錙銖而算之，充充若外府。然而有以窮困告者，庸吏作色，賢吏蹙鶡，卒莫起而爲之籌，若是而求民戴其上，不可得也。愚以爲方今之患，獨患吏與民闊而不相親。民之視吏也，憚然若神鬼之不可即；吏之視民也，芸然若履崇山而視原隰之草木，無所別之。民之疾痛顛連而瀕於死者，有執途人而哀之者矣，未有號呼求拯於州縣者也。其愚者，不知州縣之職宜生我也。其知者，知號呼之無益也。且不惟無益而已，州縣出一令，行一法，傳呼者數十人，奔走者數百人，利未見而已受其害。故賢士大夫多以爲戒，而民亦願相與休息而無爲。

夫立法而不便者，上不悉下也；法便而民不勸行者，下不信上也。今夫良將領百萬之衆，雖竃下廝養，莫不知其所爲，而士卒亦莫不與其將同腹心并耳目者，非能日偵伺而人撫循也，審於其利，達於其害，法度明而誠信著也。故苟有以相親，則百萬之衆措之若指臂；苟無以相親，則内治一妾，外馭一僕，且不足審其旦莫所事，而何以謀長乎？里有正，圖有保，是古之閭胥酇長也，宜擇士人有行者爲之，誠能略仿周官、管子之意，立之教法，使各掌其治，以時課而問焉，暇則與之論利害，省謡俗，閭閻幽隱之故，必可知也。令有謀焉，則修之鄉，鄉以修之都，都以修之圖，千里之遠，可使猶一家也。上有以知其下，故舉而不過；下有以信其上，故令而不牾；然則生民之政，舉而措之可也。

吏難二

夫吏誠有以信於下，而有志於生其民，則必無狃於目前旦夕之安，而務治其原本。今夫古之所謂休息而無爲者，不爲矯絶之法，不立佹俗之制，不咈乎民心以求譽，如此而已；非謂泛泛焉任其自生自死、自榮自悴於其下，而我不與知，乃曰上與民不相擾也。若夫管仲之治齊，子產之治鄭，孟子之治滕，矯然一變其故，綱立紀具，期月之間，犂然也。故三子之治，可謂究其本矣。非之而不懼，沮之而不撓，及其經制既定，上下宴然，子孫蒙業數十百年而可以無壞。然則，休息無爲，未有大於此者也。

今之賢吏，曰寬徭役，謹賦税，去其盜賊，而理其獄訟，則民安而治。得是，則然矣。然而其所及者，樂業之民也。若其失業者，雖有寬徭恤役之令，而彼無與也。饑寒之不恤，則所謂盜賊者，皆此人矣。吏見其盜賊也，而以爲不足惜；嗚呼！孰知其始之本未盜賊邪？而況有不肯爲盜賊而死者邪？夫此失業者，果爲惰遊之民，雖饑寒以至於死，宜也；然而民之饑寒者，不皆惰遊；農之子失其田，商之子失其貲，工之子失其學，加以病痛死喪之故，天災人事不可測之患，往往罹此。有司者奈何以盜賊棄之哉？

夫天下之地，皆足以衣食天下之民，而利之所出不均，故得其源者生，而失其源者死。

且夫一人之利而二人資之則微，十人之利而百人資之則匱。今民之所以求利者，一人得之，則千人趨之；然則，利安得不絀，而民安得不貧？是故欲民之無饑寒，莫若均利源；欲利源之均，莫若正民業。管子曰：聖王定民之居，成民之事，四民者勿使雜處，故教有恒，而事有攷。蓋古者度地居民，而頒執事，其要如此。今計一縣之中田上下之率給幾何人，山澤所出給幾何人，四方貨賄市井之贏息所食者幾何人，繇俗所資技藝工匠之巧須幾人也，磽瘠之可化者幾何，草木水石之未取者幾何，四圻之内都會者何所，鄉里市肆之不當其所者幾何，行資四方而不棄其鄉里者幾何人，通游者何所利矣，總其數而乘除之，必使所業與利相當，而劑其有餘不足。其農之能盡地力者，工之能立物利者，商之能裕本計者，所在以告，吏發幣聘之，建以爲師，使長其曹輩，而教其不及，稽其怠惰者，不任者斥之。農聚於疆，工聚於肆，賈聚於市。田而不能播穫者不容於疆，藝而不能飭材者不容於肆，貿遷而不能阜通者不容於市。其無田而無資者，使相假貸，而時其出入。男年十六而不業業，女年十三而不治絲枲者，罰其父母，則民勸其業而利修，其有饑寒者或寡矣。

或曰：「管子之法，四民各處其所；今民之雜處久矣，亦將分之乎？否乎？」曰：「夫分民者，非奪其居而徙其鄉也。百室之聚，必有市有肆，有民居之廛。其爲賈者必就市，而工者必就肆，其常也。吾因其宜而安集之，使其不至哤雜而已，何難焉！」曰：「民既習其業矣，利不足，又使其他習，如之何？」曰：「非徒已習之業也，禁其方欲習者而已。夫習焉而不獲其利，苟願有徙者，而吾有以安之，而又有以教之，則彼亦樂得其所矣。今夫一家之中，有操作者，有厮役者，有芻圉者，其爲之者，皆其人之所自欲也；而分處其所爲者，則主伯之事也。今一邑之民，爲士者，爲農若工賈者，問吏以其數，而茫然而不知也。嗚呼！僕隸無經事，而主伯且得有其家者哉？」

吏難三

凡人之情，莫不自私其身，莫不自利其家。夫苟自私其身而自利其家，則宗族親戚與夫塗之人，其非吾之身、吾之家一也。先王從而教之曰：服屬相存，昏婣相收，主友相恤，鄰里相賙，疾痛顛連鰥寡孤獨者相養。而民莫敢自私自利者，果何以得此於民哉！夫有所甚私，而有時出以爲人，彼其心必有所不忍也；有所甚利，而有時分以予人，彼其義必有所難已也。聖人者，作其情而用其恥，故能使相救猶一身，而相愛猶一家，則禮之效也。

今夫同父之子，苟非大不肖，未有不相親者也。子之子而爲孫，則相親者寡矣。以訖乎孫之孫，則相親者十無一二焉。何也？其情漸遠也。彼其少時，習見其父之所親者，上則祖也，旁則伯叔父也；從父之子，而父之視之疏矣；從祖之父，而父之視之疏矣；則日衰日别而至於塗人，其勢然也。至於朋友鄉里，其始本塗人也；以塗人目之，而欲以聯其恩，不可得也。禮於其本親，幼則同居，長則同宗，墳墓相族，昭穆相次，冠昏喪祭相凶吉；於其儕偶，出入相友，守望相助，疾病相扶持，居則相保相受，有罪奇邪則相及。夫疏遠之甚，雖兄弟夫婦有時而忘；暱邇之甚，則握手之人皆肺腑也；此之謂作其情。夫人口甘酒醴，而身樂黼繡，體便宫室輿馬。先王之禮曰：庶人雖富，不得衣絲帛乘車馬。宫室高下，皆有數制；惟有德行者，則賜之章服，豈直以禁民之奢哉？賞罰者，上所以激勸天下之方也。今使富民巨賈罔百姓之利，而皆得以其財，赫然自恣其耳目之華，則民莫不没身以自致其赫然者矣。使其雖有可致之力，而不得以自恣，而有孝弟睦婣任卹之行者，上以是赫然高異之，則彼富厚之民，求快其耳目之華者，孰不自力於孝友睦婣任卹之行哉？既以是勸之矣，而又設爲不孝不弟不睦不婣不任不卹之刑，歲時讀法而以糾之，夫進則有榮，而退則有僇，民宜何從焉？此之謂用其耻。

今吏之所以教其民者何也？一縣之中，父子兄弟親戚之相告者，歲有之矣；白晝大都剽奪而賊殺者，時有之矣；作慝犯令撟僞而詐罔者，月有之矣。夫人至父子兄弟相賊，不畏王章，不顧吏法，此其風俗，至可傷悼也，而吏不之怪。其好文學者，進其士而校課之，程之以科舉之文，而教之以速化之術，則以爲化導風俗之具，無出於此。嗚呼！上之所以教者如此，民之嗜利而無耻，豈足道哉？愚以爲方今之勢，教民之要有五：一曰立宗法，二曰聯什伍，三曰聯師儒，四曰講喪祭之法，五曰謹章服之别。夫此五者，非甚難行也，知及之難，仁率之難，然而欲以移風易俗，舍此無由也。夫聚一邑之民，而貧者資之，鰥寡老病者養之，雖聖人有所不能給。五者之教行，而偕死忘生之風革，惇厖純固之俗成，民有以相養而無以相棄，上不費而惠遍，則三代之治，不是過也。

答尸問 附與孫岍如書

岍如足下：

辱下詢以古祭立尸，雖非先王之精意，然治經者不可以就求其所以然，師説紛如，孰可采據。惠言少讀記傳，竊嘗反覆於心臆，擬其義作答問一首。其後恭讀御製文公尸説，乃始愯然，知小儒偶識，無足當制作大義，廢棄不存久矣。今輒檢録奉呈足下，察爝火之息，則益知太陽之所爥鉅也。

或問曰：「尸象神，信乎？」答之曰：非也。神不可象，象非神也。君子三日齊，見其所爲齊者，僾然見乎其位，肅然聞乎其容聲，而豈尸之象哉？尸也者，必從主；主出於堂，則尸在堂；主入於室，則尸在室；以尸之未嘗離主也，非尸之象神也。

然則立尸者，何也？曰：爲行禮也。一獻之禮，必有獻有酢有酬。祭也者，禮之至大也，神不能與人爲禮，則禮不成，故假之尸也。事死如事生，父子君臣男女行禮無不酬酢者，立之主于上，而獨拜其下，漠漠然無知也。以是爲之死，故假之尸也。祭者於彼乎？於此乎？故博求諸陰陽奠於主，鬼道也；饋於主於尸，人道也。合鬼與人，敬之至也。

曰：然則神可假乎？曰：王灌諸侯，則宗伯攝；燕其臣，則宰。夫爲主人，人偶之，尊不敵卑也。胡爲不可假也？然則其取昭穆何也？曰：神屬也。孫附於祖則同廟，有相代之義也。祭墓以家人，勝國之社以士師，官屬也。其餘外神無常尸，卜擇異姓，無適屬也。然則其服神，服何也？曰：從尊者。同服維王之大常者袞冕，送逆郊尸者裘冕，以是爲敬也。不敢以褻服服之，故用祧之。藏衣也，喪之未虞也，四時之釋奠也，殤之厭也，不備禮，無尸也。無禄者稷饋，稷饋者無尸。無尸則其禮如何？曰：虞無尸，則陰厭而已。吉祭，主人自酢獻賓，舉酬，餕改饌，陽厭可也。虞無尸，則祭亦有無尸，其禮如何？曰：奠可也。聘禮，還告禰，三獻也。薦脯醢觴酒陳席於阼，三獻輒酌，主人酢，一人舉爵行酬，無過是矣。

問者曰：「尸者，以父拜子，可乎？」曰：非子也。古者父在不爲尸，非子則可拜乎？曰：拜者，所以爲禮也，非尊卑之節也；適子之喪父，主之；適孫之喪祖，主之；主喪者必祭。是父固以拜其子，而祖固以拜其孫。子冠見母，母拜之；大夫見君，君拜之；無避也。父在不爲尸者，避尊位也，非避父之拜也。問者曰：「子言父子相酢，於禮何也？」曰：特牲饋食嗣子餕，主酳餕，拜受，卒爵，洗酌，酢，是也。主人拜祝拜酳拜受酢，故曰，拜者以爲禮也，非尊卑之節也。曰：「郊祀天而用人禮，何也？」曰：祭者，人道也。

客招

左仲甫將歸江南，愁懣怫鬱，傷其才不偶世，奔走悵惘，故依楚騷之賦以叙其情詞。曰：

嗚鶪兮喟予，蟪蛄號兮夕莽。蘭與茝兮滿庭，蓀何爲兮車下？時曖曖兮不留，歲既宴兮不可聊。迷陽兮迷陽，荆以棘兮紛道。周硉兮磈，岊兮巃石，齒峉峉兮槷槷，水漻繆兮無倚，風中流兮汩汩〔一〕。客眐眐兮私自憐，經營九區兮側一身。卉卉兮汀洲，予何搴兮杜蘅。撰轡兮高逝，路之錯兮多異，南覿兮幽陵，北何遻兮丹瀯。有鳥兮翻飛，毛羽兮摧摧，嗚聲兮嚌嚌，翕翮兮拊翼。爲佳人兮長太息，太息兮忡忡，願猋舉兮雲中。浮雲兮千滅，四海兮多烈風。應龍兮夔夔，鱗翼兮世所疑。腰褭兮俱首，騖之相兮駭之。歲宴兮不自聊，憑枳薄兮求匹儔。幽林晻兮不見陽，左鼇鼉兮右蟷蠰。鷩麇兮未息，白鹿饑兮翔羊。慕類兮以悲，黄鶴遠舉兮睨予。鳳皇兮不來，焉洋洋兮罔薄私，迢悵兮莫知。逵夷兮趙趙，蕩蕩兮無人。飄風兮先予，埃坲兮曠野。湫以攸，哀以愁，握佩玖兮中路，奚所詒兮九州。客子兮歸來，貧賤兮不可以遠游。

【校記】

〔一〕汩汩，原作「汩之」，「之」字置此音、義兩不諧，當爲重複符號「、」之訛。今據文意及用韻改之。

鄭濮州遺像贊

慈谿鄭滿，字守謙，弘治壬子舉人，爲濮州知州，致仕。孝廉方正勳十二世祖。

鄭有世德，吾見其孫。我圖璠璵，奐如爾温。世德維何？吾聞其祖。堂堂濮州，政化齊魯。君子之澤，五世而遷。懿惟鄭宗，載繇載延。秦川之後，大於高州。南谿詘齋，永言作求。弗人亹亹，億艱其孝。集於書常，孝思是考。理學爲儒，迺宗迺□〔一〕。猗歟濮州，宗朱祖程。是傳其家，永世克紹。蕺山梨州，是蒐是討。學曰貽之，德曰維之。允惟鄭宗，胡不禕之。濮州之歿，垂三百年。遺像在圖，遺文在編。創者不易，守之實難。孰爲承斯，勿隳勿愆。人生有本，非本胡思。凡百君子，敬而視之。

【校記】

〔一〕□，原爲旁標小體字「缺」，爲使本書體例一致，改。後文同例者不再出校。

書劉海峯文集後

余學爲古文，受法於執友王明甫；明甫古文法受之其師劉海峯。本朝爲古文者十數，然推方望溪、劉海峯。余求海峯文六年，然後得而讀之。海峯之文，有學莊子、史記爲之者，弗至也。學歐陽、王介甫爲之，時至焉。學歸熙甫，輒至焉。名取遠，迹取邇，其效然耶？後有作者，終不得爲莊周、司馬之爲耶？明甫之言曰：海峯治經功半於望溪，其文必倍勝於望溪；然則海峯爲之而不至焉者，果繫於世之遠邇耶？明甫又言：海峯爲古文既成，乃箸籍爲望溪弟子。嗚呼！兩人故相爲先後哉？

跋鄧石如八分書後

懷寧鄧布衣石如，工爲小篆八分。乾隆五十年，余遇之於歙縣，此卷其時所書也。余之知爲篆書，由識石如。石如之書，一以古作者爲法，其辭闢俗陋，廓如也。嘗一至京師，京師之名能書者争擯斥之，嘿嘿以去。海内知重其書者，數人而已。楊生子揆學爲八分，而未識石如，特愛此卷，故以與之。凡事得其所從入，然後可以决是非。爲書且然，而况其進焉者歟？

與金先生論保甲事例書

日昨承諭，令擬定十家牌式，務令簡而易行。不簡不易，民莫之與，此誠立政立事之大綱也。然謂無須監督册報，但使十家保受而已，區區之心，竊有未諭，反覆思之，夜以繼日，誠見其未然。惠言聞古聖王之治天下，至纖至悉；其舉一事，至周至密；故其民從之，如日用飲食之不可廢，何者？受其利而遠其害也。由此言之，其下之奉之也簡，其在上有繁焉者矣；其事之行之也易，其發慮有難焉者矣。故君子立一事，興一教，必有數十百年之計，貴其後世可守也。

王文成十家牌法，所以不監督册報者，以其時强寇在邇，各有戒心，其勢固不須上之監督册報也。今以無事之時爲迂遠之備，愚夫見邇，豈肯盡心。且今州縣歲歲所行門牌户册，即是文成遺法，其牌册固以十家爲聯，但少挨查一牌耳。然今日之門牌，何曾有稽查之用？今增此一牌，不過以保長之責，分之鄰里，其稽查與否，不識與門牌何以異，此知其無益者一也。窩藏姦匪，鄰里不首，律有明科。然娼賊窩家，處處而有，鄰里爲株累者亦不少，然未嘗問者。發之而不勝，則立受其禍；發之而幸勝，則徐受其害；故隱忍而不問也。今徒以一牌之文，編連曉喻，欲其檢察無隱，固已甚難；即使檢察得實，告之官，則干涉公廷，爲累不小；告之保長，則保長未必不狥庇；告之本鄉紳士，則彼不任其責，誰肯力爲主持？然則，莫能以他日不可必之連坐，而博目前不可解之深怨也，決矣。此知其無益者二也。如其鄉里無事，此牌實爲具文，有之可也，無之亦可也。不幸一旦有事，倉卒之間，依牌集衆，十家之中，肯同力乎？其視紳士，十家之一而已，無督率之責，能聽其指揮號召乎？然則，有此牌與無此牌，相去幾何？此知其無益者三也。

非特無益而已，又有不可者七。將定十家門牌，必造煙户清册，現在各鄉保長已議照田起派矣。至於十家門牌，又必逐月領給，上司既有來文，州縣必須月報；州縣既行編審，書吏必責繳牌；是月有所費，歲有所糜，無册報之實，而有册報之費，其不可一也。編審一定，牌頭之名注在縣册，嗣後十家倘有官事，保長必株連牌頭，貧民既苦追呼，富户且將破産，是牌頭無故而爲官身，誰不畏懼？避鄉正甲長之累，而不顧牌頭之禍，其不可二也。牌文每月繳縣，無副册相鉤檢，脱有事故，發册蹤案，吏胥舞文，可以銷毁抽改，其不可三也。事既造端，而經制不定，他日有喜事之官更爲條例，勒壓奉行，即有不便，無從公議，其不可四也。或遇貪暴之吏因事造端，月責結册，日責循環，民間既未有章程，胥役縱横，聽其需索，事無統紀，誰則支之？是無監督册報之費，更甚於監督册報，其不可五也。方今官吏憒憒，惟利私是鶩，民生之計，視若越人之肥瘠。先生爲鄉里，奮身創此良舉，幸而撫軍廉正主持於上，又幸而郡縣之長皆臂指相使，搢紳之族皆同心頫首，相與協力於下，失今之時不圖久便之計，異日者長吏非其人，州縣更相猾，當此之時，而事勢奔駭，先生雖欲出死力爲鄉里捍衛，豈可得哉？其不可六也。故曰：發之易，收之難，靡不有初，鮮克有終。先生既已發之矣，不自我定其事，他日不善事者敗之，衆怨之口，將以先生爲實，其不可者七也。

負此七不可，以行三無益，此豈先生與撫軍綢繆民政之意哉？

愚以爲當今之務，其要有二。一在蠲本平户之費，一在杜滋擾之源。苟此二者得矣，雖監督册報不爲繁且難也。苟不得，雖不監督册報，不可一日以行。勸課富室使出財於公，主者掌之，領牌册報之費則以此給，官事供億之費則以此給，有所禀報舟車飲食之費則以此給；在牌之家，惟貴其檢察無隱，而不使出一錢，向之門牌錢皆可除免，其有廉得奸宄者，又取於公以賞之，則民知有牌之利而忘其勞矣。甲長鄉正之名，近於爲官役，不若鄉設一局，以紳衿一人總理，士夫數人輔之，謂之董事；牌頭無常人，輪日充當，謂之值牌；如此，則牌頭之名不達於官；董事，民間所自舉，不爲官役，又皆紳士，可以接見官府，官吏雖欲擾之，不可得矣。值牌有總理董事爲之庇，可以不畏彊禦；知追呼所不及，可以不懼株連，則牌户安矣。值牌日日所記上之董事，董事核對而録其副上之總理，貯存於局而原牌報官，十日一登其事。無幾，而又有保長爲之役，則董事亦可以不患勞矣。民間既有副册，總理守之，以稽察一鄉，有事則與公牌相檢，胥吏雖欲爲奸，不可得矣。

然此數事，不出於上官，不足以率衆。而爲久遠之例，願先生條其利害，酌其便宜，更咨撫軍，請札飭到縣，遵照奉行，則可以必行而無弊，先生之功於鄉里，豈一時哉？風聞撫文到縣，本不擬奉行，近因首領官有虧公帑者，請於太守，乞行此牌藉行填補，此時各鄉觀望，惟先生是視。牌式朝出，則楚泉暮入。願先生力持其事，勿以爲貪吏之資，百姓幸甚。

擬撫軍札飭事例

一、儲公費　保甲之法，原爲保安富户起見，一切册報往來之費，既不能取給公帑，若按户科派，即貧民不能不受其累。地方官宜勸各鄉殷實富户捐資輸公，即於本鄉設局存貯，公議一人，司其出入會計，以備領牌報册及修理寨栅公事車馬之費；其有給賞，亦出於此；收貯開銷，皆聽本鄉經管，地方官一切不問。

一、專責成　舊例有鄉正、甲長、牌頭，次第檢統。然牌頭即十家之一，責以領率，勢有不能。甲長案牌立人，所用既多，轉或賢愚不等。今惟大鄉鎮立公局，局立總理一人，以本鄉紳衿素爲人所敬服者爲之；酌其地之遠近，立董事數人，以本鄉有才德能辦事者爲之；皆聽本鄉公同議舉，地方官不得差派，又不得以保長充當。小村坊但立董事一人，附於大鄉鎮公局。十家共爲一牌，不論牌尾，每一家輪值稽查，五日更換，謂之值牌。每日日將入，值牌持本日縣印牌文，親赴各家稽察有無事故，或有外出遠歸，或有親戚宿歇，一一填注牌中各名下，十日彙送各董事。各董事各領每月副册一本，每十日，值牌送致牌文，逐一察核，填注副册，每月初三日，彙齊一月正牌副册送至公局，總理親自檢查。初五日，令保長送縣，正牌存案，副册鈐印，發貯本局，以備攷對，毋許遺失。

凡十家中有不孝不弟、酗酒打降、窩娼窩賭、淫邪偷盜者，同牌之家告知董事、總理，總理、董事先行勸戒，果不可化誨，即令保長報縣究治。如同牌知情不舉，事發之日，十家同罪。如有來歷不明之人來往住宿，值牌之人必須盤詰，苟係可疑，即告知董事、總理，董事詳加察驗。果係奸匪，告總理，令保長報縣究辦。如值牌漫不經心，以致容藏匪類，事發之日，與窩賊之家同罪。其有查出奸匪呈報得實者，總理量事給賞。誣告捏報者，以其罪反坐。董事隨時稽察各值牌，知其勤惰，或有怠慢不遵約束者，告知總理，許即送縣究處。總理稽察各董事，務期實心辦公，倘有怠玩及滋事者，即公議更換，并議罰條，以示誡警。爲總理者，亦不得曲狥己私，各矢至公，以爲鄉里表率。總理不稱職，許本鄉赴縣呈請另舉。

一、杜擾累　保甲之意，所以使民相保相受，乃是百姓自顧自家，自保鄉里，並非官爲督責。自來行之不善，官民相違，胥役滋擾，往往反以病民。今惟責成本鄉紳士，遵照條法，實力舉行，地方官止受紳士成報，時加勸導，不得令差役挨查。如有公事，止傳總理面議。其董事、值牌，受法於總理。填造煙户清册，其編審十家門牌，即令總理交董事辦造底册，保長謄寫報縣，不得假手吏書。其底册送縣鈐印，發貯公局，以便核對，毋許遺失。每月需用日報牌，亦聽各鄉公局照式印造，送縣鈐印。每月保長赴縣，領一月牌交與總理，分給董事，董事十日一給牌户。領牌，鈐印，地方官嚴飭胥吏，毋許稽留。

一、謹編審　編牌以十家爲常，或多少參差，附近合編，亦不拘一，務須街巷鄰近整齊。皆由董事編派，不問官民，大小户一體均編，總理、董事、保長皆在其內，廟寺尼菴亦與民家同例。輪日值牌，女户單丁不在派例。客店來往人雜，所關尤重，除一體編牌列十家，稽查其本家夥伴外，另給日報牌簿，每日填寫所住何人、何業、何往，務須清楚，不許蒙混。此簿亦與十家日報牌一例報局，以憑報縣，副册存局，連坐例並同。乞丐無歸，易藏奸匪，每鄉令總理酌與公所歇宿，丐甲造册查點，日間任其行乞，夜間必歸一處歇宿。如有不歸歇宿，即逐出鄉，不許容留。丐甲不察，有事連坐。每月朔日，各董事赴各家門首，檢月内生死出入，即於門牌上改注，仍於副册上注明，俟歲終另造清册，另注門牌。

一、謹巡更　每街每巷，或百家，或二百家爲率，處處設立寨栅。同栅之内，合力巡更，皆聽總理、董事相地分派。

十家牌式

某縣正堂爲保甲事　年　月　日奉

撫憲牌開云云等因到縣，爲此，合行遵照憲式給與各鄉十家牌，各宜仰體憲心，各顧身家，各安鄉里，實力稽查，毋得視爲具文，自貽後悔。須至牌者

計開

某鄉某都某圖某街巷第　牌

第一户家長　親丁男　人女　人　婢妾傭婦　人　親戚夥伴　人　家人傭工　人

第二户以下同

以上十家爲聯，務須共相親睦，彼此互相稽察，如有忤逆不孝，酗酒打降，窩娼窩賭，姦淫邪盗，違礙不法之人，同牌之家，即行告知公局董事，以憑送官究處。倘有知情隱庇不早首告，一經發覺，十家同罪。各家亦不得挾嫌誣告，如有首告不實，如法反坐。

年　月　日給　發挂值牌門首

門牌式

縣正堂爲保甲事　年　月　日奉

撫憲牌開云云等因到縣，爲此，合行遵照憲式給與各家門牌，填寫合家男婦花名，年貌，職業，各各張挂門首，以憑逐日稽查。須至牌者

計開

鄉　都　圖　街　巷第　牌第　户

家長　年　歲　生理現在

弟　年　歲　生理現在
子姪　年　歲　生理現在　年　歲　生理現在
親戚　係　人年　歲
夥伴　係　人年　歲
婦女共　人　婢妾共　人
家人傭工　係　人年　歲
傭婦　氏係　人夫　現在　子
年　月　日給　發懸門首

日報牌式

縣正堂爲保甲事　年　月　日奉
撫憲牌開云云等因到縣，爲此，合行遵照憲式給與十家日報門牌，本日酉時，該值牌親持牌文詣同牌之家備細查問，有無生死出入或親戚來往歇宿，填注牌内，務必實力稽查，毋得狥庇容隱，自貽後悔。須至牌者

計開
年　月　日鄉　都　圖　街巷第　牌值牌　查得本日同牌十家

第一户　生　死　出　入　去　來

第二户以下同

如有生子女者，則於生下注某人生子或女； 有死者，則於死下注某人死； 有出外者，則於出下注某人往某處，作某事； 有歸家者，則於入下注某人自某處歸； 夥伴僕妾有去者，則於去下注夥伴某人去，或婢僕傭工某人去； 有新來者，於來字下注新來夥伴某人，係某處人，年若干歲，婢僕傭工男婦皆同； 有親友在家住宿者，則於來字下注親戚或朋友某人自某處來住宿； 至其去，則於去下注親友某人往某處去； 如住宿未去，則於來字下注親戚某人未去。 如本日無此等事，即於各項下注無字。

年　月　日給值牌

煙户清册式即照門牌前云云，合行遵照憲式編聯十家造具煙户清册，副册即照清册前云云，除遵照憲式編聯十家造具煙户清册存案外，合行造具副册，給與本鄉公局總理、董事存貯，以便按册稽查。　乞丐另造清册。

客店日報簿式十日一本

縣正堂爲保甲事奉

撫憲牌諭，遵照編審十家門牌，各户協力稽查，務使民安盜弭。 除已給牌日報外，惟招商客店四方行旅往來，或有奸匪潛藏，尤宜細心稽察；爲此，遵照憲式給與日報牌簿，該店每日行客住宿，問明姓名住址，從何處來，往何處去，有何貨物，一一填寫簿内，十日一報本局董事，以憑彙報本縣存案。該店家尤宜實力稽查，毋許容留蹤迹可疑之人。倘漫不經心，以及填寫模糊，倘奸匪發覺，該容隱之店即與窩家同罪。凛遵毋忽。須至牌者

計開

鄉　都　圖　里第　牌第　户客店

年　月　日住　客　人

一夥客　人係　人從　來係　人

帶有　貨　往　在店住　晚

以下皆同

乞丐甲頭日報牌式

縣正堂爲保甲事，奉

憲編審十家門牌，除已給牌日報外，惟乞丐流民易滋奸匪，爲此，遵照憲式給與甲頭日報牌簿。該甲頭點集本鄉乞丐願在本處行乞者，日間聽其各處行乞，至晚歸公所歇宿，甲頭親自查點，毋許一名不到；倘有不到公所歇宿者，即行逐出，不許在本鄉行乞。該甲頭每

日查齊填寫牌簿，十日送報到公局董事，以憑報縣存案。該甲頭仍宜稽查各丐，其有爲匪滋事，報局究處。該甲頭狗庇隱匿，一經發覺，懲治不貸。須至牌者

計開

鄉　都　圖　乞丐　人住

年　月　日　甲頭　查得本日乞丐

病　死

去　來

有病者於病下注某人病，有死者於死下注某人死，有不歸者於去下注某人不歸，有新來者於來下注某人，係某處人，年若干歲，有無兄弟妻子，從某處來。

答吴仲倫論文質書

仲倫足下：

辱賜書，教以文質之説，引經正義，甚壯而美，伏而思之，至於積日，竊意足下未喻僕之説也。足下之言，其要者，以爲文與質必相稱，而偏重者，末世所爲。僕之説，豈不謂爾。雖然，禮樂者，道之器也。文質者，禮樂之情也。尚文尚質者，所由以入禮樂之途也。

先王之以禮樂教天下同，而天下之所以用禮樂者，不能不異。蓋君子之於禮樂也，賅其本，備其末，範其過中不及而一於道，故曰無本不立，無文不行，文質彬彬，然後君子。三代所以教士，皆以此也。至於民，則視其所將入者而防之，視其所既敝者而矯之。蓋防傾者必持其末，矯枉者必過其直，既道之所用在此，則其勢不得不偏重。偏重焉，而既至其平，則聖人又將有變焉。不幸而無聖人，則其重遂日積而不可止。夫聖王豈不知偏重之將不可止哉，不如是，不能使民入於禮樂；而禮樂之教行，則百世以俟聖人者，無惑矣耳。

足下云：忠信之謂質，禮樂之謂文。夫忠信之與禮樂，固不可相代，宜乎不敢道文質之有偏重也。果如足下言，則夫子從先進於禮樂，是從於文也，又烏以謂後進文而先進質哉？凡先王所以教天下者，其説如是，其意未嘗不如是。故上下相喻，而民心可同。然而曰「民可使由之，不可使知之」者，謂其用吾法而止，不可語上也。若今實未嘗重質而其尚曰質，實未嘗重文而其尚曰文，内以誣其心，而外以愚天下，天下其孰從之？吾恐聖人之意，不如此也。若使文質果不可偏重，聖人必不立乎其名，而欲天下之臻乎？實聖人亦不能也。故吾謂文質無不偏重，偏重而適中，則忠、敬、文之教爲之也。至其末流，則聖人之所無如何也。足下但論帝王之治果一質一文否耳，偏重非所疑也。三代以後，未始有文者，知其不可也。

吾之所謂文質者，固將從興禮樂始。若以足下論之，又乃尚文也。老、佛之法，僕未嘗以爲質也，以其説近於質，故民之惡文者樂之，其理然也。足下以爲禮樂不興，教化不行，其病在未始有文；至從老佛之徒，去君臣，棄父子，則以爲不知有質；是足下之意以禮樂爲文，而以父子君臣爲質。夫父子君臣，文質禮樂之歸也，而豈與禮樂爲文質哉？足下方以道自進，而不苟爲文，故敢以所疑質。然僕之論千餘言，而意乃使足下未喻，則僕之文之不足自達其所説，而僕之説之不足於君子之心也審矣。講求其非，以趨所是，非足下之望，而誰望焉？不宣。

與錢魯斯書

野余大兄足下：

曠歲遐覿，一拜嘉命，省書忻然，若覯容色。三年不見，東山所爲長歎；萬里一札，昔人比之漆膠。況孟公之尺牘，安石之簡記，弆之以爲榮者哉？見所與崔君南書，自説欲以三年之力，專學篆書。足下作書不懈，及古於是見矣。夫篆徑生隸，隸密生分，分飭生楷，原流體降，不紊由來。則筆法可知者，與分楷之法所以傳者，由作者代工而古刻多有。今篆文之存於金石者尠矣，譌贗者又甚焉，學者不見古文，各以意爲點畫。至如琅邪、繹山，形具焉耳；陳倉、石鼓，世疑非真，然揆厥典型，此爲最也。若乃漢人之書、碑、碣、額署，粲然猶存，大都奇恣縱宕，鳥駭龍攫，其筆墨之所出入，意象之所來往，隅鍔之所激厲，波瀾之所動湧，蓋亦足以尋其毛角，會其神恉者矣。唐李陽冰書自出新意，一爲工整，昔人謂其筆法如蟲蝕鳥步，今觀所傳怡亭石刻，奔放跳躍，其於古法軌轍猶存。餘者率婀媚孅脆，蓋是俗工摹刻，非其始。然而世之學者，局於所見，苟遂固陋，謂傳刻之形爲真，訾漢人之書爲詭異，謂篆法不得與分楷同，豈不謬哉？

自錢獻之以其妍俗鄙陋之書，自是所學，以爲斯冰之後直至小生，天下之士翕然宗之，二十年矣。今京師名士盛爲篆學，大氐無慮奉爲憲章，横街塞衢，牢不可破。當世能篆書者，有懷寧鄧石如字頑伯，往年到都下，都下書人羣排斥之，鞅掌而去。惠言夙好於此，未能用力，偶以意作書，已爲諸老先生所訶怪；石如爲之甚工，其人拓落，又無他才，衆人見其容貌，因而輕之，不足以振其所學。不有大君子奮起一世，興張正術，六體之勢，恐遂湮絶，可不哀耶？要裹不服俱相而駑焉，龍泉不御鎖石之華而爲敗矣，此又士君子所爲憤發也。己酉之春，見足下爲王學愚所書繹山碑、石鼓文，已歎卓絶今。若以三年之力成之，廓清之功，非足下而誰？石如今在揚州，或扁舟過江，一見相語，惠言往爲作書勢一首，録草奉呈；又望江南花賦一首近作，亦附往足下觀之，可以識僕比者結興之所存。

不宣。

與陳扶雅書

扶雅大弟：

別來忽忽兩月，無任馳思。治經術當不雜名利，近時考訂之學，似興古而實謬古；果有志斯道，當潛心讀注，勿求異説，勿好口譚，久久自有入處。此時天下爲實學者殊少，扶雅倘肯用力，不患不爲當代傳人，但勿求爲天下名士乃可耳。明歲館於何所？此間欲爲地，竟無所成，想亦自有定數，不足爲慮。惇行勤學，惟此爲望。不宣。

茗柯文補編 卷下

青囊天玉通義序

余讀青囊天玉寶照書，久而不解，乃盡屏注說，冥心思之積十餘日，廢食寢焉。夜夢居一室中，四周無户牖，而天光入如圭。旁有人曰：「彼有竇。」顧而見木格，匡數尺，三面有材，舉而撞之，身與俱出；則立於雲中，下視有廣庭，玉蘭一株，方花，三老人其下食，仰而撫掌曰：「易其通矣！」寤而異之，曰：室中者，奥語也；天光者，寶照也。乃誦三元四神之章，心開釋然，皆可語。筮之以周易，遇剥之坤。是爲溓陽子「就其母，雌苞其雄；天降於山，而濟其光明；是其應地无疆」乎？余既不暇爲術，又性難行，不能周覽窮谷隩區，以驗吾説之中否；世之爲此者，不足與正也；姑書而藏之，以俟後有好之者，將取中焉。

目録

第一卷　青囊奥語
第二卷　青囊序

第三卷　天玉經內傳上　內傳中　內傳下
第四卷　都天寶照經上篇　中篇　下篇
第五卷　舊解疏證 先後天羅經解　水局圖　洪範五行説
右五卷，合題之曰青囊天玉通義。

胡柏坡印譜序

今世所傳官私印，自秦以至六朝，無不茂古可喜。至於唐人，合者十六焉，宋三四焉；迄於元明，一二而已。古者以金玉爲印，其爲之者工人耳。後世易之以石，始有文人學士專以其藝名於世而傳後。夫以刀劃石，易於範金琢玉倍蓰也；文人學士之智巧，多於工人十百也。然而，後世不如古，何其遠耶？蓋古之爲書，習之者非士人而已。隸書者，隸人習之，摹印、刻符、殳書、署書，皆其工世習之而善事，利器又皆後世所不逮，故其事習，其文樸，其法巧，後世文人學士爲之者，非能如工之專於其事也；時出新意，以自名家，又非能守故法也。至於古人切玉模蠟之方，皆已不傳；而刻石之文，其與金玉自然之趣不相侔又甚。故有刀法而古之巧亡，有篆法而古之樣失，則文人學士之名其家者，不逮於工人，其理然也。夫秦漢之文無一體，而後之文莫及焉；秦漢之書無專家，而後之書莫及焉；豈非世降不相及也哉？然要其是者，莫不殊條共本，先後一揆，則可知也。是故摹印之事，與爲文爲書同。得乎古人之所以同，然後能得乎古人之所以異；得其所以同異而合之於道，然後能出以己意，而不謬乎古人。淳安胡柏坡好古有文，善篆隸，喜刻石印，其始仿秦漢之製，以入古印中，莫能辨也。歙人巴慰祖嘗歎以爲工。其後爲之益精，乃斟酌古法，一以圓轉流動自然茂美爲宗。其生平可意者甚多，或散失，稍稍彙印成帙，凡若干方爲印譜。蓋柏坡之好之也篤，其爲之也久，而勤純純於古而不苟出新意，故能不謬於古若此。柏坡非以藝名，然而世有名，此藝者其必有取乎此也。

送王見石令福建序

方今天下之患，楚蜀、秦豫之間則有教匪，江浙、閩廣負海之地則有洋匪，是皆數十年漸漬引蔓，根蟠柢互，有司漫不爲意，又毆良民而附益之，及其一旦不可蓋覆，乃始相視狼顧莫之如何。今朝廷設經略，調兵十數萬，有司召募鄉勇又數十萬，歲縻餉數千萬，以事教匪，四年於兹矣，而賊日益衆，何者？兵不習戰，將不知兵，所施設非其方之效也。洋匪出没海畔，公關商賈而取其税，刦質居民以求贖金，死者百數，或時登陸焚掠村舍，劫人城市間。國家水師沿海成營者相望，將軍提督以下徼巡者相錯，非有能制盜者也。奸民與盜爲市，輒出米物供億之，盜資若外府。有司非不知也，慮苟且旦夕，幸一日無事耳。夫厝火積薪之下而寢者安，其未及然也，無足怪今火燎毛髮矣。因不加慮，後雖欲撲滅，豈可得乎？此愚之所以大惑也。

且夫以今之將卒，治今之盜，雖增兵至數百萬，其不足恃，章章明甚。方今可以治盜者，惟州縣爲然，設堡栅，置燧候，立保甲，使村落各自團結，足以相守，足以相救，則盜不敢登陸矣。閉海口，使商賈毋出，則資盜者無所竄。訓練漁户，資給而約束之，使漁近口之處，因以捍禦，則可以無設兵而守有餘。而奸民之爲盜耳目者，所在有之，胥吏中尤多，設購捕置以嚴法，使腹心無疾，然後手足爲用。

或曰：奸民與盜同惡，今除奸民，必引盜，是生變也。愚以爲不然。二匪者，皆勾結無賴，散布黨與，然其情勢不同。教匪之布於州縣者，皆其徒也。是無則已，有則必數千百人，緩之則可漸攜，急之則驟集，其勢然也。洋匪往來本無定所，風濤不測，難爲程期，苟其黨與，必不肯内居，徒以金錢誘諸無賴，使爲爪牙，緩之則聲勢以相市，急之則狼狽各不相顧，亦其勢然也。且夫捕人於城郭之下，而聲勢者在海外，吾之邊陲皆足以禦盜，夫何變之足生？使奸民不除，吾雖有良法，民雖肯盡力，而彼能敗之，此其爲患至大，不可不懼。

或又曰：商賈者，國之所資，如何而使其無出？愚又以爲不然。凡出海者，皆大賈，使其棄數年之利，不至失業。中國之物不出於外，必周布天下，於國家爲不失賦。至於柁工水師，資海舶以爲生者，官可收以爲用，是兩利也。

或又謂：子之説誠善矣，然文武相衛，各州縣并力則可也，使其不然，而以一縣爲賊的，將奈何？愚以爲，盜乘人無備而取所利，非角勝也。一縣有備，其不肯犯大難而希所無利也明矣。一縣爲之而效，則比縣之民必有仿而行之者。督撫必且下其法於他屬，將卒壯其氣，必且踴躍相助，以希捕盜功。如此則盜無所資掠，又不敢入陸，當其窮蹙而誅之，而散之，易易也。故曰：可以治盜莫如州縣，豈特洋匪哉？雖教匪亦若是爾矣。

同年友王君見石，有志於天下者也，以進士分發福建爲縣，其爲人識大體，氣深慮沈，於以辨此，無難也。於其行，序吾説以質之。嗚呼！使當事者無意於盜則已，誠有意也，吾之説將可廢乎？吾之説不用則已，誠用之也，將不自王君始乎？

送徐尚之序

尚之以詩古文名天下。乾隆戊戌己亥間，余尚少，方學制藝文，而余姊之壻董超然喜爲詩，與尚之交最密，余以此識尚之，讀其詩文。其後尚之遊京師，校書四庫館，試官河南，超然往往與偕，而余迄不得相見。然見超然，未嘗不言尚之也。超然言：「尚之居京師時，其尊甫被吏議逮詣刑曹，少司寇杜公以讞鞫失實，得譴，事不可測。當是時，尚之以諸生旅居貧困，衣食弗能給，出則左右營護，事卒得解釋。入則供具衣物酒肉，起居纖悉，無不周辦，其尊甫愉然不知逮繫之戚，并不知其子之貧也。人之知尚之者，取其儒雅醇粹而已，而吾之重之以此，此其至誠抑有才知焉。」超然言此時，眉目怒張，神色飛舞，聞者皆爲慷慨。余以是賢尚之，又多兩人之交，能以道義相取也。

尚之在河南，五攝知縣事，皆有聲，以憂去。嘉慶五年十月起謁吏部，引見，仍試用河南。而超然適以應順天試不得解，留京師，三人者遂復得偕晤。同顧始相識時，年各少壯，今二十載矣。超然與余須始白，而尚之髮濂然，蓋三人者皆將老矣。超然既困有司不得志，尚之亦局促於一官，非其所樂，獨兩人詩古文益奇，蓋其性情氣概，有非勞苦憂患所能損者。余又以知兩人者之所得有在，而非世之役役者也。

余少學詩，不成。年三十餘，始爲古文，媿未聞道，而尚之獨見許，亟稱之。於其別也，超然曰：「子不可無言。」余曰：「然。」乃諗之曰：古之以文傳者，傳其道也。夫道，以之修身，以之齊家、治國、平天下，故自漢之賈董，以逮唐宋文人韓、李、歐、蘇、曾、王之儔，雖有淳駁，而就其所學，皆各有以施之天下，非是者其文不至，則不足以傳今。子爲古之文，學古之道，立身事親，既至矣，獨位卑，任之者淺，道不得於下。古之人，不能必其道之果行也，而無一日忘道之行。故十室之邑，未嘗不以先王之道治之。方今天子申飭吏治，大吏方務求才，尚之之得爲於時，必也。往哉！以子之事親者當官，何事不濟？若曰古之道不可用於今，則非吾之所敢知也。

送計伯英歸吴江序

三吴地陿人衆，民貧而俗奢，矜利勢，其爲士者，没於禄宦，走衣食，往往遊於四方，或數十年不入家門者，以千數。然其得所志者，十不二三。夫人至去家室，離墳墓，舍其父母親戚，而汲汲於奔走，豈其情之所樂哉？其上者，欲得仕進之榮，以耀閭里；而其下者，則無以爲家人生産業，又不能甘窮餓，以爲鄉黨擯笑也。夫求不可必得之樂，而棄其目前朝夕之歡，與夫恥困其身，而就心所不樂者，庸得謂非大惑邪？予友計君伯英束髮遊京師，方將鋭意進取，奮厲於功名，一日皤然去。問之，則曰：「吾向者之來也，固將庶幾升斗之禄，以爲親榮。今吾知富貴之不可力求也。吾有宅一廛，若鬻而易其居，幸得餘金，撙而節之，可以給饘粥，以朝夕奉吾親，吾將終焉，則吾之樂，未可以富貴易也。」予曰：「子之年甚少，忠信而有文，將必有以自見，未可爲終焉計也。抑士不能謀其家，而且能謀天下之人者邪？不能樂其心以樂其親，而且能有所樂於天下者邪？子之歸，修身以養親，蓄其學以待取乎世，則富貴之來，將擇於子矣，夫奚待役役以求仕宦哉？予不幸無屋可居，無田可食，才力又不足以給生事，遊十年而困益甚。於子之歸，其能以無愧邪？雖然，困於遊與困於居，等困也，吾安能就吾心所不樂邪？子往矣，他日有扁舟，過訪君於震澤之濱者，非他人，必予也。」

江製川五十壽詩序

仁足以周其三族，及其故舊，朋友有叩門者，不以匱乏辭，赴人之急難，必濟，此富而好行其德之事也。無其財不能以爲。居是邦，長吏之至者，無賢不肖，必慕而與之，友且厚之；士大夫宦遊東西行而過者，必聞其名；有公事，必咨訪焉；此貴人勢要之事也。無其位不能以爲。鄉人子弟之與游者，必聞善言；有過者不敢見；見其人，聞其言，善者以勸，過者以改，此長者有道之事也。非規其行，矩其武，則或非且笑之，亦不能以爲。吾友江君，少甚貧，逐什一之利，少贏息，常以義捐數千金，罄所有焉，至今家資不過中人。然一門羣從，皆賴以舉火；朋友之急，視若在己，行之不倦；不知者以爲巨富人。游淮海間，結交士大夫，其所居曰東亭，東亭之人巨細之事，非江君居間，不能辨也。然君銜不過六品，未嘗仕，又無勢援，而搢紳先生不能出其右。其朋友戚黨所知者及比閭之人，有子弟之過，莫不竊竊恐江君知；或君正色責之，莫不立已。然君未嘗學，酒食徵逐之事，未嘗不在其間，詼嘲談諧，未嘗立尺寸，而人信君爲正人，蓋君勇於義，厚於仁，敏於才，而不務於外；內實充然，故其驗於人，能爲人所不能如此。

君少嘗有宦志，已遷延不出。今盛氣雖往，猶時拊髀有慷慨之意。設以君之才而施之於用，其必有可觀者矣。余之得交於君，由其子學於余。君爲子擇師，隆而禮之，甚至。而與余尤相得，爲昆弟交，愧余之無能益於君也。然余游新安前後六七年，信而與之游者，金君蔭陶，君之從祖鄂堂，及君三人而已。三人者，余皆無所益焉，而其懃懃於余者皆無已，此豈所可得於勢利之途者邪？於是君五十之辰，金君首爲詩以壽之，鄂堂繼作，能文之士從而和之者益多焉，故述余之所重於君者而序之。至於祝頌之語，介福之辭，非余所宜陳於君也。

關東紀程

余以四月甲午出山海關，踰歡喜嶺道，旁登望夫山。山有孟姜女祠，有明人碑云：姜女許氏，夫曰范植七郎，秦人。姜女登此山，哭其夫而崩城，遂投海死，海湧石爲其墓。去山八九里，望見之云。

東行至老軍屯，涉九江口，是爲急水河入海之處。海在其南五六里。過明中前所城，陟長嶺，至於高嶺，宿高嶺驛。乙未，涉石子河，過明前屯衛廢城，城在河東。至葉家墳屯食。食已，涉葉家墳河，河在屯東。又東涉東沙河，沙河驛在河東。過中後所城，寧遠州巡檢所治也。六州河在城東，涉之；踰鮑官嶺，嶺長十餘里。涉東關河。河自北來分爲二，而合於南。東關驛在兩河間。又東宿三里橋。丙申，涉淵台河，踰亂石山，食寧遠州城南。女兒河在城南，湯河在城東，皆涉之。女兒河、湯河合於州城之南，是爲寧遠河，南入海三十里。三首山在寧遠城東，踰之，宿五里河，在山上。丁酉，至連山驛，食高橋鋪，踰杏山，至於松山，兩山相墠間十八里，地正平，太宗皇帝破明兵，擒洪承疇處也。

涉水凌河，宿雙楊店，在紫荊山南麓，東北去錦州二十里。戊戌，涉大凌河，食秃老婆店，踰十三站嶺，十三山之支也。踰黄山，東至閭陽驛，醫無閭山在其北，南沙河在其西，涉之。又涉楊郎河，宿長興店，東北去廣寧縣三十里。自此東有二道：其北道經廣寧縣城，少回遠；南道出其南。己亥，由南道行，過北鎮堡城，食中安鋪，西北去廣寧縣三十里。涉羊腸河，所謂潞河也。

至小黑山驛，小黑山在其北。宿十里埂子。庚子，踰家窩蓬山，自北道來者會於此。

食二道井子，宿大白旗堡。辛丑，食新民屯，屯有巡檢居之。過巨流河城，東渡巨流河。巨流河者，遼河也，亦名句驪河，以高句驪名。或曰枸柳，曰巨流，聲之譌也。至老邊城宿。壬寅，乘永安橋，涉塔灣河，入奉天府西關。

自奉天府西關至永安橋三十里，自橋至巨流河六十里，是爲奉天府承德縣境。自巨流河至城五里，自城至新民屯五十里，自屯至白旗堡五十里，自堡至羊腸河一百八里，自羊腸河至楊郎河六十五里，自楊郎〔二〕河至南沙河十二里，是爲錦州府廣寧縣境。自南沙河至大凌河七十八里，自大凌河至小凌河三十二里，自小凌河至松山十八里，自松山至連山驛七十六里，又東十里，自爲錦縣境。自錦縣境至寧遠州二十二里，自州至東關驛六十三里，自驛至中後所城二十里，自中後所至沙河驛十里，自沙河驛至前屯衛廢城四十里，自前屯衛城至中前所城四十里，高嶺驛居其中。自中前所城至九江口十五里，自九江口至山海關三十里，不至關十里爲寧遠州境，與永平府臨渝縣界焉。

自關以東至小凌河，其山皆出萬松山。萬松山在關之北，今謂之松嶺山，以「松嶺邊門」名之。邊者，編柳爲藩，起於萬松山，東至義州鐵嶺開原，以與蒙古界。自開原南轉，窮於鳳凰城，屬之海，奉天將軍與吉林將軍所轄分焉。

松嶺山東行二三百里，其支南行，多屬於海，水皆東南流入海，石子河六州河淵台河自邊外來，然皆萬松山出也；而東關驛河散流不達於海，小凌河大凌河出邊外，當萬松山之盡，皆東南流入海。

自大凌河以西至於遼河，其山皆出醫無閭；其支南行，不能屬於海；南沙河楊郎河皆出焉，東南流入海。而羊腸河自邊外白雲山來，亦醫無閭山支也，散漫流不達於海。故自南沙河以東，沮洳洼下，道泥中行，雨則行水中。史稱：唐太宗渡遼，泥淖三百餘里，遣長孫無忌將萬人翦草填道，水深處以車爲梁而渡；志稱「潞河之濱百餘里泥濘，往往行旅斷絶」，不虚也。遼河，莫知其源，自遼以東山出長白，而盡於府東，水皆西流，入於遼。

【校記】

〔一〕「郎」，原作「柳」，據上下文改。

刑部司獄韓君家傳

韓君士純，字學醇，别號澹齋，徽州之黟人也。其父賈武進，君從至武進，學於宜興吾崑吴生。吴生死，率其門人，以吴生之行，請於督學使者，表其墓。君學吴生十餘年，温然進退有君子之容，其内行修謹，善爲制舉文，以國子監生應試於鄉，屢不得舉。父年且老矣，遂不求仕，治家産生業，以資入授職刑部司獄，年八十卒。自其始適武進也，年十餘歲，而其母在黟，他日疾，君聞之，泣涕，請於父歸省。時冬甚寒，徒步行山中，相識者道呼之，不聞也。既而母疾愈，遂迎以來。事親曲有禮意，雖盛暑，未嘗袒免於親之側。父之傳家於君也，有異母弟三人，俱幼，析其産爲四，君延師儒以教誨其弟，恩誼甚至，訖俱成立。女弟適江氏，早卒；其夫娶於汪，無子；其後江卒，汪寡居，君迎汪於家，待之如其弟，鄉里稱之。人有與君之父賈而負其資者，後其子以償，君曰：「若所負，吾父不求償也；今吾父死，而吾是償，是爲反吾父之義。」卒卻不受。君子以君之德爲能成於事親已。乾隆五十二年，江南饑，君捐貲助賑，縣以名籍上，巡撫旌之曰：「德被鄉邦。」初，君之母四十無子，禱於神，夜夢有告之曰：「某廟主爲若子，需其職竣。」逾年，生君。及卒之歲，夢至廟所，閱烝豚醴葅，飫之里中；夜聞藉藉，徽人聲言迓君，俄而君卒，而人皆曰君爲神。

張惠言曰：余未識君，邑人唐爲坤者，士君子也，述君之行，稱其經德不回，言語必信，庶幾孔子所謂「立其本」者。如其言，亦哀矣。其子某，請傳於家譜，故次其事焉。

陳長生傳

余故居南郊德安里，鄰有陳長生者，與兄奉母以居，無妻子，有室一楹，園地以畮計者十。兄僂且病，常給爨守舍；而長生力治地，種菜賣之，得錢，且爲人賃傭以充食。長生爲人少言多笑，即有陵之，大恚，輒復笑，即已，未嘗校。其爲傭勤甚，他傭所苦弗欲，悉任長生，長生皆爲之無怠。主人善之，或侈與直，則計其傭之數取之，而反其餘。笑曰：「此足矣。」固與之，則又笑，委之去。及其於所償直皆然，人謂長生癡也。余幼時兒嬉，日過其門，門前樹瓜瓠之屬，夏秋之交，編竹爲架垂垂然。時見長生兄弟奉母坐其下，手一盂飯，蔬一盆，且語且食。長生或時時抗聲歌，則格格笑，母與兄皆笑。其後予徙居城中，歲時至舊廬，恒過訪焉。十餘年，其母死，鬻其園地之半以斂焉，而葬於其室前。家益貧，兄病益甚，長生晨則食其兄，而出力作，暮歸，扶持之甚備。兄困，意不當，輒怒詈長生，每徹旦。比屋聞者咸不平，而長生未嘗有言。年餘，兄死，則又鬻其園地以斂，而葬於母旁。數月，長生亦死，鄰人鬻其居以葬焉。

論曰：孟子之言曰：「人性善。」如長生者，其耳之所聞，目之所見，豈嘗知有禮義之説哉？何其鞠躬君子也？長生之事母與兄，鄉之人知而善之；然至其取舍退讓，則謂之癡，何哉？余故述其事，將以待考風俗者有取焉。

故儒林郎祝君墓誌銘

江陰祝百十、百五，將以某年月日奉其府君之柩從葬於黄山之阡，疏其事行，請銘於惠言。惠言故百十、百五也久，不敢辭。

君諱士模，字體成，别自號訒亭，世浙之蘭谿人，遷江陰。當明代，候選州同知諱邦基，君曾祖也。以州同知補河南祥符縣河工主簿諱錦，君祖也。生景洲，例贈儒林郎，是爲君考。

君幼習舉子業，刻苦自厲，屢試不得志。家貧，客游江南北、山東、河南、隴、陝間，所至佐其道府州縣爲治，政皆理。佐治高家堰、淮安、清河、東昌、下河皆辦之。君爲人嚴正可畏，與之居，雖習不敢不敬，久必大信之。其任人事，顧義何如，未嘗隨人意，有所委曲。嘗爲合肥令陳大中辦驛務，君議自費二十金以上，官以俸給，大中許之。他日，中旁語，更咨君。君正色曰：「向已言之矣！」大中大怍，卒從君。已而大中遷泗洲，洲賑民粟，以委君，君别民之居遠者易粟以金，并兩月與之，非憲令也。大中大懼。君曰：「官者，所以便民，若有所瞻狥，非公所以任某也。」乃説而聽。人以是服君，亦以賢大中。自君祖祥符君官河工，明於治河利病，稱爲能；君世習其説，益精出其餘佐人，治有成績，乃著安瀾集、河防要覽、五水原委，凡五卷。

初，楊文定公爲程朱之學，君之考，其彌甥也，嘗受業焉。學以小學近思録爲宗，常服誠、敬、和三言。而君姑之夫夏先生宗瀾，文定高第弟子也，交君父子間，君更得從受楊先生遺學，故君進退節概，一中禮度。著有楊文定語録、先儒講論經書記録，凡若干卷。

君卒以乾隆五十八年九月二十二日，年七十有四，以國子監生受職州同知，例授儒林郎。夫人同縣蔡氏，縣學生諱鋐之女，生百十、百五，皆補府學生，而百五廩膳焉。女子子二人，國子監生陽湖楊偉吉，内閣中書無錫薛玉堂，其壻也。孫五人。銘曰：

政於人，已則鞠兮；襲於行，譽則襮兮；曰有令子，葬君於此，世其穀兮。

茗柯文外編 卷上

景福宫賦 代

寧壽之内，有景福之宫焉，粤若聖祖，應受多祜；奉坤輿於長樂，立璇宫而□華渚；錫嘉名以表瑞，茂景秩以安悆。亦越高宗，休顯慶成；望皇極之斂敷，協乾則於泰寧。休徵既備，耄念時勑。乃葺寧壽，亦暨景福；昭純禧於五代，推嘉應於好德。

爾其景福之爲宫也，豐隆穹崇，岧嶢崔巍。結基宇之固護，峙游極而高持。瀏濫鴻惝，瓌瑋博敞；流景燿之赫赩，配紫微而作象。故其規榘二儀，沖陰和陽；備物制度，昭庸憲章。長楹山豎以旅植，棟桴虹亘而高驤；棼橑狎獵以雲構，欒桷離婁而箕張。高甍迢遞以弁戴，飛欄岌嶪而翼翔；重阿襲沓以寵鶱，反宇超忽而鳥頏。彤采藻飾，焜麗將皇；綺發組絢，葩華柎光。納朝曦以霞爛，激夕影而電飈；既雕刻之不侈，亦儀度之可詳。窗軒方開，周達洞啓；波黎延朗，通表達裏。爾乃列石象岳，逶迤嶢峥；靈木秀植，芝房挺生；周以丹草，羅以瓊英；芬芳春敷，翕習秋榮。觀四氣之變化，驗時物之生成；

回羣象於寸眸，甄大造於方庭。

於是六合時雍，九有攸序。聖皇孜孜靡怠，勤恤庶政，而求民豫羨。公卿、大夫、庶士，三揖於乾清之宫，陳典謨，考律度；萬幾既理，朝儀既具。乃降雕輦，回玉鑾；爰豫爰遊，以考以觀；覽庶物之咸若，娱天情以盤桓。是以福祉總集，嘉祥畢單；備靈貺之美報，得四海之至歡；括肅慎之楛矢，組西王之玉環。然而聖上猶乾乾祇祇，夙夜不遑；襲松雲之楝牖，見堯舜於羹牆。

於是乎三事常伯，鴻生鉅儒，或進而稱曰：昔我先皇帝之記景福也，申述天命錫福之原；在於敬天愛民，勤政親賢；昭示後世，勿忘勿愆。惟我聖皇顧諟昭假，曰暘曰雨；天符炳章，我則勿數。斯乃伊耆氏所以則天也。蠲租貸賦，湛恩旁洋；一夫不獲，若納於隍。斯乃姬文所以惠鮮也。飭吏治，求直言；稽古憲典，綱周目完；同符成周，立政董官。稂莠拔，嘉生崇；□山採林，周行是庸；方諸重華，闢門達聰。若然則道罔隆而不就，業罔圖而不臻；重熙景鑠，統和天人。雖古之定天保，樂既醉，何以尚兹！五福五代，垂億萬葉，而允繇也豈不盛哉？遂詩之曰：

於皇時清，世有聖皇；天集厥命，申之休祥。休祥維何？本支百世；一堂五代，景福同紀。上天之綍，旭卉有徵；聖皇茂對，其艱其承。維福集聖，維聖先天；侍臣作歌，以揆萬年。

合聽則聖賦 以先民有言詢於芻蕘爲韻

蓋惟聖皇，首出庶物，闡坤握乾。橐宙合以繩準，陶萬化于鈞甄。信思睿以作聖，必人情以爲田。四門既闢，參漏是宣；謨維颺拜，風以臚傳。執市言之爲鄙，實清問所必先；崇峻嶽以基壤，開滄波而受川。稽往篇于管氏，發餘論于君臣；謂湯武之隆懿，猶下聽于齊民。

民言則愚，民志則神；得失互濟，可否相循。聽不以耳而以意，合不于類而于倫。雖愚夫之自臆，與聖者而爲鄰。原夫民也者，品庶每生，宕冥自蔀；見不出于米鹽，知不齊于瓶瓿；維各抒其湮鬱，諒無擇于好莠；等唱喁于物籟，待壎篪于天牖；五方不一其殊嗜，六律難調夫衆口。苟別聽而偏徇，猶道謀而株守；縱千慮而一得，豈左宜而右有。

若乃大知鑒物，好察邇言；達四聰于垂黈，納五氣于臨軒。會之以大化之宇，歸之以皇極之門；宅之以禮義之府，和之以道德之藩。譬五金在沙而納昆吾之冶，百潦含垢而注崑崙之源。斯其聽之也博，而其合之也渾；論雖采于輿誦，道實成于一尊。

于是民嵒得，民風陳；民情達，民隱申。定國是之猶豫，決廷策之逡巡；令先甲而如水，物由庚而共春。信我猷之遠告，儼彦聖之爰詢；殊簹言之可棄，異蓬問之不賓；何愚智之懸絶，乃同獨之非鈞。是知端神于兩，筮妙于初；理同于合，聽集于虚。既無乖于好惡，乃弗辨于咎譽；星有從于箕畢，錯取厲夫璠璵。故歸聖于上而君弗有，歸聖于下而民弗居；惟以情繫情而允協，斯以聖成聖而相於。況乎帝民皞皞，皇世于于；不識知以順則，無偏黨而旋樞；聽之則謡興于壤，合之而尊酌于衢。然而聖人方扣音于寂，察響于無；表華平于交木，懼金玉于生芻。蓋聽存乎巷議之外，合即爲宥密之符；是以一人不自有其聖，而萬物乃退處于愚。則維我皇上，文思是則，禮樂爲昭；率邇者飫其聲律，企逖者動若風簫；顧乃孜孜焉旌直議，覽風謡；慮怨咨于祁暑，廣學問于芻蕘。于以靖民度于駭豕，齊物論于鳴蜩；斯至聖之神化，不啻鑄舜而陶堯者哉！

周生字説　代

周生愷，字營道；恒，字信道。余告之曰：「夫愷者，得非樂之謂耶？恒者，得非久之謂耶？傳曰：有德則樂，樂則能久；樂與久者，成德之效，非入道之方也。夫苟不得其所從入，而胡以營之而信之哉？」乃更愷字曰仲禮，恒曰叔夤。

凡耳目口鼻四支之欲接於吾者，皆可樂；樂接於外，則姚佚變慹、慼愠恐患之故環動于内。故凡世之所謂樂者，皆適足以自苦其心者也。君子則不然。昔者顔子一簞食，一瓢飲，不改其樂，彼其所樂者，克己復禮也。非禮勿視，非禮勿聽，非禮勿言，非禮勿動。自常人視之，其苦至甚，然而顔子樂之者，節文順于外，性道安于内也。故禮者，因人情而逆爲制。及其至也，獲人情之大常，非特心耳，耳目口鼻四支皆樂焉，是故謂之大順。故君子由禮，則終身行不危其心。傳曰：「愷以強教之。禮者，人之至教，道在勉強而已。」此之謂也。

天下不動之物不可以久，穀久則蠹，器久則敝，水久而不流則汙，山久無行焉則蔵。天地日月所以能久者，以其動也。故曰：「不息則久。」雖然，夫動者，君子之所愼也。在易之恒：「君子以立不易方。」説者曰：君子謂乾三也，乾坤交而三不變，故立不易方。其在乾曰：「君子以自強不息。」説者曰：君子謂三也，當乾之革，與時偕行，故自強不息。由此觀之，不息而能久。德無盛於乾三者，其爻曰：「君子終日乾乾，夕惕若，厲无咎。」厲者，敬而危之之辭也。乾至三而泰，一泰一否，若昃之在晝，不可以久，故君子敬而危之。孔子曰：「知至至之，可與幾也，言日新也。知終終之，可與存義也，言守道也。」故曰雖危无咎。此三所以不息，而久於其道者也。然則，厲而後能不息，不息而後可以恒，進德修業，其本如此。

吾謂愷謹于外以和其内，如室之有垣焉，勿隘勿庳，其可以葆也，視其所以充之者而已。謂恒持于本以達其末，如木之有根焉，勿拔勿戕，其可以植也，視其所以培之者而已。

無倦齋銘 代

古之爲治，本末有紀。既克厥成，唯倦之戒。今之爲治，事殊古然。始也謹爾，終則肆焉。孰揆其初，而輟其繼。進而不舍，與古爲比。人之有心，曷云其渝？刻銘座旁，以謹昏媮。

富陽縣修志書告 代

方志者，古者土訓誦訓，所以考方慝，詔地求，爾雅之士咨於故實，以惇勸明行，用咸和庶政也，是以國家立之，著于憲典。

富陽亦通邑也，百二十餘年，邑志不具。政事興革之紀，賢人士君子孝子弟弟貞婦之行，無所考，此長吏之過，亦邑中搢紳者之責也。某以虛乏來尹是邦，顧唯闕遺，弗敢暇逸。咨於耆長，僉惟某同。其有守故記、博舊聞者，具以告某，某將裒擇焉。惟是公出之費，所以給筆札案簿，不敢私，願與縣之樂義惇行者同之，輒捐俸以爲倡來者，書於左方。

志例

郡縣志之體，當用史法，不當倣郡國圖經。蓋國家政治、禮樂、度法、賢臣、良士之行，具在國史。圖經者，特史中地理之一門，其所詳者，山川國邑，廣袤道里，土地所宜出，如此而已；又以其餘旁及今古之蹟，人民故族，以供詞人學士攟採梗概，故其辭取簡而覈，體固然也。郡縣之志，義在蒐討掌故，褒揚哲義，蓋古者外史之流。特其體書美而不書惡，識大而不遺小，至于斟酌故訓，推見至隱，行善而備敗，其歸一也。近世爲志，不明此義，于山川則侈景物，而原委反略；于人物則録支節，而綱目不具；于蓺文則摭題詠，而著録不載；于政事興革民俗之大，則多所缺略而不周；豈國家所以辨地會，考文獻，以潤澤政治之意哉？余與富陽父老修輯志書，爰訂正舊例之所不合者，條具如左。

表、志、紀、傳，文家之例，非史專名。此法不具，不可以載事。舊志例無篇第，隨事瑣題，非文體也。今定圖、志、表、傳爲四目，別爲第焉。

舊志有圖七，今存五卷。全縣圖第一，縣治圖第二，儒學圖第三，官廨圖第四，堰壩圖第五。圖後宜各附以考。縣境當圖山川朱界，鄉圖之分不得混。標祠廟古蹟之名，考詳各鄉里到之數。縣治當圖坊邑街巷，考詳其數。儒學官廨屋舍之數，具于考輿建始末，則入志中。八景圖俚俗無據，星野無庸具圖，並删去。疆土風俗相因乃具，班固地理志其著也，定風土志第一。

城池、學舍、官廨，舊志亦有類次之，爲營建志第二。

山有脈絡，水有源流，地利溝洫。于是取則舊志，惟標名勝，失其要矣。今以形勢道里爲叙，作山川志第三。古蹟見于山川，隨時附載，不另爲篇。

土貢因于物産，治之大者，宜自爲篇，作方貢志第四。

賦役規條，舊志略具。税課驛傳，其事雖簡，然民生利病之大者，不可不詳。舊以關税附見賦役，而郵驛規制缺如，今定賦役志第五，關郵志第六。

倉儲者，民生之本。邑有常平社倉，今常平存而社倉久廢，爲治者所宜究心，作倉儲志第七。

祠宇寺觀，舊志所詳。次諸秩祠，作祠廟志第八。

祥異關政治之得失，宜次比之，作五行志第九。

邑之文儒，有所著述，表列目録，著其大指，附以金石文字，爲藝文志第十。舊志所輯題咏之作，例當全删。今别爲一編存之，附于志後。

長吏之官兹土者，邑士之仕宦者，爲表書之，職官表第一，仕宦表第二。

誌人物當作傳，專傳合傳，各隨其人。惟孝義、隱逸、文學、方伎、列女、釋、道、名宦、流寓，或分類標目。舊志所列經濟、潛德等部，概所不取。

雁黄殘稿序　代

余幼好詞章，長耽山水，愛黄山之勝，屏棄人事，嘯歌其中，於兹二十餘年矣。顧嘗以爲此山之在天地，緼育秘怪，自鴻蒙以至李唐，遊屐始至，迄今又千有餘年，雖仙靈棲真，呼吸升降，古有聞者，其於清淑之氣所鬱積，怪未有好奇尚異之士，踸踔天地，排奡日月，以追其意之所趨者；又未聞有能文章者，託焉奇詭跳盪以與山水相雄長。以余求之于今，意者巖穴杳邃，怳忽絶滅，余尚有未見者耶？抑其人遺世外名，雖見之不可得而識，雖識之不可得而讀其文者耶？閒于寺僧中得雁黄詩刻本一册，題曰「江城喫雪大涵著」，而不知其何許人。其詩跌宕放縱，往往出于懷抱感慨，不苟爲方外言，其于黄山之奇，能寓之于性情，而發之于筆。余讀之，恍然如得余向所慕誦者。其後徧搜古寺，敗簏中復得數卷，然後知爲華亭僧，喫雪其號，好雁宕及黄山，故又號雁黄。其來黄山，在康熙間，居二十餘年乃去。詩刻于海寧之相國寺。然余訪求其集，卒不可得；而近今之言詩，亦莫知有雁黄者。嗚呼！以雁黄之于黄山，與雁黄之詩之奇，其去今未百年之近，而泯滅散佚若此；然則千餘年來好奇尚異、能文章之士，棲心此域，不幸而無聞於茲者，又豈少哉？則又疑山靈之愛惜珍秘而不欲洩露。然則，後之好事者將何述焉？余故比次所得，編爲一帙，凡若干卷，爲雁黄殘稿序而藏之，續有得者，將次其後云。

吴興施氏家譜序 代

家譜者，原蓋出于古者公卿、大夫、士家必有史。生子三月，妻以子見父，父名之，宰徧告名于族，史書曰「某年某月某日某生」，而藏之。藏之，蓋于宗子之家也。宰告閭史，閭史書爲二，一藏閭府，一獻州史，藏諸州府。死生登下之。孟冬祀，司民上于天府。小史辨其昭穆之繫，以爲世本。其庶人工商男女生死，不次于小史，亦各以名登于州鄉也。大夫以上，生有爵，死有謚，太祝則爲之作誄。誄者，纍列其生平行事，以廞謚者也。故其子孫將葬，既卜期，則以易名請。漢以後或自表陳行述，謂之行狀，上于太史，碑表碣志，由此作也。

人臣功次六等，銘于王之太常，司勳掌之，而又予其子孫，自銘其彝器，傳諸宗廟，賢士大夫令孫順子世守先祖之美，肅恭前烈，無忘其章，故尼山系本姓之解，范匄希不朽之列。故國奠其紀，家副其藏，族世是以不溷，三姓有序，而四民有處。媒氏以擇其世，家人以兆其域。周衰，史官失職，世本之紀終於六國，秦燔春秋，譜牒亦燼，搢紳不識所出，故舊皂隸迭相侵冒，自學士不能別氏姓。其時通人碩儒司馬遷、揚雄、班固之徒，著書自叙，遠述世德，樂樂其所自生，禮不忘其本，斯固士君子所以追遠反始也。東漢之季，名氏相高，六代中正以爲進退，當此之時，家譜始作，唐時尤盛。元和中，詔宰相作姓纂，每加爵邑，則令閱視。而唐史表宰相多取私譜之文，或頗誕妄不經，罔可傳信，學者難言。

夫譜有三統：一曰尊祖。傳曰：君之子稱公子，公子之子稱公孫，公孫之子以王父爲氏。氏則君賜之，必賜之氏者，所以表族使有統系也。其非君賜，不得自爲氏，所以嚴統也。是曰「別子爲祖」。其庶姓若徙他邦爲大夫者，則其子孫祖之，或賜族也。有官族，有邑族，唯君所賜而繫之以姓，以別昏姻，以序昭穆，以辨嫌疑，以定親疎遠邇之序。二曰敬宗。傳曰：宗其繼別子者，百世不遷，是謂大宗。宗其繼高祖者，是謂小宗。小宗者，高祖之適也。自高祖以下，宗之五世則遷，故小宗有四，而大宗一。大宗者，族人祭則告，冠昏之事省焉。大夫有賜，則以歸也。雖去國三世，猶反告于宗，後不敢專祖也。其小宗之支，于其小宗，如其于大宗。大宗死，族人爲之齊衰三月，勿敢降宗也者，尊也。與祖爲體以尊祖，故尊宗，此以下治子孫。三曰收族。禮：繼別之宗，得立別子之廟爲大祖，不遷。宗子與族食族燕，世降也而弗殊。五世爲族，以五爲九，族昆弟之子相謂爲親，同姓服屬單矣，猶親之也。親相養，屬相服，世相祭，宗相恤，嘉會相慶，喪相哭也。故曰宗以族得民，是故水木之本，非譜不明；支嫡之紀，非譜不叙；孝友任穆之義，非譜不增。厥思族之敬恭者，以祖澤相訓也，惰窳者有所愧而懲矣。易曰：食舊德，貞。是謂三善。三善不立，則三弊興。原系不審，苟託名望，是謂誣祖；世紀乖舛，派縷無列，是謂疵宗；美惡不實，褒稱失倫，是謂偷族。善之與弊，其端少離，其末千里，可無慎歟？

施氏，吴興望族也，其先出魯惠公，以字爲族，具見世本。臨濮侯以聖門弟子，故施氏六藝傳其家。其家譜倣作于宋，閲數百年。某者，余門下士也，學京師，攜之來校正舊義例之未善者，定爲若干卷。余嘉其不骩于俗之所爲，而志于古賢士大夫合族之遺意也，故具以所聞者語之，遂著之簡端，亦使後之人考覽焉。

贈楊子掞序 代

某曩在京師，與子掞共學於張先生。先生數言子掞可與適道。先生既歸，而某與子掞交益親，愈悉其性情志氣，相砥以學問。然子掞嘗自言：「自吾聞仁義之説，心好焉。既讀書，則思自進于文詞；然欲竟其業，則若有鬼神異物陰來敗之。于爲人也亦然，其使吾忽然而生不肖之心、乖沴之氣，類有迫之者，如何耶？」某謂子掞：「人之生一心而能與萬物抗者，志是也。志苟定矣，其於憂戚忻樂之生，如四時寒暑之代序，曾何以滑於中？子掞之患，唯不能平其心，理其氣，以自進于仁義之路；過此，非子掞所患也。」子掞則以某言爲然。

未一年，余别子掞而南。其冬，子掞奉其太夫人命，就婚湖北，過訪某于富陽，先生在焉，間以子掞之所患，某之所以開子掞者，質之先生。先生欣然喜，謂「二子者之言近於道也」。先生乃言曰：「義利者，人心之所兩有也。君子之爲義，有時而利，皆以義取之。小人之爲利，有時而義，皆以利要之。主其所從入，則後起者爲客。此君子小人所以百變而不淆也。人之心閒而無所事，不能無思；閒而有思，則怠傲姚佚之慮十常八九。故君子居則有習，息則有游，常以其心委之聖賢之訓，使不失所倚，則成之若性。然至事勢之交於前，而緦緦然方將平其心，理其氣，是非樊然，而胡以相擇，況能自勝耶？夫君子出其言，則思文其行。日爲君子之言，而欲爲小人之事，其情將有所愧赧而不敢。故文辭，非君子所尚也；及其求道，則文辭之功亦不可廢也。」又曰：「禮者，情之檢也；敬者，志之門也；勤者，氣之將也；改過者，德之地也。君子行此四者，則幾於道矣。」某既得聞此言也，退而識之，書以贈子掞，且以自警焉。

江寧戴氏祠堂壁記 代

古者公卿、大夫、士有宗法，以族屬其子孫，民各世其業，安其禮；雖去國三世，吉凶之問，皆反告。故其服習舊德也深，其相繫也固，用能保世以滋大。先王之澤既息，民始離散分析，兄弟親戚或掉臂而不能顧；搢紳之世高曾之名氏不能舉者，往往而是也。

于今之俗，有能敦念祖考，敬龔祭祀，以哀戢其族人者，在江以南，唯徽州之風爲多。以余所知，其民有葆晉世之墳墓者，其居多聚族，族必有宗祠，歲時之祭，饋獻之儀，往往有古禮；其支分徙他處者，亦慎行其故俗。蓋其地僻，其土瘠，無兵燹之禍，無靡華之産，其民孅儉敦本，先儒程子、朱子之教澤猶有存者。然必有好善之士，施德於一鄉，躬飭行義，以訓于子孫；亦世有繼之；故其傳之久者，其積也必厚，理固然也。

戴氏，徽州休寧之望也。明初，有萬二、萬三者，賈江淮間，萬三定居揚州，而萬二居應天。應天，今之江寧府也。揚州之戴，在明世世衰，入本朝益落，流轉而居江西之大庾，再傳而太僕第元起其家。太僕之弟、今京畿御史均元，及太僕之子編修心亨、今庶子衢亨，並時以科第顯，爲世聞家。而江寧之戴，□□時有谷安者，以家財三賑七縣之饑，賜冠帶，號義民，祠賢良。其後弘治中，有睿者，九世同居，賜太常博士，旌義門，其孫十三支，至今數千人，蔚然與休寧、大庾爲三望；雖未得顯仕，爲善之報，何其長也。余之舉于鄉，出庶子門下。坤五者，江寧之裔，於庶子爲子行。歲甲辰，余從庶子于山西學政官舍識其人，敦厚明敏，爲庶子所器。今年，余宰富陽，坤五過余，因得盡聞其世德。坤五請余記之曰：將爲訓於族人。余謂坤五：君之祖爲善於鄉，丕顯有耀，以蕃其子孫；君能稱述先德，式訓於後，用嗣前載，可謂反本泝源，知德之要者也。江寧之族世昌世顯，吾於坤五焉卜之。遂書以爲江寧戴氏祠堂壁記。

高氏義冢記 代

昔者先王之民，生有所養，死有所葬，然蜡氏掌除道路之殰，孟春之令，掩骼埋胔，何者？弔天災，教人義，儆救政也。

維富陽瀕漸江下流，循江諸山，暴水時出，當其所激，泅棺漂屍，汩乎隨流，經富陽之城而東，則委大墟若脱笴焉。在乾隆某年，某縣水，知縣某募人並江以須，收棺若屍瘞之東郊。後幾年，徽州之祁門水，知縣某亦如之，所收逾多。於是縣人高氏入其私地之在東郊者，以爲義冢。今年，余來尹是縣，夏五月，水發衢州，令曰：「無怙災，無棄善。」縣之士民踴躍奔趨凡幾日，得若干柩，死人若干，棺之，并瘞於高氏之義冢。余既嘉縣人之好義，死者之幸弗委骨，而義冢無標揭，懼後失其故，且無繼也，迺伐石而記之，後有來者，得以勸焉。

凡義冢東西若干步，南北若干步，已葬者若干步，凡若干家，高氏名某字某。

康母孫太夫人六十壽序

嘗讀易漸之上九曰：「鴻漸於陸，其羽可用爲儀。」解之者曰：漸，女卦也，上高位也，順艮之言，謹巽之命，履坎之通，據離之耀，婦德既成，母教又明，有德而可象，故曰「其羽可用爲儀」。聖人繫易，明婦道之爲儀。而詩曰「無非無儀」者，何哉？婦人之事，在閨門日用之細，而其效在父子昆弟之間；其事細，故不敢以善自見。家人之六二曰「无攸遂，在中饋」是也。其效鉅，故觀其澤之所漸，有以知其内德之茂，而以昌其世。隨之九五曰「孚於嘉」是也。漸之貞，山也；其悔，風也。風行而著乎山，故曰「女歸坎夫」也。離，婦也。艮，子也。巽，母也。上之應三也，爲夫爲子；其卦四也，爲母爲妻。夫正而婦順，子成而母從。鳥之有羽也，從乎其翼，而翼非羽弗飛也。婦之爲道也，從乎夫，從乎子，而夫非婦弗成，子非母弗訓也。艮爲陸，離爲鳥，故曰「鴻漸於陸」。居鳥上，而上乎風，故曰「其羽可用爲儀」，言其家人則之，而世又詞詠之也。

康母孫太夫人以名家女，歸少司馬茂園先生，事姑以孝，相夫以禮，持家以儉，御下以仁。信乎，其順而謹也。撫其所生，以及其猶子，愛之鈞，教之鈞焉，以有成。信乎，其能通而明也。太夫人從司馬官江南，惠言未獲拜于其堂，然數與其諸子遊，觀其亮直恂謹，動有禮法，固茂園先生之家訓而秉於太夫人者尤深。澤既型矣，世既昌矣，然則太夫人之爲儀，其明著大效矣哉。

古者國史傳列女，以著閫則，成王道也。後世不察，以才華奇節當之，而庸德不及焉。夫才華奇節，詩人之所爲儀。庸德者，易之所謂儀也。若褒顯婦德母教，如太夫人者，以垂陰教，振世範，其庶幾乎？十一月日，爲太夫人六十壽辰，年家諸子謀所以介觴，惠言爲説易之爲儀者序之。夫稱誦名德，以厲世翼教，吾黨之責也；若夫尋常祝嘏之頌，介福之辭，非所以聞於太夫人也。

徐簡齋壽序

曩鄭先生夢楊爲余言，乾隆乙巳、丙午，常州大饑，太守金公勸富民出粟以賑，設局於東門之外，擇邑中賢者董之，一時搢紳士民無不竭力，助太守養百姓，而簡齋徐君爲賢。君東鄉呂墅人　徐氏聚族居，以百數。其貧待賑者，鄉長既册報，君取公册，自出貲私給之如數，並及莊南李氏數十家。李氏，徐世姻也。局日與饑者粥人一盂，食者不飽；君糾同志糜麥屑益之，人藉以活。先是，夏六月不雨，君輒赴荆溪山中購薪積數百萬束。或問：「何爲？」歎曰：「陰雨而徹桑土，豈有及耶？」已而賑局設薪苦乏，皆資於君，人多君之仁，而服君見事之豫也。

俄而，君遘疾，殆甚。寤夢中恒喃喃語，時嗟歎，聽之，皆與饑民問訊聲也。一夕，夢神語之曰：「爾有隱德，當延算，第無憂疾。」寤而釋然，病良已。余聞而悚然：因果之説，儒者所不道；而積善獲福之理，則天道之可信者。夫爲善者，苟有果報之説於其胸中，則其爲善也必不誠；苟誠矣，必不求其報。而其善氣之所涵煦，自有以引其澤於子孫，而況其身乎？君之得福於神，非怪也，理也。以是心慕君，恨未得識。

嘉慶辛酉冬，見君子世楠於京師，文而有容，温温儒者氣。人咸謂君有子，將昌其門，則余曩者之言爲不妄矣。

世楠言：君遊山左時，聞父疾，不及束裝，晝夜步行百餘里，八日而抵家。父適思乾脯，君急供之，已不能食。自是見脯輒泣下，遂不御肉，至今數十年。君年五十後，盡擯塵務，手校敬信録，輯最樂新編刻之。與人子言孝，與人弟言悌，推其心，惟恐一日之善不及於人；而接於我者，一人之不化於善，則其心引以爲大歉也。夫以因果而爲善，豈君子所弗許哉？然而，所以辨其誠不誠者，無他焉，不愛其親而愛他人者，謂之悖德；不樂人善而自多其功者，謂之悖施。故君之生平施予事甚多，而余獨於世楠此言，知君之能誠於中也。

世楠又言：君之配葉夫人孝於其姑，姑嘗折傷右肱，盥嗽唾涕，撫摩抑搔，夫人以身體之，無不如志，夜不交睫者數月。姑中夜偶寤思起，甫轉側，夫人之手已承肩背矣。姑忻然曰：「乃如是耶？」每一飯，必怡顔，曰：「吾飲食無嗜好，惟新婦所進，覺不僅悦我口也。」蓋君之善行於家，而有以成之又如是。

於是世楠曰：「明年壬戌，吾父年七十有一，而吾母七十三，正月六日及二月五日爲其生辰，欲乞子一言爲壽，可乎？」余以爲古之爲壽者，主於稱德勸美以介純嘏已耳，不必其在生日也，而況必於十年之期乎？唐人之慶開秩也，恒以十一之歲，子之親又適當其時，余其可以無言？雖然，夫稱人之德，頌人之美，將以發潛德，爲世勸也。夫構浮説，以祝其人之永年，而其言無所立者，余弗敢道也。故述曩所聞，及所論於君者以序之。世楠以吾言壽其親，其亦有當於君之爲善之意乎？

茗柯文外編　卷下

經師誠傳　代

邑有老儒師曰經綸，字師誠，自號拙漁，其先河南人，遷儀徵九世矣。祖宏錫，早卒。祖母呂，有苦節，事在縣志。父曰文恭。師誠習舉子業，喜爲羅萬藻之文，補學生員，屢試高等。督學使者李公因培察其文行尤異，優貢之。是時師誠請假，歲科試皆未與，人多李公能得人。師誠幼則知孝，嘗刲股肉以療其祖母疾，事父母曲謹誠篤，父得痺疾，晝夜侍養，數年不衰。家貧，教授鄉里以奉親，未嘗廢左右。其貢成均，會父卒，服闋，一至京師赴考選。甫畢，忽心動，急束裝歸，則其母疽發背甚殆，顧見師誠，喜，遂差。師誠自此奉母以居。有勸之仕進者，答曰：「吾奚資而養耶！」凡十七年，母卒，而師誠老矣。性狷絜，不妄取，雖從學者以厚幣延致，度非其人，弗應也。饘粥不繼，充然有自得之色，竟以貧困終。性喜酒，飲數石不亂；酒間談經史，亹亹益可聽。言必信，行必果，邑之人知與不知，咸謂經先生正人。嘗出遇鬬者於途，愕然視曰：「先生至耶？」竟解去。師誠有二弟，性皆戾，師誠遇之怡怡，卒不入于咎，君子是以知師誠之德，有于中也。年七十九卒，葬城東五里王家塋。無子，其弟有二子，比師誠之卒，相繼殁。經氏無後焉。

論曰：古者禄以代耕，故家貧親老而不仕，比之不孝。師誠以養，故不敢謀仕，士之處貧，豈不難于古人哉！然師誠以諸生行義，見重于鄉里父母兄弟間，有足稱者。師誠有詩文集，曰聊且稿，曰寸蚓吟；所著曰蠹餘集，不能工，其可傳者，固不在此。

分宜張氏二節婦傳　代

國家歲詔禮官旌表節婦。凡年未三十而夫死，守節及三十年者，州縣申于巡撫，巡撫上其事禮部，歲十有二月，禮部覆議以聞，許建坊，表其門而祠之其縣。天下上節婦名者，大省常數百人，次亦百餘人。嗚呼，何其盛也！豈非平治日久，禮教興起，風俗茂美之效歟？然其不及于例而不與于旌；與其例得旌，而子孫貧弱不能白于有司，以致泯滅者，又豈少哉？夫婦人女子，非讀書識大義，而能忍茹荼蓼以成其節，類至性使然，豈以榮此名哉？然以國家褒揚幽行之典，而有不幸而不得與，數十年之後，其名與事俱殁，此有司之所無如何，而賢士大夫有文之士，所不宜忽也。

門下生比部員外郎分宜楊曰鯤爲余言，同邑張氏二婦，節至苦，而未得旌，請余次其事，故作張氏二節婦傳。

節婦袁氏，父曰士超，夫曰張尚鈺，生子女各一人，而尚鈺死。婦年三十，撫其子成立矣，而又早死，則撫其孫；孫又早死，撫其曾孫；曾孫又死，婦及撫玄孫焉。嘉慶二年，節婦卒，年九十五，守節六十六年。女適國學監生趙廷來，數月寡，亦守節得旌焉。

節婦袁氏，父曰際超，夫曰張宗松。張氏世居里曰泗水。明有刑部侍郎承詔，尚鈺六世祖也。宗松于尚鈺爲某行。際超爲車頭之袁，士超爲埗頭之袁，不同族。節婦年十六，歸張氏，生一子，年二十而宗松死。有祖姑，婦孝養之，而撫其孤以長，以學能文，試童子而早死。而娶亦輒死，遺一子，婦復撫之。今年五十，守節三十一年矣。

論曰：婦之守節，成其身耳；其能事舅姑，育其子以立，則功于其家。若尚鈺之婦，其存亡乃繫四世；宗松之婦，上以養祖姑，而下鞠其孫。嗚呼！兩婦之于兩家，顧不重歟？

封中憲大夫大理寺寺副吴君墓誌銘 代

君諱之駿，字瑶驂，自號損齋，姓吴氏，世爲歙之豐南人。豐南之吴，祖唐宣議郎光，是爲左臺御史少微之九世孫。光二十六世，至國子監生慧中，君曾祖也。江都學生趙範，祖也。考曰爾袞，贈中憲大夫，配程恭人，生二子，而君爲仲。君幼穎悟，讀書所見成誦，爲制舉時文，下筆風發，士林器之。年十五，喪贈公；二十，而兄亦卒。家饒於財，懼先業之隳也，遂棄舉子業，理生産，内外井井。其治財，務守法而任人，畫一不假借，愚智皆盡其用，以故家益振。君既善殖財，尤好散之，鄉里之惠，無不倡；鰥疾窮困之戚疏，無不恤；橋梁道路之所由而隳壞者，無不治。既與其族人置義田，又將謀立義塾，未及而卒，年七十有八。配同邑潭渡黄氏，生子荃生。誥授中憲大夫大理寺寺副，改授部正郎。封君如其官，配爲恭人。女子子二人，適汪氏、程氏。孫一人曰瑞欽，曾孫二人，玄孫三人。瑞欽，余之姊壻也。

君之卒，以乾隆十四年月日。黄恭人先君卒八年，年七十，爲乾隆六年月日。其後幾十年，荃生卒。于是嘉慶年月日，瑞欽奉君及恭人之柩，合葬于富丁山之阡，而以狀來請銘。君與先大夫未嘗相識，聞先大夫之行，高之，求余姊爲瑞欽婦。是時君之宗鼎盛，而先大夫未第，或笑其非耦，君求之益堅。迨余姊之歸，君已先卒。君之子每見先大夫，未嘗不俯首感慨，道先人之雅慕，平居不能去于口。嗚呼！君之所以交于先大夫，而君之子所以不忘其先人，豈非古人所謂好善若不及者哉？然則，先大夫之于君，亦可知已矣。此余于瑞欽之請而不敢以辭也。君晚病，目不能見物，而神明不衰。嘗以手揣人葠，知其美惡高下，不失絲忽，人以爲奇。銘曰：

才不施，家之承；德不隳，後之憑；澤不拕，世既稱；銘之不鈋，後其徵。

富陽縣祭先蠶祝文 代

年月日，具官某，謹以柔毛剛鬣清酌庶羞之儀，致祭於先蠶之神曰：

穀雨至矣，維桑之猗猗，蠶將育也。厥歲載登，民奉公繭，給私服也。匪民之成，緊神之靈，降嘉福也。古有躬桑，自上下下，遍民牧也。今長百里，壇祀不給，胡神事之肅也？迺絜牲酒，侑嘉穀也。卜日戒虔，申禱祝也。幸神休之，鑒誠告也。我桑孔庶，蠶盈蔟也。家有繅盆，户機軸也。令與斯民，拜神禄也。尚饗。

富陽縣賽蠶祝文 代

年月日，具官某，謹以一元大武柔毛剛鬣，致祭於黄帝之靈曰：維帝鑒儀垂衣，貿厥卉服；粤迺嫓於元妃，是興絲紅，以襄我枲事；俾萬祼之宙，永有攸被。今程繭畢效，有夏之秋，共惟帝休。是賁是服，用敢祇率憲典，薦兹歲事，以拜帝成，以啓嗣歲之穀。尚饗。

祭史乙山文　代

古稱德人，亦曰載采；其施及物，是謂令豈。在國及國，在家及家；厥施不窮，德乃不暇。公家北來，始自君考；欒欒棘人，謀葬於道。父以孝死，子以孝成；克家之始，窀穸是營。遂恢前規，遂嗣先志；報本追遠，上及百世。乃新祠宇，輪奂其崇；乃展邱墳，馬鬣其封。爲之經産，以贍祭祀；爲之儀式，以肅追繼。小宗之支，一祖有八；南暌北遷，罔或攸括。父曰鳩鳩，聿來于于；買田以粻，買宅以廬。處則有賴，出爲秀髦；食公之德，儀問是昭。旁逮六親，姻族之黨；朋儕交遊，禮接義往。孰朝不餔？孰冬不衵？孰吉不袝？孰凶不苴？孰孑無親？孰難無謀？孰履而危？孰茹而憂？濡不待〔一〕依，呴不待附；因心則仁，先謁而豫。蘇枯潤荄，決江灑河；人集于蓼，若己是瘥。餘恩所届，有惠罔遺；寒來以衣，饑來以糜。暴爾孰室，病爾孰藥；及爾葬埋，枯骨攸若。凡公所爲，匪直也仁；知及宜措，信勇則均。不資寸緡，亦殖其算；約取博施，薄積厚散。中年始學，乃蔚其文；一發而彀，藝林播芬。我觀公才，足辨艱鉅；位不偶德，孰嗇其遇？如何昊穹，復靳其年？天道右善，公胡不延？桑梓奚式？孤寒疇依？里巷相弔，親知内摧。維公嗣哲，永世克紹；文孫繩繩，茲迪彝教。推公所施，以澤于民；公所未用，後將大申。

人誰不死，公死而思；德成譽終，其奚有悲？清酒一尊，生芻一束；播公遺徽，以永遐躅。尚饗。

【校記】

〔一〕待，原作「侍」，據文意改。

祭蔣觀察文 代

韋楊之門，世有肄勤；猗維我公，如璞啓琨；有儀其淵，有範其温；爰初味道，乃經乃墳；謂督勤勞，比其諸昆。曰材克家，曰德濟世；乃典侯社，乃省邦事；五最邑計，三考州試；守于四邦，我政則理；晉之崇階，觀察是使。茫茫大河，苞絡冀豫；泄厓潦鞠，以潰以輸；漫漫儀考，地泐匪序；支疏㽂引，若指調股。公鳩兹功，載事在許；具告百姓，畚鍤輂舉；汝力汝勤，汝奠汝撫；民以大和，功用時叙。亦維沙津，伊洛之阻；時和告溢，湍漲伊瀦；分此豫民，魚鼈是伍。公時挺身，攸集攸御；馮夷蛟鼉，蹴跙縮沮；東尋川涂，有截其汻。公在懷慶，受命大府；南堤之功，爾拮爾据；公尅其成，若契斯舉；青龍載寧，防奠罔虞。公在開封，堤又失固；灌于淫秋，潰不可禦；公當楗菑，河公用許；曾未浹旬，有屹其蔀。公來豫州，民安公功；帝嘉公勞，錫之寵崇。公去豫州，民勤安庸；帝考公成，復之光龍。弗慮弗圖，乃鞠乃凶；曾是利器，委之鬣封。疇昔之日，拜公登堂；循循誘言，及乎文章；云有少作，成之一囊；立言有命，千金何享？自我手棄，愈乎牛場；讀公遺文，泰山豪芒；後來者誰？登之縹緗。五湖之丘，九原茫茫；何以送公？山阿夢傷，既載清酤，亦有桂漿；撫筵漣洏，告靈庶饗。

祭江均佐文 代

緊吾宗之靈毓，系伊歅之遠胄；肇鼻祖于州倅，鬱橙陽之異秀；世載緒而有紹，偉令德之維舊；嗟哲人之誕起，纘樸斵之堂構。稟淳和以挺質，敷藻采于刻縷；澍清才以如水，曜朗懷而若晝；粵家督之歇對，任帝采之奔奏；始含香于署粉，遂秉節于豸繡。仰二方之公望，實元先而季後；彼三公之啓事，佇清班而企覯。欒朱薄之華養，輟丹粲之榮守；承思柔之令色，潔滫瀡于馨豆。美庭闈之養志，懷天澤之沃厚；效臣敬于嚴父，奉太上之萬壽。接温和之天語，拜三賜之命侑；沐恩榮之稠疊，嘉忠孝之兩副。怡餘情于翰墨，親風雅于圃囿；品三唐之碑版，摹兩漢之篆籀。花春秋而繞砌，石迢遞而當霤；輝山林以鐘鼎，和絲管于禽𪏭。

彼齊相之三族，樂晏嬰之德茂； 維好施而弗惠，卜向氏之世衮。 倬大田之疆理，沛我耕而子槈； 羣服義以歌德，羌育弟而長幼； 伊賤子之寡昧，附葛藟之味臭。 飫深談於便坐，罄情懽于家酎； 每聞聲而相賞，若響答而音叩。

方孟冬之旬季，蹇吾駕而西首； 攬征衣以延佇，奉裏言于宿留。 謂桑梓之恭敬，實先人之所懋； 淹歲月之忽晚，懼前志之弗就。

欽英風于節愍，激壯志于顛仆； 彼貞松與勁柏，厲霜操于中冓。 安神魄之無所，曷以承乎詔酭？ 相雲郎之遺阯，有五季之靈鷲； 湮隊剥之弗理，亦里閈之所陋。

汨布射之谿水，決百里而通溜； 閔行旅之深涉，紛沙石之相漱。 憶茲事之遲久，實經營之莫篕； 幸吾輻之員輔，庶前修之終究。

承清命而戒道，望弦月之未彀； 驚訃者之在廟，悅夢寐之相遘。 輯長志于短晷，掩豪襟以屬柩； 雪余涕而東顧，見千疊之雲岫。 望繐旌兮弗及，仰清塵而難又； 考龜筴而載卜，協靈占于爻繇。 鳩工師而庀材，審曲勢于仰覆； 冀他日之考落，慰夜臺之勞疚。 酌清尊于琖斝，薦芬芳于鬙膝； 悵弗親于沃酬，聊〔一〕用舒于哀幬。 陳嘉辭而告衷，魂彷佛而來右。

【校記】

〔一〕聊，原作「䣭」，據文意改正。

祭曹大司農文　代

嗚呼！公之前人，及我先考；共有懿德，永言作好。公舉于鄉，歲惟壬申；我之哲兄，與于國賓。我生之年，與公同辰；世德相友，交如弟昆；謂篤前烈，申之婚姻。公居翰林，我來京師；合方同術，切磋是資。傳公之粲，舍公之館；春華燿晨，秋月開晚。飛觴接吟，漏永燭短；懽言綢繆，道論悃欵。意使我消，志爲君滿；結轡聯袂，十有一年。位望彌崇，謙德彌然；公在夙夜，帝采是宣。我歸衡門，躬耕故園；出處則異，交期罔愆；白雲在天，清暉在淵。

帝有恩言，命公壽母；還公南陔，以教孝子。何以錫之？豐玉文綺；何以命之？宫秩崇禮。公奉魚軒，藹藹多暇；我升公堂，爰笑爰語。澹臺公事，靖節巾車；子先我後，陶然有餘。謂言林泉，差勝衮黼；我老長閒，松菊在户。公于蒼生，舟楫霖雨；終當舍去，不我能侣；他年台鼎，眷此衡圃。何圖不淑，景命中頽；萱枝未凋，喬柯早摧。

在兹孟冬，日月相望；公來過我，翩然在堂。譚深坐遲，隅影傾廂；欲去中輟，淹留回皇。曾是淹辰，公訃至旁；千載一訣，念之永傷。

公之服官，簡在密勿；宫卿疑丞，尚書喉舌。内史貳典，京尹憲則；爰升計相，邦賦是式；帝曰其勤，亮采有秩。出敷文教，亦讞大疑；經術爲治，于古得師。公之寵眷，不替益崇；集福于親，丕休于公。帝曰夫人，期頤延祜；母壽無量，以永公譽。如何色養，曾不逮終；棄此慈闈，下彼幽宫。光光君恩，慘慘母容；嗚呼公悲，悲其有窮？

公之行誼，厚德有施；勞謙小心，抑抑威儀。既在四輔，如未第時；在邦在家，無怨無咨。公之貽澤，垂裕式卲；明明詹事，宏我王道；及時昆孫，領聞迪教；明昭肆勤，永世克孝；學世其傳，德世其紹；公殁不亡，彌遠有耀。人生大暮，百年有期；公生而榮，公死而思。以此慰母，庶開母哀；以此慰公，公其勿悲。嗚呼尚饗！

公祭湯松齋文

嗚呼！聞天道之聽邇，恒善福而順祐；何生民之多艱，曾所信之不售。維夫君之淵哲，毓殷子之懿胄；嘉信國之駿烈，世載緯乎維舊。基潯州之卓綽，裕詩禮之堂構；挺英姿以焕發，恭清芬而時懋。洵山暉而璞潤，實林蟠而條秀；扶章質以規矱，粲華文而刻鏤。

肇起家以載采，列河壖以通守；最上考之舊課，試雄州之新授。瞻青嶽而城專，擁朱幡而斧繡；政優平而美化，澤遊豫而充究。導善氣于敲扑，載和風于耕耨；時維君之家督，職旬宣于奔奏。簡南蕃之雄服，奉中旨之渥厚；雖叔出而季處，猶屺忉而岵懤；君陳情以將父，帝嘉誠而許副；循陔蘭之馥馥，采陵華之茂茂；偉移忠以成孝，信爲政之兩就。

何嚴霜之易催，迫大椿之夜仆；繼獲心于資父，效反哺于烏鷇。春秋忽以迅逝，日月驚其若驟；風雕柯而未靖，霜隕草而仍覆。傷棣華之萎落，懼傾陽之頹漏；招摇指于隅孟，陽琯中于太簇。愴原薤之晞露，欻淹刻而再遘；胡夜臺之相逐，羌母先而子後。聞在毀而滅性，固禮教之所陋；實懸天之偪促，非併命于嬛疚。罄終天于短晷，掩苴忱以屬柩。嗟有終而不終，胡宜壽而不壽？行路猶其相閔，況銜哀于北首；思人生之難恃，等寓形于浮漚。惟生安而死順，若入傳而出僦；緊哲人之執孝，實如毛之德輶。承前修之丹雘，裕後慶于俎豆。澤流引而澄泉，光日新而常晝。喆嗣蔚其蘭玉，文孫翽其鸞鷟；佇承家而褒大，若勿幕之并收。以此慰夫下壤，庶損悲而開疚；神彷彿而下臨，鑒生芻于氣臭。嗚呼哀哉！尚饗！

公祭湯太夫人文

吾郡世族，惟前黄楊；世有通德，家承義方。明明太史，編修士徽士行作紀；篤生夫人，禮教是視。動則閫範，言思女模；令儀淵淵，淑慎與與。作嬪于湯，媲我潯州；内政有家，以爲官休。

我聞召南，鵲巢之篇：「德如鳲鳩，乃可配焉。」「繼母如母」，於禮有經；孰云養子，而私所生。俗薄道媮，婦德伊始；猗惟夫人，情以義起。孰離于裏，孰屬于毛；恩斯勤斯，母氏之勞。匪恩實均，于教亦疇；芝生五葩，葉葉相侔。

堂堂長公，弼亮帝采；列藩南服，贊議戟棨。歸成夫人，泯詞獠謳；夫人徽之，惠慈孔周。歸榮夫人，揄翟三錫；夫人受之，景曜孔秩。

次君作牧，成政豫兗；移忠究孝，馨羞絜膳。歸安夫人，以廉以清；夫人顧之，怡然以寧。

亦越季子，爲善於鄉；功民有庸，以受寵光。歸慶夫人，以媚以睦；夫人安之，介祉有僕。

施於文孫，永世克承；其曾其元，世哲作明。澤曰貽之，德曰禕之；僉曰夫人，是唯丕之。集家之休，載國之慶；謂言夫人，穀此德應。宜享眉壽，永爲女宗；如何不淑，景命弗融。

六姻之黨，幽窮之族；孰寒不衣，孰饑無粟？孰叩而虚，孰請而咨？歸于夫人，如取如攜。沐德浴惠，四五十年；蘇枯潤荄，長子活孫。嗟嗟夫人，今也則亡；里巷相弔，親知内傷。

往昔之歲，長公遘瘠；曾不周期，鞠于夫人。天未悔禍，再戕寧海；母先子後，一日相待。悠悠萬里，慘慘泉臺；子以孝亡，母以慈摧。唯桑唯梓，則敬則恭；曰惟夫人，達尊壼中。承訃偕怛，瞻旟曷從；陳牲薦醴，用告哀衷。尚饗！

茗柯詞

虞美人　胡蝶

斜陽誰遣來花徑，春色三分定。游絲無力繫花腰，忙煞枝頭相送亂紅飄。　尋春莫向花間去，花外游蜂聚。南園芳草不曾空，收拾春魂歸去遶香叢。

雙雙燕

滿城社雨，又喚起無家，一年新恨。花輕柳重，隔斷紅樓芳徑。舊壘誰家曾識，更生怕、主人相問。商量多少雕簷，還是差池不定。　誰省、去年春靜。直數到今年，絲魂絮影。前身應是，一片落紅殘粉。不住呢喃交訊，又惹得、鶯兒閒聽。輸與池上鴛央，日日闌前雙瞑。

傳言玉女

多謝東風，吹送故園春色。低晴淺雨，做清明時節。昨夜花影，認得江南新月；一枝枝漾，春魂如雪。　卻問東風，怎都來伴闃寂。繡屏綺陌，有春人濃覓。閑庭閉門，翻鎖一絲愁絶；夢兒無奈，又隨春出。

粉蝶兒　春雨

甚心情還自來小樓凝望？一絲絲、看他愁樣。軟東風、暫禁着、柳花飛颺。卻無端、催着桃花飄蕩。　者心情付春雨繞遍天壤。一絲絲、看儂愁樣。是啼痕、染就了、萬重烟障。問江南、芳草可還惆悵？

青門引　上巳

花意催春醒，和雨做成雲性。流杯不敢趁輕陰，游絲一縷，箇是江南影。　無端燕子呼殘病，説道春將盡。出門卻看芳草，青青放出垂楊徑。

南歌子　長河修禊

雲重纔尋翠，風輕已試香。桃花好在柳初黄，和着三分飛絮，便輕狂。　舊蹟鶯能説，新愁水自長。只須坐石莫流觴，若到三分薄醉，耐斜陽。

水龍吟 瓶中桃花

疎簾不捲東風，一枝留取春心在。劉郎別後，年時雙鬢，青青未改。冷落天涯，淒涼情緒，與花顦顇。趁紅雲一片，扶儂殘夢，飛不到，垂楊外。　看取窗前細蘂，釀幽芳、幾多清淚。六曲屏風，一痕愁影，攬來都碎。明月深深，爲花來也，爲人無寐。怕明朝又是，清明點點，看他飛墜。

前調 寒食次許伯英韻

向前還有多春，廿番花信從頭計。西風做冷，東風做暖，桃花都記。守得春三，禁烟時候，雨酡雲醉。怕玉樓深處，游人未見，又一片，抛春外。　笑〔一〕説踏青去好，恐看花、爲花凝淚。舊燕不來，新鶯多語，春情誰繫？到晚憑闌，西山見我，相看娬媚。正疎疎簾底，輕陰不醒，蝶兒清寐。

【校記】

〔一〕笑，張皋文箋易詮全集所録茗柯詞作「共」。

前調　清明次許伯英韻

陌頭試問垂楊，清明多少春人至。芳塵十丈，嬌雲千片，飛來容易。胡蝶須邊，黄蜂翅底，搓成花味。未收愁睇。看昨宵寒重，今朝暖透，春一樣，遊情異。　　剩有無家燕子，過花期、繡户無蹤，海山何處，也隨花戲。欲向殘紅，殷勤説與，留春無計。只東風不到，重簾隔斷，游絲天際。

木蘭花慢　楊花

儘飄零盡了，何人解，當花看。正風避重簾，雨迴深幙，雲護輕幡。尋他一春伴侣，只斷紅、相識夕陽間。未忍無聲委地，將低重又飛還。　　疎狂情性算淒涼，耐得到春闌。便月地和梅，花天伴雪，合稱清寒。收將十分春恨，做一天、愁影繞雲山。看取青青池畔，淚痕點點凝斑。

水調歌頭五首　春日賦示楊生子掞

東風無一事，裝出萬重花。閒來閱遍花影，惟有月鉤斜。我有江南鐵笛，要倚一枝香雪，吹澈玉城霞。清影渺難即，飛絮滿天涯。飄然去，吾與汝，泛雲槎。東皇一笑相語，芳意在誰家？難道春花開落，更是春風來去，便了卻韶華？花外春來路，芳草不曾遮。

百年復幾許，慷慨一何多！子當爲我擊筑，我爲子高歌。招手海邊鷗鳥，看我胸中雲夢，蔕芥近如何？楚越等閒耳，肝膽有風波。生平事，天付與，且婆娑。幾人塵外相視，一笑醉顔酡。看到浮雲過了，又恐堂堂歲月，一擲去如梭。勸子且秉燭，爲駐好春過。

疎簾捲春曉，胡蝶忽飛來。游絲飛絮無緒，亂點碧雲釵。腸斷江南春思，粘着天涯殘夢，賸有首重回。銀算且深押，疎影任徘徊。羅帷卷，明月入，似人開。一尊屬月起舞，流影入誰懷？迎得一鉤月到，送得三更月去，鶯燕不相猜。但莫憑闌久，重露濕蒼苔。

今日非昨日，明日復何如？竭來真悔何事，不讀十年書。爲問東風吹老，幾度楓江蘭徑，千里轉平蕪。寂寞斜陽外，渺渺正愁予！千古意，君知否？只斯須。名山料理身後，也算古人愚。一夜庭前緑遍，三月雨中紅透，天地入吾廬。容易衆芳歇，莫聽子規呼。

長鑱白木柄，劚破一庭寒。三枝兩枝生緑，位置小窗前。要使花顔四面，和着草心千朵，向我十分妍。何必蘭與菊，生意總欣然。曉來風，夜來雨，晚來烟。是他釀就春色，又斷送流年。便欲誅茅江上，只恐空林衰草，憔悴不堪憐。歌罷且更酌，與子遶花間。

江城子　填張春溪西湖竹枝詞

碧雲無渡碧天沉，是湖心，是儂心。心底湖頭，路斷到如今。郎到斷橋須有路，儂住處，柳如金。　南高峯上望郎登，郎愁深，妾愁深。郎若愁時，好向北峯尋。相對峯頭俱化石，雙影在，照清潯。

菩薩蠻

鷓鴣飛上羅襦繡，銀屏春向夗央透。香梟鬢花風，玉釵胡蝶紅。　柳絲千種碧，窈窕吴山色。山色正如眉，銷殘春不知。

花非花

花非花，月非月。難得開，容易缺。眉痕鎖夢壓花情，心影當春看月出。

水龍吟　荷花爲子掞賦

西洲一夜温香，隨風和夢枝頭住。紅衣翠袖，何人知道，橫塘日暮。一水盈盈，千情脈脈，回頭頻誤。向天涯遠道，相思萬里，便採得，遺誰去？　直是尋蓮等藕，好三春、過卻佳期無數。多少纏綿，而今看取，苦心如許。烟學愁容，雨偷淚色，芳塵何處？只月明一片，依然省識，凌波微步。

摸魚兒　過天香樓，憶同崔格卿舊游，感而賦此

鎮三年、看花一度，人生幾回朝暮。歡情容易愁中過，偏是愁人記取。花深處，是往日、分紅擘翠曾游路。舊時鷗鷺。若問我淒涼，酒徒一散，寂寞委黃土。　百年事，休說重來非故，當時感慨何許！尊前萬柄新粧擁，明日亂紅無數。天也悞，怎不許、清秋一例萎風雨。問花無語。但倚盡危闌，斜陽漠漠，獨自下樓去。

相見歡四首

年年負卻花期，過春時。只合安排愁緒送春歸。　梅花雪，梨花月，總相思。自是春來不覺去偏知。

重簾護了窗紗，玉鉤斜。燕子成巢長自趁飛花。　秋千倦，銀箏亂，莫看他。簾外游絲落絮是天涯。

枝頭覓遍殘紅，更無蹤。春在斜陽荒草野花中。溪邊樹，堤間路，幾時逢？昨夜夢魂飛過小橋東。

新鶯啼過清明，有誰聽？何況朝風夜月杜鵑聲。留春住，催春去，若爲情。擬化一雙胡蝶抱花醒。

醜奴兒慢二首　見榴花作

柳綿吹盡，樓外舊愁如夢。又鎮日門隨雨閉，簾借烟籠。卻怕憑闌，相思無字問殘紅。新陰綠處，幾時輕逗，芳意千重。　玉勒俊遊，從他幽獨，不到山中。況滿地、浮英浪蘂，還做春容。只有斜陽，年年識得換熏風。春餘心事，憑將杜宇，深訴花工。

綠雲初破，濃點幾枝紅暈。是萬疊相思簇就，深捲愁痕。試問東風，吹來還有舊春魂？杜鵑啼罷，征鴻去盡，芳意誰論？　長記那時，美人初見，一樣緗裙。便消受、朱幡深護，已耐南熏。不恨凄涼，爲君幽獨又傷神。黄梅時候，半天風雨，自倚孤村。

滿庭芳　五月五日泛豐溪

雲暗還開，雨疎才歇，急水新漲潺潺。竹篙輕快，隨意度平灘。樹裏幾家村舍，壺觴暖、笑語闌珊。溪聲外，斜陽一片，無數是青山。　鄉關回首處，青橈翠羽，玉管紅檀。悵天涯十載，舊夢都删。卻道年華似水，將歸思、又逐驚湍。渾無耐，豐溪千折，不到白雲灣。

木蘭花慢　游絲。同舍弟翰風作

是春魂一縷，銷不盡，又輕飛。看曲曲迴腸，愁儂未了，又待憐伊。東風幾回暗剪，儘纏綿、未忍斷相思。除有沉烟細裊，閒來情緒還知。　家山何處爲春工？容易到天涯。但牽得春來，何曾繫住，依舊春歸。殘紅更無消息，便從今、休要上花枝。待祝梁間燕子，啣他深度簾絲。

玉樓春

一春長放秋千静，風雨和愁都未醒。裙邊餘翠掩重簾，釵上落紅傷晚鏡。　朝雲捲盡雕闌暝，明月還來照孤凭。東風飛過悄無蹤，卻被楊花送微影。

賀新郎

柳絮飛無力。問東風、天涯吹送，幾時纔歇？一片嬌紅辭花去，看有千番欹側。知多少、胭脂暗泣。只有愁雲凝不散，做絲絲、淚點還長絕。春到此，亦輕別。　去年團扇長相憶，料新來、尊前難問，舊時明月。溝水東西流到海，便有相逢時節。又只恐、蓬萊路隔。欲向東君深深訴，怕春歸、從此無消息。屬燕燕，莫頻説。

六醜　薔薇謝後作

便風風雨雨，看眼底、韶光都歇。道春竟歸，春來多少恨，無限凝積。長記尋春早，一枝紅粉，壓心頭千疊。東君不管春狼籍，落盡桃顋，雕殘杏纈，回頭已無蹤跡。只新叢細蘂，還賸芳澤。　花工拋擲，爲羣芳暗泣。試問春何在？難重憶，東風也解珍惜。向蒼苔扶起，幾番欹側。低回久、更休相憶。便留得、一朵嬌紅獨自，奈他深碧。飄零處、芳意難滅。有暗香、邊過春前去，梅花識得。

八六子

曲欄東，藕花一朵，嫣然開向愁中。正淚濕五更寒雨，傭欹一地温風，可憐似儂。　曾憑幽夢相通。夜月梅邊舊恨，朝雲蘭外輕蹤。但邊徧、天涯有誰寄與，西洲春遠，洞庭秋晚；耐他芳意千絲宛轉，柔情一點玲瓏。況匆匆，蘋波又摧斷紅。

南鄉子

身與白雲輕，飛過千山路未平。窗裏燈光窗外月，微明。遠夢模糊易得醒。　已有亂蛩鳴，聽到西風又暗驚。遶屋青荷三萬柄，三更。都作芭蕉送雨聲。

浣紗溪

朝看雲橫暮雨斜，東風一例送年華，舊愁新恨滿天涯。　胡蝶一春隨落絮，燕兒終日説飛花，此情何處不堪嗟。

滿庭芳　題方湛厓春堤試馬圖

豐樂溪邊，潛虬山畔，幾年春色留人。玉驄初到，長記撥紅雲。便與桃花曾約，花開處、來定千巡。都相識，一花一態，一日一番春。　良辰如夢裏，又教瞥見，玉轡瓊茵。想輕隨暝霧，嬌逐芳塵。只我天涯倦客，故鄉杳、往事難論。空惆悵，西風不管，一夜老江尊。

青玉案　題蘆溝折柳圖

新安江上山無數，正催送、春帆度。沙市垂楊長記取，荒烟欹岸，斜陽滿樹，箇是逢君處。

青門衰柳垂垂暮，折得長條送君去，可憶豐溪堤畔路。波光似雪，花容入霧，三月飛輕絮。

破陣子　擬辛幼安壯詞送同年張子白之官甘肅

路到陽關天盡，馬過青海風輕。夜泛蒲萄酬壯士，曉撥琵琶唱徵聲。散衙新句成。

畫角聲中秋社，雕旂影裏春耕。高坐春烟三月静，歸臥淞波半剪清。休論身後名。

浣紗溪　永平道中作

風柳踈踈颭酒旂，夕陽下盡月來時，一般情緒少人知。

夢裏鎮長無覓處，曉來何苦又相思，人間天上兩空期。

風流子 出關見桃花

海風吹瘦骨，單衣冷、四月出榆關。看地盡塞垣，驚沙北走；山侵溟渤，疊嶂東還。一樹桃花，向人獨笑，頹垣短短，曲水彎彎。東風知多少？帝城三月暮，芳思都删。不爲尋春較遠，辜負春闌。念玉容寂寞，更無人處，人何在？柳柔摇不定，草短緑應難。經他風雨，能幾多番？欲附西來驛使，寄與春看。

水龍吟 夜聞海濤聲

夢魂快趁天風，琅然飛上三山頂。何人喚起，魚龍叫破，一泓盃影。玉府清虚，瓊樓寂歷，高寒誰省？倩浮槎萬里，尋儂歸路，波聲壯侵山枕。便有成連佳趣，理瑶絲、寫他清冷。夜長無奈，愁深夢淺，不堪重聽。料得明朝，山頭應見，雪昏雲醒。待扶桑净洗，沖融立馬，看風飄穩。

浣紗溪二首

山氣清人遠夢蘇，海天摇白轉空虚，馬蹄不礙嶺雲孤。楊柳官橋通碧水，桃花小市賣黄魚，東風未起早陰初。

王氣東來百戰艱，行人指點土花斑，杏山過了又松山。　邊馬百年思塞草，征夫雙淚唱刀鐶，何人回首戰場間？

念奴嬌

東方之美者，有醫巫閭之珣玗琪焉，今錦川文石殆是也。劉松嵐刺史見贈一枝，周圓肉好，作水雲漾月之文，瑩澈可愛，賦此酬之。

海雲一朵，是何人、招入醫閭山骨？千古驚波流不盡，洗出海山明滅。入手秋空，當心夜炯，見此明明月。蓬萊何處，一泓如許澄澈！　此地宜着神仙，小山高賦罷，瓊枝親折。我是江東飛來鶴，定與閒雲相識。出岫無心，平波好住，攬佩還重結。且歌徵角，尊前試扣清越。

高陽臺二首

吾鄉五月競渡，爲江南勝事，不得見者十六年矣。丁巳端午，寓居歙縣，與舍弟翰風及金子彦兄弟泛豐溪，至覆舟山，賦滿庭芳一闋。戊午，則在武林游觀西子湖。己未，在京師看荷花于天香樓，亡生江安甫皆從焉。今年索居遼海，風雨如晦，懷人撫序，悵然感之。

紅杏橋邊，白雲渡口，畫船簫鼓端陽。十六年來，故園事事堪傷。前年此日偏相憶，有沙鷗、招得成行。向豐溪、掠過波聲，劃破山光。當時但覺離情遠，倩蠻牋緘恨，苦說他鄉。誰道而今，回頭一樣茫茫。客來都問江南好，問江南、可是瀟湘？怎憑闌、一縷西風，一寸迴腸。

聽雨湖頭，看花日下，兩年多少閒情？一卷離騷，有人和我吟聲。而今往事難追省，淚如絲、不透重扃。把深杯、酬向遺編，易傳元經。仙人聞説遼東鶴，問歸來丁令，可識湘靈？海闊山高，千年幾許冤魂。傷心欲奏招魂賦，怕夜臺、猿狖還驚。請看他、怨雨悲風，鎖住愁城。

齊天樂　六月聞蛩

西風幸未來庭院，秋心便勞深訴。石井苔深，銅鋪草淺，别有淒涼情緒。流年暗數。甚蛙嘿蟬瘖，任他風雨。多謝殷勤，尊前特與説遲暮。庾郎愁絶如此，便從今夜夜，相和悲語。吟穩還驚，聲孤易斷，消受一秋涼露。江南夢苦。記雕籠攜來，畫堂門去。快聽雄鳴，爲君拂衣舞。

茗柯文編附録

受經堂彙稿序

武進張編修皋文，吾畏友也，與余丙午己未同出朱文正夫子之門。君與其徒以第一流自期待，視今之爲學者蔑如也。其學長於易禮，於唐宋人説，皆欲瓻覆之。賦必馬揚，古文則韓以下弗道。其徒之傑者，曰金朗甫，曰董晉卿，曰江安甫，曰楊雲在。金、江，吾歙人。楊與董，則君同里也。金入庶常，卒年二十有八。江弱冠而夭。董爲君女夫，以副榜貢生受州倅職，亦鬱鬱不出。獨雲在尹鹺於津門，年五十矣。距君之卒二十年，乃始剞劂君之遺文，爲茗柯文四編，分爲五卷，而附以朗甫竹隣遺稾二卷、晉卿齊物論齋集二卷、安甫遺學三卷，自以雲在文稿一卷殿之，總名之曰受經堂彙稿。「受經」云者，君與諸子京師講學之堂也。君他著多梓行，此編蒐輯差廣，而三子所著，則今始見於世。世有識者能知之，余未暇以詳。獨念君生晚近時，慨然爲舉世不爲之學，每舉一藝，輒欲與古之第一流者相角，而不屑少貶以從俗，其磊落卓爍瑰異之氣，可謂壯哉！年四十而殁，不克臻大成以爲諸子先。而如金江二子俊雄之才，亦溘先朝露以死。嗚呼！其可悲也已。余故習於君者，雲在請一言爲序，乃揮涕而書之。

道光甲申人日，歙鮑桂星

受經堂彙稿序録

受經堂者，紹文居京師時，偕金式玉、董士錫、江承之從張皋文先生講學所也。先生嘗病魏晉以降經術文章罕能兼茂，故治經於禮主鄭氏，於易主虞氏，爲文章自周秦兩漢而下至唐宋諸名家，皆悉其源流，辨其深淺醇雜而合之於道。其誨人也，各因其資之所近。式玉、士錫工辭賦。而士錫與承之治易及禮，並能通其説。紹文少喜議論，偶有聞見，輒著之於文，習久稍稍得規矩。之數人者，年相及相善，凡所造述，皆鋭然思各有成就，朝夕寒暑，未嘗一日廢，先生顧之，愉愉如焉。嘉慶庚申，承之殤，先生哭之慟，哀其遺學，録而藏之。壬戌，式玉入翰林，旋卒，先生亦卒。士錫奉先生喪南歸。紹文獨留京師，後亦以事去。嗚呼！先生以經術文章名世二十餘年，能傳先生之書、守先生之學者，士錫耳，式玉與承之耳。式玉、承之既不幸早世，士錫屢困有司，役役奔走，亦無以自見。紹文於諸子，固無能爲役，今復浮汩下僚，日逐風塵中，舊時所業，已廢棄殆盡。後之人，尚有能傳先生之書、守先生之學者耶？即有其人，其所得於先生者，以視親受業於先生者，果何如耶？故録先生之文及式玉、士錫、承之所作彙爲一編，而以紹文自爲文附於後，時一覽觀，殊恍然於與諸子從先生一堂講學時也。

第一　茗柯集
第二　竹隣遺稾
第三　齊物論齋集
第四　安甫遺學
第五　雲在文稾

道光三年九月山陰楊紹文

茗柯文編序

武進張臯文編修，以經術爲古文，於是求天地陰陽消息於易虞氏，求古先聖王禮樂制度於禮鄭氏，豈託於古以自尊其文歟？又豈迂回其學而好爲難歟？聖人之道在六經，而易究其原，禮窮其變，知扶陽抑陰之旨，然後交際之必辨其類，議論之必防其流失也。知經上下、定民志之旨，然後措施必求其實，有裨於治，許與必衷於彝典也。下及騷選，其支流也。近時易學推惠氏棟，禮學推江氏永，而二家之文無傳。蓋義之附於經者，内也；義之徵於文者，外也。由内及外，而發揮天人之際，推闡制數之精，其所藴更宏，其所就更大。惜乎，編修之不究其用而遽没也。編修所著書，元爲刊其周易虞氏義、虞氏消息、儀禮圖，今其友李生甫、張雲藻又爲刊其編年文集爲四卷，而屬序於元，因闡編修之素所持論，俾後之學爲文者決擇焉。若其文之不遁於虚無，不溺於華藻，不傷於支離，則又知言者所共喻也。

嘉慶十四年夏，阮元序

茗柯文序

武進張大令式曾，將重刻其曾祖王父皋文先生茗柯文集，而以寫本示余，屬爲之序。蓋文章之變多矣，高才者好異不已，往往造爲瑰瑋奇麗之辭，倣效漢人賦頌，繁聲僻字，號爲復古，曾無才力氣勢以驅使之，有若附贅懸瘤，施膠漆於深衣之上，但覺其不類耳。叙述朋舊，狀其事蹟，動稱卓絶，若合古來名德至行備於一身，譬之畫師寫真，衆美畢具，偉則偉矣，而於其所圖之人固不肖也。吾嘗執此以衡近世之文，能免於二者之譏，實鮮蹈之者多矣。皋文先生編次七十家賦，評量殿最，不失銖黍；自爲賦亦恢閎絶麗；至其他文，則空明澄澈，不復以博奥自高。平生師友多超特不世之才，而下筆稱述，適如其量，若帝天神鬼之監臨，褒譏不敢少溢，何其慎與！

自考據家之道既昌，説經者專宗漢儒，厭薄宋世義理心性等語，甚者詆毁洛閩，披索疵瑕，枝之蒐而忘其本，流之逐而遺其源；臨文則繁徵博引，考一字，辨一物，累數千萬言不能休，名曰「漢學」。前者自矜創獲，後者附和偏詖，而不知返，君子病之。先生求陰陽消息於易虞氏，求前聖制作於禮鄭氏，辨説文之諧聲，剖晰豪芒，固亦循漢學之軌轍而虚而衷研究，絶無陵駕先賢之意萌於至隱。文詞温潤，亦無考證辨駁之風。盡取古人之長，而退然若無一長可恃。其藴蓄者厚，遏而蔽之，能焉而不伐，斂焉而愈光，殆天下之神勇，古之所謂大雅者與？張氏之先，兩世賢母，撫孤課讀，一日不能再食，舉家習爲故常；孝友艱苦，遠近歎慕。自粵賊縱横東南，糜爛常潤等郡，室廬蕩然，張氏之窮約，殆有甚於疇昔；書籍刻板，皆摧燒不可復詰矣。余昔讀張氏諸書，既欽其篤行；兹重覽茗柯文編，樂其復顯於世也，乃忘其陋而序之。

同治八年十月，湘鄉曾國藩

茗柯文補編外編後序

茗柯文四編，武進張皋文師所定，今儀徵相國阮公元已序而刊之矣。尚有遺文若干篇，善藏之篋笥惟謹。去年游閩，同門友興泉永道富陽周君凱見而欲授之梓人，屬内閣中書光澤高君澍然汰其率爾之作，存若干篇，分補編外編上下各二卷。或問曰：「茲編皆先生昔時所删存之，奚爲善？」曰：「唯唯，否否。先生之定前編時，方深造於易禮之學，將欲鉤深致遠，以立言不朽，故其所撰著僅有存者。若天假之年，使遍觀夫政治之通變，人事之盈虚，物理之揚詡，悦心研慮，發爲文章，則前編尚慮有所汰焉，而况於茲編也與？今先生往矣，先生之遺文，不可復睹矣。嗚呼！自宋學興而漢經師之傳晦，先生闡消息於孟氏，紹爲容於徐生，使漢初至今二千一百餘年寖微寖滅之緒大明於時，則先生之文，雖有深有淺，有原有委，無往非道之所散見也，可以其緒餘而棄置哉？昔蘇軾云：『歐陽行樂處，草木皆可敬。』草木亦何與人事，而人猶敬之，况先生之道德見於文章者乎？先生之文章，世所共寶，况於親炙之者乎？然則，茲編之刻，烏可已哉！後之讀者，由茲編以窺前編之文，則先生體道之精微可見矣。合二編以窺刪存之意，則先生辨道之深嚴亦可知矣。」刻既竟，因書其後，以質之周君。

道光十四年十二月望，仁和陳善

甌北集	[清]趙翼著　李學穎、曹光甫校點
惜抱軒詩文集	[清]姚鼐著　劉季高標校
兩當軒集	[清]黄景仁著　李國章校點
惲敬集	[清]惲敬著　萬陸、謝珊珊、林振岳標校　林振岳集評
茗柯文編	[清]張惠言著　黄立新校點
瓶水齋詩集	[清]舒位著　曹光甫點校
龔自珍全集	[清]龔自珍著　王佩諍校點
龔自珍詩集編年校注	[清]龔自珍著　劉逸生、周錫韜校注
水雲樓詩詞箋注	[清]蔣春霖著　劉勇剛箋注
人境廬詩草箋注	[清]黄遵憲著　錢仲聯箋注
嶺雲海日樓詩鈔	[清]丘逢甲著　丘鑄昌標點

牧齋初學集詩注彙校	[清]錢謙益著　[清]錢曾箋注 卿朝暉輯校
李玉戲曲集	[清]李玉著 陳古虞、陳多、馬聖貴點校
吴梅村全集	[清]吴偉業著　李學穎集評標校
歸莊集	[清]歸莊著
顧亭林詩集彙注	[清]顧炎武著　王蘧常輯注 吴丕績標校
安雅堂全集	[清]宋琬著　馬祖熙標校
吴嘉紀詩箋校	[清]吴嘉紀著　楊積慶箋校
陳維崧集	[清]陳維崧著　陳振鵬標點 李學穎校補
屈大均詩詞編年校箋	[清]屈大均著　陳永正等校箋
秋笳集	[清]吴兆騫撰　麻守中校點
漁洋精華録集釋	[清]王士禛著 李毓芙、牟通、李茂肅整理
聊齋志異會校會注會評本	[清]蒲松齡著　張友鶴輯校
敬業堂詩集	[清]查慎行著　周劭標點
納蘭詞箋注	[清]納蘭性德著　張草紉箋注
方苞集	[清]方苞著　劉季高校點
樊榭山房集	[清]厲鶚著　[清]董兆熊注 陳九思標校
劉大櫆集	[清]劉大櫆著　吴孟復標點
儒林外史彙校彙評	[清]吴敬梓著　李漢秋輯校
小倉山房詩文集	[清]袁枚著　周本淳標校
忠雅堂集校箋	[清]蔣士銓著　邵海清校 李夢生箋

高青丘集	[明]高啓著　[清]金檀注 徐澄宇、沈北宗校點
唐寅集	[明]唐寅著　周道振、張月尊輯校
文徵明集(增訂本)	[明]文徵明著　周道振輯校
震川先生集	[明]歸有光著　周本淳校點
海浮山堂詞稿	[明]馮惟敏著 凌景埏、謝伯陽標校
滄溟先生集	[明]李攀龍著　包敬第標校
梁辰魚集	[明]梁辰魚著　吴書蔭編集校點
沈璟集	[明]沈璟著　徐朔方輯校
湯顯祖詩文集	[明]湯顯祖著　徐朔方箋校
湯顯祖戲曲集	[明]湯顯祖著　錢南揚校點
白蘇齋類集	[明]袁宗道著　錢伯城校點
袁宏道集箋校	[明]袁宏道著　錢伯城箋校
珂雪齋集	[明]袁中道著　錢伯城點校
隱秀軒集	[明]鍾惺著　李先耕、崔重慶標校
譚元春集	[明]譚元春著　陳杏珍標校
張岱詩文集(增訂本)	[明]張岱著　夏咸淳輯校
陳子龍詩集	[明]陳子龍著 施蟄存、馬祖熙標校
夏完淳集箋校(修訂本)	[明]夏完淳著　白堅箋校
牧齋初學集	[清]錢謙益著　[清]錢曾箋注 錢仲聯標校
牧齋有學集	[清]錢謙益著　[清]錢曾箋注 錢仲聯標校
牧齋雜著	[清]錢謙益著　[清]錢曾箋注 錢仲聯標校

東坡詞傅幹注校證	[宋]蘇軾著 [宋]傅幹注 劉尚榮校證
欒城集	[宋]蘇轍著 曾棗莊、馬德富校點
山谷詩集注	[宋]黄庭堅著 [宋]任淵、史容、史季温注 黄寶華點校
山谷詩注續補	[宋]黄庭堅著 陳永正、何澤棠注
山谷詞校注	[宋]黄庭堅著 馬興榮、祝振玉校注
淮海集箋注	[宋]秦觀撰 徐培均箋注
淮海居士長短句箋注	[宋]秦觀著 徐培均箋注
清真集箋注	[宋]周邦彦著 羅忼烈箋注
石林詞箋注	[宋]葉夢得著 蔣哲倫箋注
樵歌校注	[宋]朱敦儒著 鄧子勉校注
李清照集箋注(修訂本)	[宋]李清照著 徐培均箋注
陳與義集校箋	[宋]陳與義著 白敦仁校箋
蘆川詞箋注	[宋]張元幹著 曹濟平箋注
劍南詩稿校注	[宋]陸游著 錢仲聯校注
放翁詞編年箋注(增訂本)	[宋]陸游著 夏承燾、吴熊和箋注 陶然訂補
范石湖集	[宋]范成大撰 富壽蓀標校
于湖居士文集	[宋]張孝祥著 徐鵬校點
稼軒詞編年箋注(定本)	[宋]辛棄疾撰 鄧廣銘箋注
辛棄疾詞校箋	[宋]辛棄疾著 吴企明校箋
姜白石詞編年箋校	[宋]姜夔著 夏承燾箋校
後村詞箋注	[宋]劉克莊著 錢仲聯箋注
雁門集	[元]薩都拉著 殷孟倫、朱廣祁校點
揭傒斯全集	[元]揭傒斯著 李夢生標校

三家評注李長吉歌詩	[唐]李賀著　[清]王琦等評注
樊川文集	[唐]杜牧著　陳允吉校點
樊川詩集注	[唐]杜牧著　[清]馮集梧注
温飛卿詩集箋注	[唐]温庭筠著　[清]曾益等箋注
玉谿生詩集箋注	[唐]李商隱著　[清]馮浩箋注 蔣凡校點
樊南文集	[唐]李商隱著　[清]馮浩詳注 錢振倫、錢振常箋注
皮子文藪	[唐]皮日休著　蕭滌非、鄭慶篤整理
鄭谷詩集箋注	[唐]鄭谷著 嚴壽澂、黄明、趙昌平箋注
韋莊集箋注	[五代]韋莊著　聶安福箋注
李璟李煜詞校注	[南唐]李璟、李煜著　詹安泰校注
張先集編年校注	[宋]張先著　吴熊和、沈松勤校注
二晏詞箋注	[宋]晏殊、晏幾道著　張草紉箋注
乐章集校箋	[宋]柳永著　陶然、姚逸超校箋
梅堯臣集編年校注	[宋]梅堯臣著　朱東潤編年校注
歐陽修詩文集校箋	[宋]歐陽修著　洪本健校箋
歐陽修詞校注	[宋]歐陽修著　胡可先、徐邁校注
蘇舜欽集	[宋]蘇舜欽著　沈文倬校點
嘉祐集箋注	[宋]蘇洵著　曾棗莊、金成禮箋注
王荆文公詩箋注	[宋]王安石著　[宋]李壁箋注 高克勤點校
王令集	[宋]王令著　沈文倬校點
蘇軾詩集合注	[宋]蘇軾著　[清]馮應榴注 黄任軻、朱懷春校點
東坡樂府箋	[宋]蘇軾著　[清]朱孝臧編年 龍榆生校箋

玉臺新咏彙校	吴冠文、談蓓芳、章培恒彙校
王梵志詩集校注(增訂本)	[唐]王梵志著　項楚校注
盧照鄰集箋注	[唐]盧照鄰著　祝尚書箋注
駱臨海集箋注	[唐]駱賓王著　[清]陳熙晉箋注
王子安集注	[唐]王勃著　[清]蔣清翊注
陳子昂集(修訂本)	[唐]陳子昂撰　徐鵬校點
孟浩然詩集箋注(增訂本)	[唐]孟浩然著　佟培基箋注
王右丞集箋注	[唐]王維著　[清]趙殿成箋注
李白集校注	[唐]李白著　瞿蜕園、朱金城校注
高適集校注(修訂本)	[唐]高適著　孫欽善校注
杜詩趙次公先後解輯校	[唐]杜甫著　[宋]趙次公注 林繼中輯校
杜詩鏡銓	[唐]杜甫著　[清]楊倫箋注
錢注杜詩	[唐]杜甫著　[清]錢謙益箋注
杜甫集校注	[唐]杜甫著　謝思煒校注
岑參集校注	[唐]岑參著　陳鐵民、侯忠義校注
戴叔倫詩集校注	[唐]戴叔倫著　蔣寅校注
韋應物集校注(增訂本)	[唐]韋應物著　陶敏、王友勝校注
權德輿詩文集	[唐]權德輿撰　郭廣偉校點
韓昌黎詩繫年集釋	[唐]韓愈著　錢仲聯集釋
韓昌黎文集校注	[唐]韓愈著　馬其昶校注 馬茂元整理
劉禹錫集箋證	[唐]劉禹錫著　瞿蜕園箋證
白居易集箋校	[唐]白居易著　朱金城箋校
柳宗元詩箋釋	[唐]柳宗元著　王國安箋釋
柳河東集	[唐]柳宗元著　[宋]廖瑩中輯注
元稹集校注	[唐]元稹著　周相録校注
長江集新校	[唐]賈島著　李嘉言新校

《中國古典文學叢書》已出書目

詩經今注	高亨注
楚辭今注	湯炳正、李大明、李誠、熊良智注
司馬相如集校注	[漢]司馬相如著　金國永校注
揚雄集校注	[漢]揚雄著　張震澤校注
張衡詩文集校注	[漢]張衡著　張震澤校注
阮籍集	[魏]阮籍著　李志鈞等校點
陸機集校箋	[晉]陸機著　楊明校箋
陶淵明集校箋(修訂本)	[晉]陶潛著　龔斌校箋
世説新語箋疏(修訂本)	[南朝宋]劉義慶撰　余嘉錫箋疏　周祖謨等整理
世説新語校釋	[南朝宋]劉義慶撰　[南朝梁]劉孝標注　龔斌校釋
鮑參軍集注	[南朝宋]鮑照著　錢仲聯增補集説校
謝宣城集校注	[南朝齊]謝朓著　曹融南校注集説
江文通集校注	[南朝梁]江淹著　丁福林、楊勝朋校注
文心雕龍義證	[南朝梁]劉勰著　詹鍈義證
詩品集注(增訂本)	[梁]鍾嶸著　曹旭集注
文選	[梁]蕭統編　[唐]李善注
蕭繹集校注	[南朝梁]蕭繹著　陳志平、熊清元校注